Konstanz 2014. Als Linda Wendel am Abend von ihrer Schicht nach Hause zurückkehrt, ist ihr zehnjähriger Sohn wie vom Erdboden verschwunden. Sie glaubt, der Kleine hätte sich nur versteckt, denn es gibt weder Anzeichen für einen Einbruch noch für einen Unfall. Der Junge bleibt verschollen. Selbst eine groß angelegte Suchaktion der Polizei zeichnet keinen Erfolg.

Konstanz Jahre später. In einer Kiesgrube finden Arbeiter einen Schädel sowie die Stoffreste eines Schlafanzuges. Ein Abgleich mit dem Gebiss bringt schließlich die traurige Wahrheit ans Licht. Es ist Tim, der vermisste Junge. Doch wie ist er dorthin gekommen? Und was hat sich damals tatsächlich ereignet?

Als plötzlich eine junge Frau aus ihrer Wohnung, unweit der von Familie Wendel, verschwindet und keine Spuren hinterlässt, wird die Konstanzer Kriminalpolizei hellhörig. Besteht etwa ein Zusammenhang zwischen den beiden Fällen und wenn ja, welcher?

JANETTE JOHN

KEIN
MORD
VERJÄHRT

BODENSEE - KRIMI

Bibliografische Information der Deutschen Nationalbibliothek:
Die Deutsche Nationalbibliothek verzeichnet diese Publikation in der Deutschen
Nationalbibliografie; detaillierte bibliografische Daten sind im Internet über
www.dnb.de abrufbar.

1. Auflage, November 2017
auch als E-Book erhältlich
Copyright: © 2017 Janette John
Alle Rechte vorbehalten
Nachdruck, auch auszugsweise nicht gestattet
Cover/Satz: Grittany Design: www.grittany-design.de
unter der Verwedung von
© Adobe Stock - schame87 / Andrzej Gryczkowski / daboost
© VectorStock - marzolino
Lektorat: Svenja Heinemann
Korrektorat/Lektorat: www.sks-heinen.de
Janette John
c/o BJ-Autorenservice.de
Gildehauser Weg 140a
48529 Nordhorn

Herstellung und Verlag:
BoD – Books on Demand, Norderstedt
Taschenbuch: ISBN 978-3-7448-9270-4

Mehr Infos zur Autorin unter
www.janettejohn.de

Die Seele eines Kindes ist so klar wie das Wasser.
Wird sie beschmutzt, leidet man ein Leben lang.
Janette John

Angenommen **DEIN** Kind verschwindet spurlos.
Und Tag für Tag verfolgen **DICH** die gleichen Fragen.
Wo ist es? Geht es ihm gut?
Würdest **DU** daran zugrunde gehen?

1. TIEFES TAL

Sie spürte sich schon lange nicht mehr. Ihre Gefühle, ihre Wünsche waren verschwunden. Zertreten, in den Abfall gekippt, auf der Mülldeponie gelandet. Nichts erinnerte sie noch an früher, als sie ihre drei Kinder spielend auf der Wiese beobachtet hatte. Ihnen die Schäufelchen gab, zulächelte, um irgendwann zu sagen, es würde reichen, sie müssten gehen. Was waren das für Augenblicke? Die ihren. Die ihrer Kinder und die einer glücklichen Welt. Sie hatte die Orientierung verloren. Wo war sie geblieben jene Zeit? Und warum hatte das Schicksal sie derart getreten?

Dabei hatte alles so wunderbar begonnen. Der richtige Mann, der passende Moment, großartige Kinder. Sie liebten sich, hatten Pläne, wollten ein Haus bauen und zusammen alt werden. Nichts Ungewöhnliches, wie sie fand. Doch die Dinge sollten sich rasch ändern. Er begann zu spielen, hatte Schulden. Anfangs waren sie noch gering, wuchsen heran und fraßen ihre Ersparnisse auf. Zudem machte die Jüngste keinerlei Anstalten, trocken zu werden. Die Probleme wurden nicht weniger. Für eine Umkehr schien es keinesfalls zu spät. Eigentlich war es das nie, hätte er zu ihr gehalten und mit ihr in eine Richtung geschaut, wie viele Ehemänner auch. Sein Weg sollte ein anderer sein. Selbstmitleid, Resignation, sich Aufgeben waren die großen Ziele, die er anpeilte wie manche das Glück. Zerstören gehörte für ihn zur Tagesordnung. Irgendwann gaben sie auf, trennten sich und gingen jeder seiner Wege. Für die Kleinen blieb er, was er war. Ihr Vater. Er kümmerte sich so gut es möglich war, während sie den Balanceakt zwischen Beruf und Familie alleine absolvierte. Sie hetzte ins Krankenhaus, in dem sie als Krankenschwester arbeitete, machte mehr Nacht- statt Tagschichten, stresste in den Kindergarten, zur Schule und zurück. Brachte die Kleinen zu Freunden, den Ältesten zum Fußball, erledigte irgendwie die Einkäufe dazwischen, stolperte, stand wieder auf, heulte, brüllte, hasste all das, liebte es und fiel abends abgekämpft ins Bett. Am nächsten Morgen ging der Wahnsinn dann von vorne los. Sie beklagte sich nicht. Immerhin verlief alles friedlicher als in der Zeit davor, als er noch bei der Familie gelebt hatte und es an allen Ecken und Enden am Geld mangelte. Gut, die Geldsorgen waren ihr geblieben. In ihrem Inneren wurde sie ruhiger, fast gelassen, wenn man den Alltag mal ausklammerte. Doch wer konnte das schon? Sie nicht und sie wollte es auch nicht. Sie liebte die chaotischen Augenblicke und wusste, dass es die Kinder nicht weiter störte. An Liebe fehlte es den Kleinen nicht, nur an Zeit. Ein kostbares Gut, das unbezahlbar war. Wäre es bezahlbar gewesen, sie hätte alles daran gesetzt, es zu erwerben. Nur für sie.

Wie lange sie schon so da saß, wusste sie nicht. Eine Ewigkeit, ein paar Sekunden oder Stunden. Gefühlt ein ganzes Leben. Wo war er nur? Sie hob immer wieder die Zudecke hoch, schaute darunter, ob er sich nicht doch vor ihr versteckt hatte. Sie riss die Schränke auf, blickte hinter die Tür, unters Bett, hinter die Vorhänge, zog sogar die Schubläden auf. Vergeblich.

Der Junge blieb wie vom Erdboden verschluckt. Ihre Tochter half ihr beim Suchen. Die Achtjährige lief barfüßig über den Flur, rief nach ihm: »Tim, komm jetzt raus! Das ist nicht mehr komisch. Lass das!« Der Bruder war verschwunden.

Mit Tränen in den Augen packte Linda Wendel die Tochter am Arm: »Nancy, wieso ist Tim fort? Ist er etwa davongelaufen? Du musst doch irgendetwas gehört haben. Denk nach!« Sie schüttelte die Kleine, bis sie sich ihr entzog.

»Mama, ich habe geschlafen«, sagte Nancy und schaute sie aus müden Augen an. »Hier war niemand. Ehrlich. Bestimmt ist das einer seiner doofen Scherze. Kennst ihn doch. Nimmst ihn immer in Schutz. Blöder Bruder.« Das Mädchen war stinksauer, machte einen Schmollmund und ging beleidigt ins Kinderzimmer zurück, in dem inzwischen die kleine Schwester erwacht war. Die Stimmen hatten sie geweckt.

Orientierungslos verließ die Kleinste das Zimmer und suchte nach der Mutter. »Mama? Mamaaaa? Wo bist du?«, fragte sie und schaute sich hilfesuchend um. »Mama?«

Linda Wendel, die die Schreie der Kleinen gehört hatte, ging auf sie zu. Sie hockte sich zu ihr hinab, nahm ihre Händchen und streichelte zärtlich darüber hinweg. Die Fünfjährige begann zu schluchzen, sie verstand die Aufregung nicht.

Die Mutter brachte ihre Jüngste wieder zu Bett, deckte Kiara zu und dachte sich eine Geschichte aus, um sie zu beruhigen, während ihr Innerstes schrie. Sie wollte, nein, sie musste sich zur Ruhe bringen, obwohl die Vorstellung daran schier unmöglich war.

Linda Wendel sah sich dem größten Albtraum ihres Lebens gegenüberstehen.

Wie seit Monaten hatte sie ihren Dienst angetreten, abends ihren Ältesten angerufen, ihn gefragt, ob daheim alles in Ordnung sei und sich dann mit einem schlechten Gewissen an die

Arbeit begeben. Anders wäre es nicht gegangen. Ohne Groß-eltern am Ort und einem unzuverlässigen Mann blieb ihr keine Wahl, als das Risiko auf sich zu nehmen. Zum Glück konnte sie sich auf ihre Nachbarin verlassen, die in Notfällen nach den Kindern gesehen hätte.

Ihre Hände zitterten. In ihrem Kopf trieb sich nur eine ein-zige Frage um. *Tim, mein Schatz, wo bist du nur?* Sie musste zu ihm, wenngleich er nicht da war. Den Jungen riechen, ihm nahe sein, ihn spüren, seine Wärme, sein Lächeln, sein Augen-aufschlag. Erinnerungen stiegen in ihr hoch, wie das Warten auf ihn, bis er geboren wurde. Die Schmerzen, die Sehnsüchte, wann er denn nun käme, ob alles an ihm vorhanden sei und ob er gesund sein würde. Das Glück schien damals grenzenlos. Sie hätte die Welt umarmen können und die Zeit festhalten wollen. So unfassbar war der Moment. Und jetzt? War er fort. Weg, nicht präsent, verschwunden. Unzählige Worte fielen ihr ein, die jedoch das Gleiche besagten. Ihr Kind war wie vom Erdboden verschluckt.

Sie eilte in Tims Zimmer, setzte sich aufs Bett und presste das Gesicht in sein Kissen. Die wenigen Sekunden des Glücks sog sie in sich auf, als wären sie nur geliehen. Dezent süßlich, nach Hautcreme riechend. Endlich, sie schien ihn zu spüren. Als wäre er nur aufgestanden, zur Toilette gegangen und käme jeden Moment zur Tür herein, um sie dann überrascht anzu-schauen, weil sie auf seinem Bett säße. Linda Wendel inhalierte den Duft des Kissenbezuges, sie durfte ihn nicht verlieren. So-lange sie den Sohn wahrnahm, ging es ihm bestens, glaubte sie.

Ihre Augen schmerzten von der ewigen Weinerei. Sie brann-ten wie Feuer, fühlten sich geschwollen an. Wenn nur dieses Brennen aufhören würde. Und die Schmerzen, die sich in sie hineinfraßen, sowie die unbändige Sorge um das Kind. Wo war er nur? Es war Mitternacht. Keine Zeit für ein Kind auf der Straße. *Und wenn er davongelaufen ist? Bloß warum?* Es gab weder Streit noch einen Grund, es zu tun. *Und wenn er bei Freunden ist? Um diese Zeit?* Sie haderte mit sich, jetzt noch bei Leuten anzurufen und nach ihrem Sohn zu fragen. Doch sie musste es tun, sie brauchte Gewissheit. Womöglich war irgendetwas passiert und sie tat ihm unrecht. Schimpfen konnte sie zu gegebener Zeit immer noch. Kinder dachten in solchen Fällen anders, das wusste sie. Für sie war der Spaß wichtiger als die Sorgen der Mütter. Sie schienen nicht in der Lage, das Ausmaß zu erkennen. Kurzerhand rief Linda Wendel eine Nummer nach der nächsten an. Familien, mit deren Söhnen Tim befreundet war. Entgegen ihrer Befürchtung zu später Stunde zu stören, verstanden die meisten ihre Gefühle und boten Hilfe an, die sie dankend ablehnte.

Noch wollte Linda alles ihr Erdenkliche tun. Nur nicht aufgeben. Sie musste den Jungen finden. Und wenn er sich im Keller versteckte? Das tat er gerne. *Gab es Probleme in der Schule?*, überlegte sie. *Nein.* Er war zwar schweigsam, aber das Verhältnis zwischen Mutter und Sohn fühlte sich meist gut an. Die beiden verband etwas Besonderes. Es war von Anfang an harmonisch, anders als bei Nancy, die eher das Weite suchte, statt die Nähe.

Raschen Schrittes lief sie in den Keller. Es könnte alles Mögliche passiert sein. Vielleicht war ihr Junge hingefallen und hatte sich den Kopf angeschlagen oder er lag bewusstlos in einer Ecke. Die Optionen schienen grenzenlos. Doch unten befand er sich nicht. Resigniert hastete die Vierzigjährige die Treppen wieder hinauf. Jetzt blieb ihr nur noch, die Polizei zu rufen.

Das Licht im Hausflur erlosch.

Still und menschenleer.

Sie schaute sich um, suchte nach dem Lichtschalter.

Die Angst kroch in ihr empor. Erbärmlich und furchtein-
flößend.

Plötzlich war sie da, ließ sie nicht mehr los und nahm Besitz
von ihr.

2. STUNDEN IN ANGST

Nichts war wie früher. Nichts. Und es würde nie vorbei sein. Von einer Minute auf die andere war ihr Leben aus den Fugen geraten. Es fühlte sich an, als würde es einstürzen, geradewegs auf sie hernieder. Sollte sie sich davon jemals wieder erholen?

Sie war todmüde. Die Augen fielen ihr zu und sie dachte nur an ihn. Dem netten Herrn von der Polizei, der inzwischen eingetroffen war, erzählte Linda Wendel alles, was sie wusste. Er besänftigte sie und gab ihr ein paar beruhigende Worte mit auf den Weg. Man nahm die Sache sehr ernst. Für den Mann in Uniform war es ungewöhnlich, dass ein Junge von zehn aus der elterlichen Wohnung verschwand, ohne einen Hinweis auf dessen Verbleib zu hinterlassen.

Tims Mutter steckte sich eine Zigarette an, zog an ihr und beobachtete die Beamten. Inzwischen waren zwei weitere Männer eingetroffen, die, wie sie erfahren hatte, von der Spurensicherung waren. Mit größter Sorgfalt untersuchten sie das Zimmer ihres Sohnes.

Mit der Zigarette in der Hand lief Linda Wendel durch die Räume. Ihr war heiß, sie brauchte frische Luft und öffnete ein Fenster. Der Julihimmel war voller Sterne. Sie blickte zu ihnen hinauf und deutete das Flackern als Lebenszeichen ihres Kindes. *Wo bist du nur?*, sehnte sie ihm entgegen und blies ein paar weiß-graue Kringel in die nächtliche Luft. Das ständige *Warum* quälte sie. *Wenn Tim nicht weggelaufen ist und keinen Unfall erlitten hat, wieso ist er dann spurlos verschwunden? Und wenn jemand ihn gegen seinen Willen gefangen hält?* Diese Frage verdrängte sie sofort wieder, weil sie mit ihrem Sohn Stunden zuvor noch telefoniert hatte. Er musste in der Wohnung sein, bloß wo?

In diesem Moment vernahm sie eine tiefe Stimme hinter sich ihren Namen rufen: »Frau Wendel?« Der Mann wiederholte sich und ließ die Frau zusammenzucken.

Sie zögerte. *Was will er von mir? Ich mag nicht. Lasse ihn einfach warten. Doch ich muss. Die Leute sind hier, um Tim zu finden. Jetzt dreh dich schon um!* Wie in Zeitlupe wandte sie sich dem Mann zu und schaute ihn erwartungsvoll von oben bis unten an. Sie schätzte ihn aufgrund der halbrunden Glatze und dem silbergrauen Schnurrbart auf Anfang fünfzig. Er schien zu schwitzen und fuhr sich mit der Hand über die Stirn.

»Kommen Sie bitte mal!«, forderte er mit einem aufgesetzten Lächeln.

Linda drückte die Zigarette auf dem Fensterbrett aus, schloss das Fenster und folgte ihm ins Zimmer ihres Sohnes, indes sie die Furcht begleitete.

Der Uniformierte wartete, bis sie neben ihm stand, und schritt erst dann zum Fenster. Im gleichen Moment bemerkte Linda Wendel seine Latexhandschuhe und erschrak über deren Anblick. Bislang hatte sie keinerlei Erfahrungen mit der Polizei gehabt und hätte alles dafür getan, dass es auch so bliebe. Die Gesetzeshüter im Hause zu haben, hatte stets einen faden Beigeschmack und verkündete weniger das Gute. Es sei denn, der eigene Mann war ein Ordnungshüter.

»Vermutlich ist hier eingebrochen worden«, sagte der Beamte nüchtern und wies mit der Hand auf das dunkle Fliegengitter, das jemand nur halbherzig zurück in die Fassung gehängt hatte.

Linda tat überrascht und wollte es mit eigenen Augen sehen.

»Ich dachte, Tim hätte es nicht richtig eingesetzt. Die Hitze macht uns allen zu schaffen. Eingebrochen sagten Sie? Aber bei uns ist doch nichts zu holen. Sehen Sie selbst! Wir leben in bescheidenen Verhältnissen. Außer mal ein kleiner Urlaub aufs Land zu meinen Eltern, mehr ist nicht drin. Eingebrochen? Bei uns? Niemals!« Dennoch war ein Einbruch durchaus denkbar. Immerhin lag die Wohnung der Wendels im Erdgeschoss, an einer gut befahrenen Straße, was letztendlich eine bezahlbare Miete zur Folge hatte.

»Ja, davon ist auszugehen«, entgegnete der Schnauzbärtige. »In letzter Zeit häufen sich die Hauseinbrüche selbst in den weniger lukrativen Stadtteilen wie Wollmatingen.« Sein Blick war durchdringend und machte der Frau Angst. »Sehen Sie! Wir haben am Rahmen noch weitere Fingerabdrücke gefunden, die mit großer Wahrscheinlichkeit nicht von Ihrem Sohn stammen. Wir gehen der Sache nach.«

Die Möglichkeit eines Einbruchs hätte Linda Wendel niemals in Erwägung gezogen. Man kannte sich in der Nachbarschaft und wusste, dass gerade hier entlang der Straße und in den Häusern mehr Alleinerziehende und Studenten wohnten statt sogenannter wohlsituierter Familien. Die verschlug es über kurz oder lang in die umliegenden Blöcke, deren Mieten für Doppelverdiener besser zu tragen waren als für einen alleine.

»Haben Sie eine Idee, wer sich hier zu schaffen gemacht haben könnte?«, hinterfragte der Polizist und fixierte die Frau.

Linda machte das nervös und sie verneinte kopfschüttelnd. Dennoch kam sie ins Grübeln. *Und wenn Chris?* Ihr Exmann, mit dem sie die drei Kinder gezeugt hatte, ein Einbrecher war? Die Überlegung schien absurd. *Warum hätte er das tun sollen? Ein Anruf hätte genügt, dann hätte er die Kinder sehen können. Jederzeit.*

»Nicht? Lassen Sie sich Zeit! Denken Sie in Ruhe darüber nach und melden Sie sich, sobald Ihnen etwas einfällt.«

Frau Wendel überlegte. *Eingebrochen? Aber wieso? Und wenn Tim selbst aus dem Fenster gestiegen ist und weglaufen wollte?* Ihre Gedanken drehten sich im Kreis. Sie bekam Kopfschmerzen. Nachdenklich rieb sie sich über die Stirn. *Das macht alles keinen Sinn. Wenn jemand einbricht, sucht er etwas.* Doch das Zimmer des Jungen war weder durchwühlt noch schien etwas zu fehlen. Es war nicht anders als sonst. Anscheinend dachte der Mann in Uniform in die gleiche Richtung und die Frage diesbezüglich konnte sie nicht beantworten. Mit ihrem »Ich weiß es nicht« beendete sie die Fragerei und wünschte sich die alten Zeiten zurück ohne dieses bohrende Warum. Warum war ihr Junge fort? Warum hatte hier jemand eingebrochen? Und warum war ausgerechnet ihr das passiert?

Jemand stellte sich zu ihr an die Seite, fragte nach dem Befinden und gab ihr eine Beruhigungsspritze. Die Wirkung ließ nicht lange auf sich warten und ein Gefühl von Taubheit stellte sich ein. Alles um Linda herum fühlte sich so wunderbar weit weg an, bis der Schlaf sie zu sich holte und für ein paar Stunden den Schmerz vergessen ließ.

Am nächsten Morgen war alles anders. Wie immer musste sie aufstehen, das Frühstück zubereiten und ein Kind nach dem anderen in den Kindergarten und zur Grundschule bringen. Etwa zur gleichen Zeit war auch Tim mit dem Fahrrad in die Schule gefahren. Doch jetzt war er nicht da. Dennoch deckte seine Mutter für ihn den Tisch. Eine Müslischüssel, den Löffel mit Bärenmotiv, den er aus der Kleinkinderzeit besaß und nicht abgeben wollte, sowie die Packung mit seinem Lieblingsschokomüsli, aus der er sich gestern noch bedient hatte.

Aber sein Platz am Tisch blieb leer.

Es war schweigsam an diesem Morgen. Selbst die fünfjährige Quasselstrippe Kiara war nicht zum Reden aufgelegt. Normalerweise bestimmten sie und ihr Bruder das morgendliche Geschehen. Dass er nicht da war, begriff die Kleine sofort und fragte unaufhörlich nach ihm. Denn Tim fehlte in der Regel nie. Nur manchmal am Wochenende, wenn er bei einem Freund übernachtet hatte, war sein Platz frei. Eine Zeit, die Linda Wendel genoss. Endlich kehrte dann eine Pause ein. Aber jetzt hasste sie die Stille. Sie wurde weder durch ein freudiges Ereignis hervorgerufen noch durch einen Krankenhausaufenthalt, den es gerade bei Buben in Tims Alter schon einmal gab. Wie etwa im letzten Jahr, als er sich beim Sport den rechten Arm gebrochen hatte und für zwei Tage ins Klinikum musste. Die Familie hatte mit ihm gelitten und war froh, als Tim wieder nach Hause kommen durfte. Ohne den Jungen war das Leben der Familie langweilig. Zudem war er nach dem Auszug des Vaters die einzig männliche Bezugsperson der Mädchen gewesen. Sie liebten den Bruder, weil er sich liebevoll um die Kleineren kümmerte, gerade wenn die Mutter geschafft nach Hause kam. Tim war ihr eine große Hilfe. Doch jetzt war er verschwunden. Die Leere an diesem Morgen fühlte sich derart unwirklich an. Am schlimmsten war die Ungewissheit. Die zermürbende Frage, was sich in der letzten Nacht ereignet hatte. Wer war eingebrochen? War Tim entführt worden? Man hörte davon immer wieder in den Medien. Kinder wurden verschleppt, zur Prostitution gezwungen oder gefangen gehalten. Gerade die Kleinen waren hilflos. Wo war ihr Junge? Ging es ihm gut? Tat man ihm weh? Lebte er noch? Frau Wendel stellte sich eine Frage nach der anderen und erhielt keine Antwort.

Selbst das Telefon hörte sie nicht. Ständig riefen irgendwelche Leute an. Eltern von Freunden des Jungen, Lindas Freundinnen, die sich Sorgen machten und helfen wollten, und sogar ein Mann von der Presse. Allen antwortete sie das Gleiche. Obendrein fiel ihr das Sprechen schwer, wie alles andere auch.

Wie unter Hypnose erledigte Linda Wendel ihren Haushalt. Sie schaffte es, die Kinder wohlbehalten in Kindergarten und Schule zu bringen, sich dort den ersten Fragen zu stellen und wieder nach Hause zu fahren. Da ihre Schicht im Krankenhaus erst in ein paar Stunden beginnen würde, haderte sie mit sich, ob sie arbeiten gehen sollte. Inzwischen waren ihre Kopfschmerzen unerträglich geworden und hatten sie am Morgen nach einer durchgeschlafenen Nacht wieder eingeholt. Sie fühlte sich für die Arbeit zu schwach. Immerhin trug sie Verantwortung ihren Patienten gegenüber. Zudem wollte sie zu Hause sein, wenn Tim auftauchen sollte.

Die Mutter hatte die Sachen durchsucht und festgestellt, dass ihr Sohn nur mit einem Schlafanzug bekleidet die Wohnung verlassen haben musste. Tims Hausschlüssel, den er an einem Schlüsselband führte, steckte in der Jeans, fest umzogen an der Gürtelöse. Hätte Tim dem Haus freiwillig den Rücken gekehrt, wäre er niemals ohne diesen Schlüssel gegangen. Selbst das Fahrrad stand wie gewohnt im Hinterhaus, angeschlossen am Fahrradständer. Die Befürchtung, dass ihr Kind gegen seinen Willen gefangen gehalten wurde, verstärkte sich. Linda ging alle Bekannten und Verwandten im Geiste durch. Wem würde sie eine solche Tat zutrauen? Gab es überhaupt jemanden? Tim war allseits sehr beliebt und es gab selbst unter seinen Mitschülern keine Rangeleien, die irgendjemanden zu solch einer widerwärtigen Handlung hätten animieren können. Zudem waren es noch Kinder. Und die Eltern? Auch das schien Linda Wendel absurd. Tim besaß nicht viele Freunde, aber die wenigen, die er hatte, waren vertrauenswürdig. Und nicht nur das. Linda kannte die Eltern der Jungen persönlich und pflegte seit Jahren zu ihnen private Kontakte. Dennoch ging sie der Sache nach, telefonierte mit allen und erkundigte sich, ob Tim gesichtet worden war. Mit dem Ergebnis, niemand hatte den Jungen seit dem gestrigen Nachmittag gesehen. Außerdem gab es keinerlei Hinweise auf ein geplantes Verschwinden. Die Tatsache, dass Tim gewaltsam aus dem Haus verschleppt worden war, schien denkbar.

In der Not rief Frau Wendel ihren geschiedenen Mann an, obwohl sie wusste, dass er keine Hilfe sein würde. Am Ende tröstete sie ihn und erntete seine Vorwürfe, nicht genügend auf die Kinder aufgepasst zu haben. Ihre Nachtschichten im Krankenhaus waren ihm schon längst ein Dorn im Auge. Wohl auch ein Grund dafür, dass sie sich von ihm trennen konnte, weil sie beruflich auf eigenen Füßen stand. Anders als früher, als die Kinder noch klein waren und sie von ihm abhängig gewesen war. Ihre Unselbstständigkeit hatte er schamlos ausgenutzt. Er war der Meinung, als Alleinverdiener auch das Geld alleine ausgeben zu können, während sie ein spärliches Haushaltsbudget für Miete und sämtliche Kosten der Kinder bekommen hatte. Erst nach der Trennung sollte sich für Linda die Lage entspannen. Mit dem selbst verdienten Geld sowie Unterhalt und Kindergeld kam sie bestens zurecht.

Nach dreimaligem Klingeln nahm Christian Wendel endlich ab und knurrte müde in die Hörmuschel: »Was gibts?«

»Chris, ich muss mit dir reden. Jetzt!«

»Ach du bist es. Hab aber nicht viel Zeit«, maulte er. Dass er nicht viel davon haben würde, ahnte sie bereits. Bevor er in die

Firma fuhr, schaute er gerne noch Frühstücksfernsehen, was ihm aufgrund einer Gleitzeitregelung möglich war. Vor neun versah Wendel selten seinen Dienst als IT-Spezialist in einem Konzern.

»Tim ist verschwunden«, sagte sie kurz angebunden. Ihre Stimme klang traurig.

»Wie verschwunden?«

»Als ich nach der Schicht heimgekommen bin, lag er nicht im Bett.«

Am anderen Ende der Leitung wurde es ruhig. Herr Wendel schnaufte durch die Nase, als wäre er erkältet, was er wohl auch war, zumindest klang seine Stimme belegt.

»Mhm«, gab er monoton von sich. »Hast du die Polizei schon alarmiert?«

Gleichfalls unterrichtete Frau Wendel ihren Exmann über die letzten Stunden und erhoffte sich ein paar aufmunternde Worte, wie etwa »Sicherlich kommt er bald zurück« oder »Ja, der Junge ist bei mir«. Irgendetwas in der Art, an was sie selbst nicht gedacht hatte oder gar für möglich hielt. Gerade eine Mutter reagierte beim Fernbleiben ihres Sprösslings niemals gelassen. Panik machte sich breit. Da hatte es ein Außenstehender schon leichter. Er blieb besonnen, handelte kopfgesteuert statt mit dem Herzen.

»Und da meldest du dich erst jetzt?«, schimpfte Wendel.

»Lass das, ich hatte den Kopf voll«, herrschte sie ihn an.

»Wie oft habe ich dir schon gesagt, dass du mit deinem Vermieter reden sollst? Er soll die Fenster auswechseln. Mit den alten Dingern war es nur eine Frage der Zeit, dass da mal jemand einsteigt.«

Linda Wendel schnaufte. Auf Schuldzuweisungen hatte sie keine Lust. Ihr Kind war verschwunden und nur das zählte.

»Hör auf! Das habe ich getan. Die alte Hexe würde sie sofort auswechseln, müsste mir aber dann die Miete erhöhen. Chris, ich kann mir das nicht leisten.« Erna Böringer, genannt *die alte Hexe,* gehörten fast alle Häuser entlang der Straße. Statt zu sanieren, renovierte sie nur das Nötigste und vermietete ihre Wohnungen an Ausländer, Sozialhilfeempfänger, Alleinerziehende und Studenten, weil diese froh waren, überhaupt eine Bleibe zu finden. Aufgrund der prekären Wohnsituation wurden ihr die Unterkünfte regelrecht aus der Hand gerissen. Keiner muckte auf. Jeder wusste, einen bezahlbareren Wohnraum in Konstanz gab es nicht. Es sei denn, man stand auf einer langen Warteliste der hiesigen Wohnungsgesellschaften.

»Verstehe. Das hilft uns im Moment auch nicht weiter. Und wenn Tim bei Freunden geschlafen hat?«

»Chris, das habe ich alles durch. Es muss irgendetwas mit diesem Einbruch zu tun haben. Da bin ich mir ganz sicher. Was soll ich nur machen?«

Chris Wendel sah auf die Tapete in seiner Wohnung. Er begann an der Zimmerdecke und ließ langsam den Blick hinabfahren. Beim Familienfoto aus besseren Tagen hielt er inne und sah das Lächeln seines Sohnes, der gerade die erste Zahnspange erhalten hatte und sie stolz präsentierte. Wendel musterte ihn mit einem sanften Schmunzeln, das sogleich erstarb, und runzelte die Stirn.

»Soll ich mich krank melden und zu dir kommen?«, gab er der Exfrau zur Antwort. »Gemeinsam finden wir einen Weg.«

Linda Wendel kam ins Grübeln. War das ihr Exmann, der gerade zu ihr sprach? Eigentlich hatte sie mit mehr Schuldzuweisungen gerechnet und gedacht, ihn nach der schockierenden Nachricht aufrichten zu müssen. Doch jetzt reagierte er besonnen, in etwa so, wie sie es sich immer gewünscht hatte. Helfend und ihr zur Seite stehend. Sie selbst war heute nicht imstande zu arbeiten und hatte sich bereits im Krankenhaus abgemeldet. Die Zeit des Wartens und der Ungewissheit schlich wie eine Schnecke dahin. Sie war zermürbend und Linda wusste nicht, wie es weitergehen sollte. »Wenn du möchtest. Mir fällt hier die Decke auf den Kopf.«

Zehn Minuten später stand Christian Wendel vor ihrer Tür. Er wohnte nur ein paar Straßenzüge von ihr entfernt. Eindringlich schaute er sie an, erinnerte sich kurz an den Moment, als Linda ihm von der Schwangerschaft erzählt hatte und wie glücklich er gewesen war. Wortlos nahm er seine Exfrau in den Arm und presste sie an sich, während sie es genoss. Sie inhalierte das feinherbe Aftershave, das seit Jahren unverändert geblieben war.

»Komm erst mal rein!«, bat sie mit einer eindeutigen Handbewegung.

In der Wohnküche nahmen beide in der alten Sitzecke Platz, die Linda von den Vormietern übernommen hatte. Das Holz war vom vielen Sitzen glänzend geworden. Jedoch mit ein paar bunten Kissen wirkte die Ecke behaglich. Selbst die rote Küchenzeile, die sie Freunden abgekauft hatte, verlieh dem Raum einen gewissen Charme, obwohl die Einrichtung nicht mehr die Neueste war.

Linda schien nervös und kaute an ihren Fingernägeln herum. »Willst du was trinken?«

Er verneinte und bat stattdessen, sich das Zimmer von Tim anschauen zu dürfen. Womöglich hatte man etwas übersehen. Noch war seine Hoffnung groß, dass seinem Ältesten nichts Schlimmes zugestoßen war.

»Wo genau kamen die rein?«, wollte Christian wissen. Neugierig blickte er sich im Kinderzimmer um, das er einst Hellblau gestrichen hatte. Auch die weißen IKEA-Möbel stammten noch von ihm. Nichts hatte sich seither verändert außer dem LEGO, das hinzugekommen war.

Linda ging zum Fenster, deutete auf die Stelle, die noch immer mit schwarzen Fingerabdrücken versehen war. Die Kriminalbeamten hatten sie hinterlassen, als man mithilfe eines dunklen Rußpulvers diese sichergestellt hatte. Das Fliegengitter allerdings war zur Beweisaufnahme mitgenommen worden.

»Bitte nichts anfassen!«, ermahnte sie ihn.

Wendel zögerte, ging dem Fenster entgegen.

»Wie kann ich mir diesen Einbruch vorstellen? Waren es einer oder zwei? Haben sie etwas gestohlen?«

»Chris, *ich* weiß es nicht. Die Polizei konnte noch nichts sagen.« Linda wirkte verzweifelt. »Nein, es fehlt nichts. Entweder ist der Eindringling überrascht worden oder ...«

»Oder er wollte nicht einbrechen, sondern nur unseren Sohn?«

Linda stellte sich vor ihren Exmann und schaute ihn zornig an. »Du meinst, jemand hat es auf Tim abgesehen? Aber warum? Wegen Geld? Chris, das macht doch alles keinen Sinn.«

»Nein, das macht es nicht. Vielleicht war die ganze Sache auch nur ein dummer Zufall. Es war Nacht, es war heiß und Tims Fenster stand offen. Leichter konnte man es einem Einbrecher nicht machen. Er musste nicht einmal das Fenster aufhebeln, um reinzukommen. Mein Gott, Linda, wie konntest du nur so naiv sein?«

Linda Wendel schluckte. Er hatte recht. Bereits seit Jahren blieben die Fenster der Kinder im Sommer offen. Lediglich ein Fliegengitter schützte sie vor unliebsamen Blicken.

»Chris, deine Vorwürfe bringen uns nicht weiter«, versuchte sie, sich zu rechtfertigen.

»Hast ja recht. Linda, wir können nicht warten, bis die Polizei etwas findet. Pass auf! Ich würde vorschlagen, du nimmst Kontakt mit Tims Klassenlehrerin auf und versuchst über diesen Weg, was herauszufinden. Vielleicht hat er doch bei irgend-jemandem übernachtet. Ich hole inzwischen die Mädels ab.«

Linda schaute ihn überrascht an. Endlich nahm er das Zepter in die Hand.

Doch alles führte ins Nichts. Keiner der Klassenkameraden hatte mit Tim eine Übernachtung ausgemacht. Der letzte Schultag war wie jeder andere auch verlaufen. Nach der Schule war der Junge nach Hause gegangen, hatte seine Aufgaben gemacht und am Spätnachmittag die Mutter verabschiedet. Jetzt lag es an ihm, sich um die jüngeren Geschwister zu kümmern. Gemeinsam hatten sie zu Abend gegessen und sich gegenseitig Gute-Nacht-Geschichten vorgelesen. Danach hatte der große Bruder die Schwestern zu Bett gebracht und bis 20.00 Uhr den Kinderkanal geschaut. In dieser Beziehung konnte sich Linda Wendel auf ihren Sohn verlassen. Das wusste sie. Die Befürchtung, dass ihm etwas Grauenvolles widerfahren sein musste, erhärtete sich. Ebenso kamen die Herren in Grün zu keinerlei Erkenntnissen. Die gefundenen Fingerabdrücke am Fliegengitter und Fenster waren nicht identifizierbar. Wie es schien, handelte es sich bei dem Einbrecher um keinen bei der Polizei aktenkundigen. Was letztendlich zur Folge hatte, dass Tim Wendel weiter als vermisst galt. Die Ungewissheit raubte der Mutter beinahe den Verstand.

Drei Jahre später

3. Schmotziger Dunschtig, 23. Februar

»Mann, dass diese Dinger immer dann nicht funktionieren müssen, wenn man sie am nötigsten braucht«, polterte Nadine Andres lauthals. Erneut trat sie gegen den Kaffeeautomaten, der auf jeder Etage des Polizeireviers zu finden war. Sie hätte sich auch mit dem Automaten im Büro behelfen können, doch für sie alleine machte das keinen Sinn. Und an einem Tag wie diesem, dem *Schmutzigen Donnerstag,* war es ohnehin verwaist. Dennoch musste jemand Dienst schieben und das Los war ausgerechnet auf sie gefallen. Rudolf Hufnagel ihr ältester Kollege blieb außen vor, denn als Mitglied im Fanfarenzug hatte er viele Auftritte zu absolvieren. Er spielte Trompete und die fünfte Jahreszeit war die seine.

Tilo Hübner, der andere im Team und nicht gerade ihr Lieblingskollege, hatte sich mit der Familie aus dem Staub gemacht. Als Fastnachtsmuffel nutzte er die eingeschobene Ferienwoche für einen kurzen Skiurlaub. Auch Daniel Selzer, der Chef, hatte nichts mit Fastnacht am Hut. Die freien Tage verbrachte dieser lieber mit den Kumpels aus Berlin.

Ausgestorben wirkte der lange Flur mit den Kopierern und kleinen Besuchertischen. Nichts erinnerte an die betriebsame

Hektik, die sonst hier vorherrschend war. Man hätte fast meinen können, man wäre in einer Behörde. Wobei es das auch war.

Lediglich die Sonne, die sich spärlich durch die Fenster schob und ein wenig von dem verkündete, was irgendwann folgen würde, ließ sich von alledem nicht beirren. Sie zeigte sich von ihrer erfreulichen Seite. Der diesjährige Winter war lang und kalt und man bekam nicht den Eindruck, dass er sich alsbald entfernen würde. Der Frühling zierte sich noch wie eine junge Frau, die es zu erobern galt.

Nadine versuchte sich ein zweites Mal an der Höllenmaschine. Ihr war nach Latte macchiato.

»Na bitte, geht doch. Blödes Teil«, schimpfte sie in der Hoffnung, dass sie keiner dabei beobachtet hatte. Plötzlich vernahm sie hinter sich eine ihr bekannte Stimme. »Mit Gefühl, Nadine! Mit Gefühl.« Niemand anderes als Schröder ließ sich zu so einer Bemerkung hinreißen.

Sie drehte sich ihm im Zeitlupentempo zu.

»Ach, du bist es. Na, darfst du heute auch Dienst schieben?«, entgegnete sie die Lippen schürzend.

»Wie du das sagst. Dienst schieben, klingt fast so, als hättest du keine Lust dazu. Ich habe mich freiwillig gemeldet. Was soll ich alleine daheim? Ist doch herrlich ruhig hier. Keiner will was von dir. Die Telefone stehen endlich still und ich kann meine Arbeit machen. Sogar die Fachpresse lesen. Für mich könnte es gerade so weitergehen.«

»Na ja, die Ruhe ist nicht schlecht. Aber ich langweile mich«, während sie sprach, drückte sie dezent den braunen Plastikbecher samt Kaffee zusammen und erzeugte ein leicht quietschendes Geräusch. Sodann nippte sie am Becher und erfreute sich an ihm. »Soll ich dir auch einen rauslassen?«

Schröder schüttelte den Kopf und sah den Flur hinunter. Indes er das tat, bemerkte er eine Frau ganz hinten auf einem der

Besucherstühle sitzen. Er dachte kurz nach und blickte zurück in die kastanienbraunen Augen der Kollegin.

»Und, Schröder, an was arbeitest du gerade?«, wollte die hübsche langhaarige Blondine von dem Mann aus der KTU wissen.

»Ach nichts Besonderes. Mal hier, mal da. Ich lese viel. Ansonsten habe ich nichts Spektakuläres auf meinem Tisch liegen. Soweit ganz gut, nur für mich uninteressant. Ist halt Konstanz, hier passiert nicht viel.«

»Warum wechselst du dann nicht in die Großstadt? Du mit deinem Wissen.«

»Willst mich wohl loswerden, hä«, meinte er provokant und schaute sie mit wachen Augen hinter seiner großen Brille an. Nadine nahm kein Blatt vor den Mund. Als Norddeutsche war ihr die Mentalität der Süddeutschen, alles etwas aufzuhübschen und erst dann eine Antwort zu geben, verhasst. Vielmehr nannte sie die Dinge beim Namen, stieß jedoch bei dem einen oder anderen diesbezüglich an. Doch mit der Zeit lernte die Endzwanzigerin, damit zu leben.

»Red kein dummes Zeug.« Erneut nippte sie am Trinkgefäß und musste feststellen, wie schnell Kaffee kalt werden konnte. Den Rest trank sie in einem Zug aus und schaute über den Becher hinweg über den Flur. »Noch so eine einsame Seele wie wir«, erklärte sie und wies mit dem Kopf geradeaus.

Schröder folgte ihrem Blick. Er bejahte. »Das ist sie im wahrsten Sinne des Wortes.«

Nadine schaute ihn überrascht an. »Wieso, kennst du die Frau?«

Schröder nickte. »Ja, du etwa nicht?«

»Ne, sollte ich?«

»Ich nahm an, dass sie jeder kennt. Das ist die Donnerstagsfrau.«

»*Donnerstagsfrau?*«, wiederholte Nadine unbeeindruckt, dennoch ein wenig irritiert. Ihr Blick Schröder gegenüber ließ auf eine Erklärung hoffen.

Schröder rückte an Nadine heran, sodass er ihr ins Ohr flüstern konnte: »Die Dame kommt seit dem Sommer 2014 immer donnerstags hierher. Sie sitzt dann ein paar Stunden auf dem gleichen Stuhl und geht wieder.«

»Aha, *das* ist also die Donnerstagsfrau«, gab sich Nadine wissend. »Hufnagel erzählt manchmal von ihr. Sie soll wohl etwas verwirrt sein. Nicht ganz dicht im Oberstübchen, meint er.«

»So kann man's auch ausdrücken. Nur das ist eine Fehleinschätzung. Die Frau ist sehr wohl bei klarem Verstand.«

»Und warum kommt sie dann her?«, fragte Nadine nach.

Schröder lächelte sanft, fast väterlich, obwohl er nur ein paar Jahre älter war als die Kollegin von der Kripo. »Geh zu ihr! Frag sie!« Er meinte es tatsächlich ernst.

Wie alle Frauen war auch Nadine neugierig. Schröder musste ihr das nicht zweimal sagen. Die junge Frau war es gewohnt, Menschen anzusprechen. Berührungsängste kannte sie nicht. Entschlossen ging sie den Flur entlang und näherte sich der Sitzenden, die Nadine nicht bemerkte. Anscheinend war sie in Gedanken vertieft.

»Hallo, mein Name ist Nadine Andres. Haben Sie etwas dagegen, wenn ich mich setze?« Neugierig fixierte sie die Fremde.

Die andere schaute nicht einmal auf und hielt ihren Blick starr auf den kalt wirkenden Boden gesenkt. Gerade so, als hätte sie sich darauf versteift und konnte ihre Sicht nicht davon lösen.

Nadine setzte sich und überlegte, wie sie mit der Situation umgehen könnte. Da sie wusste, dass die Dame merkwürdig sein sollte, fragte sie nicht noch einmal nach. Stattdessen ließ sie den Blick langsam auf die neben ihr Sitzende herab. Die

Unbekannte hatte ihre Hände auf die Oberschenkel gelegt. Sie wirkten verschlissen, als hätte sie viel damit zu tun. Ein goldener Ring mit blauem Stein schmiegte sich unscheinbar um den linken Ringfinger. Nichts Wertvolles, wie Nadine schätzte, dennoch war er schmückend. Die Fingernägel waren kurz geschnitten, allerdings eine weibliche Note suchte man vergebens. Ihre Kleidung schien mit Jeans und schwarzen Stiefeln, die sie über der Hose trug, zweckmäßig. Der Mantel, den sie nicht ausgezogen hatte, war geöffnet und hing seitlich herunter. Die Tasche, die eher einem Beutel glich, hatte sie auf dem Fußboden abgestellt.

Nadine suchte erneut das Gespräch. »An einem Tag wie diesem sind fast alle Kollegen ausgeflogen. Sie werden heute wenig Glück haben, jemanden anzutreffen.«

Die Frau begann sich zu bewegen. Sie löste die Hände von den Beinen und faltete sie ineinander, wobei sie die Daumen umeinander kreisen ließ.

»Das macht nichts«, antwortete sie tonlos.

»Wenn Sie mögen, dürfen Sie mir gerne Ihr Problem schildern«, entgegnete Nadine mit einem leichten Rechtsblick.

»Problem?« Die Frau lachte kurz auf. Es war kein fröhliches Lachen, vielmehr ein schmerzbeladenes.

Nadine schien verunsichert. »Wissen Sie was, ich hole uns einen Kaffee. Dabei lässt es sich leichter reden. Diesem blöden Kaffeeautomaten«, sie wies mit dem Kopf in die entgegengesetzte Richtung, dorthin wo er stand, »habe ich endlich ein Schnippchen schlagen können. Dass diese Dinger immer nerven müssen. Cappuccino oder lieber Kaffee?« Sie ließ der anderen kaum eine Wahl.

Die Unbekannte lächelte vor sich hin. »Schwarz mit etwas Zucker«, begann sie plötzlich. »Das ging mir vorhin genauso.«

Die Stimme der Frau war sanft, fast weich. Sympathisch war Nadines Einschätzung.

Die Polizistin erhob sich vom harten Stuhl und war froh, ihn hinter sich lassen zu können. Sie hasste diese unbequemen Dinger. »Ich komme gleich zurück«, sagte sie, wohl um sicherzugehen, dass die Frau nicht verschwinden würde. Da es ruhig war, kam ihr die Aussicht auf ein Gespräch geradewegs gelegen.

Nadine lief den Flur entlang und grüßte ein paar uniformierte Kollegen.

Am Automat ließ sie zwei Becher mit Kaffee volllaufen. Danach leerte sie eine Tüte Zucker in einen der beiden, rührte kurz um und schmiss das Plastikstäbchen in den daneben stehenden Mülleimer.

Mit den Trinkbechern in der Hand lief sie zurück.

Inzwischen hatte sich die Unbekannte ihres Mantels entledigt und diesen rechts neben sich auf den Stuhl gelegt. Wie es schien, hatte sie sich auf ein Gespräch bereits eingestellt, zumindest wirkte sie erwartungsvoll auf die Polizistin.

Ohne Umschweife reichte Nadine einen der Becher weiter und setzte sich auf ihren vertrauten Platz. Um nicht gleich mit der Tür ins Haus zu fallen, nippte sie am Gefäß, nahm einen großen Schluck und versuchte es zunächst mit ein paar Sätzen Small Talk. Sie sprach vom Wetter, der ewigen Kälte und der kargen Sonne. Danach zog sie einen Bogen zur heutigen Fastnacht und erfuhr von ihrer Nachbarin, dass diese solchen Events mehr oder weniger aus dem Weg ging. Zu sehr erinnerte sie es an alte Zeiten.

Langsam löste sich die frostige Stimmung. Die beiden kamen ins Plaudern. Als Nadine jedoch das Gespräch auf das Erscheinen der Frau immer donnerstags lenkte, wurde sie augenblicklich still.

»Es interessiert Sie, warum ich donnerstags hier sitze?«,

hinterfragte die Frau leise und man spürte, dass die Frage etwas in ihr bewirkte. Das leichte Seufzen war unüberhörbar.

»Ja! Sie können mir das ruhig erzählen. Ich bin eine gute Zuhörerin.« Nadine gab sich Mühe, damit das Gespräch nicht abriss. Inzwischen hoffte sie, Vertrauen hergestellt zu haben.

»Mein Sohn ist an einem Donnerstag verschwunden«, gab sie schließlich preis und stellte sich der jungen Frau als Linda Wendel vor.

»Wie verschwunden?«, wollte Nadine wissen.

»Er ist in jener Nacht verschollen«, antwortete Frau Wendel tonlos.

»Kein Mensch verschwindet einfach so«, begann Nadine nachdenklich. »Möchten Sie mir Ihre Geschichte erzählen? Ich habe Zeit.«

Nach einer halben Stunde kannte sie die Details der schmerzvollen Nacht. Tief erschüttert blickte Nadine auf den Boden. Was konnte man darauf nur antworten? Wenig bis gar nichts. Trost und Beistand hatte es längst geben müssen, falls so etwas überhaupt erfolgt war. Die Leere, die in Frau Wendel wohnte, konnte Nadine nur erahnen.

»Gott im Himmel, jetzt verstehe ich, warum Sie bei uns wöchentlich erscheinen. Sie hoffen auf Antworten, die man Ihnen nicht gibt.« *Ich muss ihr helfen. Zumindest es versuchen. Als Erstes schaue ich mir die Vermisstenakte des Jungen an.*

Unerwartet wurde Frau Wendel unruhig. Sie schaute auf ihre Armbanduhr und erwähnte erschrocken, dass sie ihre Jüngste von der Schule holen müsse. Mit einem festen Händedruck, der Nadine gefiel, verabschiedete sie sich und wünschte eine schöne Fastnacht. Sie griff den Mantel, zog ihn an und ging. Nach ein paar Metern wandte Linda Wendel sich noch einmal Nadine zu, lächelte herzlich und schritt die Treppe hinab.

Nachdem ihr Kopf hinter der letzten Treppenstufe verschwunden war, stand Nadine auf und lief nachdenklich über den Gang. Sie haderte mit sich, ob sie bei Schröder vorbeischauen sollte, um ihn von der kurzen Begegnung zu berichten. Letztendlich entschied sie sich dagegen, zu groß war die Neugier auf die Unterlagen des Jungen. Jetzt hatte sie Zeit, ohne sich den Kollegen erklären zu müssen. Der alltägliche Schreibkram ließe sich genauso gut ein anderes Mal erledigen.

Als Nadine ins Büro trat, spürte sie die Ruhe. Das ständige Telefonklingeln, das Gerede und das ewige Aufstehen der Kollegen, die nach ihrer Meinung Hummeln im Hintern hatten und wenig Sitzfleisch besaßen, blieb aus. Warum gerade die männlichen Kollegen umtriebig sein mussten, eröffnete sich ihr bislang nicht. *Männer!* Selbst ein Veto ihrerseits änderte nichts an deren Bewegungsdrang. Doch jetzt herrschte endlich mal Stille. Entspannte Stille. Fast hätte man das Fallen einer Stecknadel hören können, wäre eine da gewesen.

Sie schaltete den Computer an und begann mit der Arbeit.

Da die Fahndung nach Vermissten nicht in ihr Ressort gehörte, machte sie sich zunächst damit vertraut. Sie klickte durch das Internet und informierte sich auf der Seite des Bundeskriminalamtes. *Die Einleitung* sowie *Wann eine Person als vermisst galt* und *Was die Polizei bei einer Vermisstenangelegenheit veranlasste,* überflog sie. Erst beim Punkt *Wie viele Personen in Deutschland vermisst wurden,* wurde sie hellhörig. Die Zahlen waren erschreckend.

Sie las, dass *im April 2016 rund 18.400 aktuelle Vermisstenfälle in der Datei Vermisste/Unbekannte Tote gespeichert worden waren. Darunter etwa 16.000 als vermisst gemeldete Personen. Eine Zahl, in der sowohl Fälle enthalten waren, die innerhalb weniger Tage aufgeklärt wurden, als auch Vermisste, die bis zu 30 Jahre verschwunden waren. Zudem wurden täglich circa 250 bis 300*

Fahndungen neu erfasst sowie auch gelöscht. 50 % der Vermissten-fälle erledigten sich innerhalb der ersten Woche. Binnen Monatsfrist lag die Erledigungs-Quote bereits bei über 80 %. Der Anteil der Personen, die länger als ein Jahr vermisst wurden, bewegte sich bei nur etwa 3 %. Etwa die Hälfte aller Verschollenen waren Kinder und Jugendliche mit Problemen in der Schule, mit den Eltern oder sie hatten Liebeskummer. Wurde eine Vermisstensache nicht auf-geklärt, blieb die Personenfahndung bis zu 30 Jahre bestehen.

Zum Beispiel von den 6.297 im Jahresverlauf 2015 vermisst gemeldeten Kindern (Kinder bis 14 Jahre) wurden 5.554 bis zum 06.04.2016 wieder angetroffen sowie aufgefunden. Weiterhin entnahm sie dem Beitrag, *dass tagtäglich zwar viele Kinder als vermisst gemeldet wurden, jedoch der Anteil der Kinder, deren Verbleib auch nach längerer Zeit nicht geklärt werden konnte, sehr gering war.*

Wie es schien, hatte der Junge von Linda Wendel weniger Glück. Er gehörte den 3 % an, die länger als ein Jahr als ver-schwunden galten. Es gab nicht allzu viele Möglichkeiten, was einem Jungen in seinem Alter zugestoßen sein konnte. Entweder hatte er einen Unfall erlitten, war ermordet oder gewaltsam gefangen gehalten worden, etwa als Opfer eines Kinderschänderringes, oder er war in den Sümpfen der Kinder-pornografie gelandet. Der Fantasie schien hier keine Grenzen gesetzt. Die Tatsache, dass Tim Wendel bereits seit drei Jahren als vermisst galt, machte die Sache umso schwieriger.

Nadine suchte die Nadel im Heuhaufen. Dennoch musste sie etwas für Frau Wendel tun. Irgendeine Nachricht, die die Frau hoffen ließ. Denn aus keinem anderen Grund erschien sie Wo-che für Woche hier im Revier. Sie wollte an ihren verschwun-denen Buben erinnern. Er sollte weder aus ihrem Gedächtnis verschwinden noch aus dem der Polizei. Ihr Erscheinen war eine Mahnung. Ihr Junge war keine Akte, die, wenn sie nicht abgeschlossen werden konnte, zu den ungeklärten gelegt werden durfte. Die Ungewissheit war das Schlimmste. Sie wollte endlich erfahren, was ihrem Kind in jener Nacht passiert war. Hatte er leiden müssen? Wenn ja, wie? Und warum war all das geschehen? Warum tat ein Mensch einem Kind so etwas an? *Warum*, war die zermürbende Frage, die Linda Wendel all die Jahre auf Schritt und Tritt begleitet hatte wie ein Schatten, den man nicht mehr loswerden konnte.

Je mehr sich Nadine mit Fällen von verlorenen Kindern beschäftigte, desto bekümmerter wurde sie. Sie konnte nicht glauben, was sie las. Scrollend bewegte sie sich durch eine Auswahl mysteriöser Vermisstenfälle. Las von Sprösslingen, die seit unzähligen Jahren als vermisst galten. Alle im Alter von Tim. Die Kinder wollten nur Süßigkeiten kaufen und wurden danach nie wieder gesehen. Oder sie spielten auf der Straße, wohingegen andere nicht mehr nach der Schule nach Hause zurückgekehrt waren. Auch von Teenagern wurde berichtet, die nach einem Konzertbesuch getrampt und nie mehr daheim erschienen waren. Wobei vor dem Trampen stets gewarnt wurde, gerade bei Mädchen. Dennoch nutzte diese Weisheit den Eltern nichts. Speziell Heranwachsende hatten ihren eigenen Kopf und setzten ihn auch durch. Gut gemeinte Worte gingen an ihnen vorüber, das war Nadine bekannt. Und noch eine wichtige Erkenntnis ereilte sie. Nichts war selbstverständlich. Ein Kind zu haben, bedeutete, ewig darauf acht zu geben. Wie auf einen Schatz, der behütet werden musste.

Inzwischen war es kurz nach eins, Zeit fürs Mittagessen.

Da Nadine alleine war und mit Arbeit nicht überworfen wurde, entschied sie, Pause zu machen und diese mit einem Spaziergang zu krönen. Heute war Schmotziger Dunschtig, die heiße Phase der Fastnacht, wobei diese längst einen Tag zuvor mit dem Butzenlauf beginnend am Schnetztor bis hin zum Münster, begonnen hatte.

Der sogenannte *Konstanzer Narrensprung* fand erstmals in den 1980er-Jahren statt und hatte sich zu einem stimmungsvollen Auftaktumzug der Konstanzer Fastnachtsvereine entwickelt. Auch wenn der Schmotzige Dunschtig kein offizieller Feiertag war, erlahmte das *normale* Leben in der Stadt weitgehend. Viele Firmen waren geschlossen. Zudem lähmte die Fastnacht den gesamten Geschäftsverkehr. Konstanzer Schüler freuten sich, von den Narren vom Unterricht befreit zu werden, während der Bürgermeister zitterte, weil man das Rathaus in Kürze erstürmte.

Abends stand dann der Hemdglonkerumzug auf dem Programm, welcher durch die gesamte Altstadt führte. Pennäler mit weißen Nachthemden und Zipfelmützen zogen durch die Gassen und nahmen mit ihren Transparenten die Lehrer auf die Schippe. Der Schmotzige Dunschtig war der Höhepunkt des närrischen Treibens, dem weitere Veranstaltungen folgten, wie etwa dem großen Fastnachtsumzug. Beendet wurde das Ganze mit den Fastnachtsverbrennungen am Vorabend des Aschermittwoch.

Während sich für Nadine der Tag ruhig und entspannt anfühlte, hatten ihre uniformierten Kollegen genügend zu tun. Gab es doch einige Verbote gerade in der Fastnacht zu überwachen. Wie zum Beispiel dem Glasverbot, das in der Innenstadt von Donnerstag 5.00 Uhr bis Freitag 6.00 Uhr einzuhalten war, oder dem Jugendschutzgesetz, das Jugendlichen unter 16 Jahren den Alkohol verbot.

Der Polizeisprecher ihrer Behörde meinte dazu: »Wer Alkohol trinken möchte, der schafft das auch irgendwie. Die Polizei ist sensibilisiert, vor allem am Schmotzigen Dunschtig. Die Maßstäbe sind nicht anders als an den anderen 364 Tagen des

Jahres. Unter sechzehn Jahren gibt es keinen Alkohol, unter achtzehn keinen Branntwein und ein Wirt darf grundsätzlich nichts an erkennbar Betrunkene ausschenken. Zudem hat das Deponieren von Getränken gefährliche Auswirkungen wie etwas das Hineingeben von K.-o.-Tropfen.«

Aber nicht nur die Polizei hatte alle Hände voll zu tun, sondern auch die Kinderklinik. Dort blickte man besorgt auf den heutigen Tag, dem schlimmsten Arbeitstag des Jahres. Mit doppelter Besetzung konzentrierte man sich auf die alkoholisierten und komatösen Jugendlichen unter 18 Jahren.

Mann, haben die ein Glück, überlegte Nadine, indes sie durch die Straßen der Altstadt schlenderte. *Die letzten Tage hat es nur geregnet, dazu das miese Wetter und jetzt scheint die Sonne.* Sie hatte am Stand eine Currywurst gekauft und beobachtete die verkleideten Narren. Genussvoll schob sie ein Stück nach dem anderen in den Mund und lief über die Marktstätte, einen der schönsten Plätze der Innenstadt. Abgesehen vom bunten Treiben sah man am Horizont den Bodensee in der Sonne glitzern. Sowie in unmittelbarer Nähe den Kaiserbrunnen, der in den 1990er-Jahren von Gernot und Barbara Rumpf neu gestaltet worden war. Zahlreiche versteckte Anspielungen auf die Vergangenheit ließen sich darauf entdecken. Wie etwa dem dreiköpfigen Pfau mit Papstkronen als Symbol für die Zeit vor dem Konstanzer Konzil, als drei Päpste gleichzeitig Anspruch auf den Heiligen Stuhl erhoben hatten. Oder den Nischen der Brunnensäule, in denen die Kaiserstandbilder von Otto I. (Liudolfinger), Maximilian I. (Habsburg) und Friedrich I. genannt Barbarossa (Hohenstaufen) standen. Nicht zu vergessen die vierte mit einer halb geöffneten Tür als Hinweis, dass Geschichte auch immer ein Geheimnis in sich trüge. Ähnlich wie dem Verschwinden von Tim.

4. Am selben Nachmittag

Vom Spaziergang zurückgekehrt, ging Nadine als Erstes zum Kaffeeautomaten wohl, um ihm zu zeigen, dass sie sich von einer Maschine nicht kleinkriegen lassen würde. Dieses Mal verlief alles problemlos. Mit dem Becher in der Hand und ihrer geschulterten Tasche lief sie raschen Schrittes direkt auf Schröders Bürotür zu. Sie bog rechts ab, bis sie von einem Rufen am Weiterlaufen gehindert wurde.

»Na Kollegin, haben wir es eilig?« Es war Schröder, der nach ihr rief.

Nadine rollte mit den Augen. Ignorieren ging nicht. Stattdessen drehte sie sich dem großen schlaksigen Mann mit auffallender Brille zu und lächelte ihn gekünstelt an. »Nicht wirklich.«

»Hast ja ziemlich lange mit der Donnerstagsfrau geredet. Ich nehme an, jetzt kennst du ihre Geschichte.«

Nadine stimmte ihm brummend zu, nippte kurz am Kaffee. Mit einem Mal war ihre gute Laune wie davongeflogen. Denn Schröder schien Zeit zu haben.

»Schlimme …«, begannen beide, fast gleichzeitig einzuwerfen, was zur Folge hatte, dass eine Pause entstand, weil jeder dem anderen den Vortritt lassen wollte.

Schröder überließ Nadine das Reden.

»Schlimme Sache«, setzte sie von Neuem an und tauschte sich mit ihrem Kollegen aus, der inzwischen die Hände tief in den Hosentaschen verschanzt hatte.

»Hast du davon damals nichts mitbekommen? Stand in allen Zeitungen, sogar das Fernsehen hat darüber berichtet«, gab er fast vorwurfsvoll zur Antwort.

»Nein, das muss irgendwie an mir vorbeigegangen sein. Das geschah sicher, bevor ich in Konstanz eingetroffen bin. Vielleicht deshalb. Da hatte ich mit meinem ersten Mordfall alle Hände voll zu tun.«

»Schon möglich. Du hättest sowieso nicht viel ausrichten können. Mir ist selten so ein aussichtsloser Fall unters Mikroskop gekommen.« Schröder klang resigniert, beinahe so, als hätte er damals sein ganzes Herzblut daran gesetzt, den Fall aufklären zu wollen. Die Verzweiflung stand ihm schier ins Gesicht geschrieben. Seine Gesichtszüge wurden plötzlich hart, wirkten wie versteinert.

»Wieso nicht?«, hinterfragte Nadine.

»Entweder waren das Profis, die den Jungen bei einer Nacht-und-Nebel-Aktion aus seinem Zimmer entführt haben oder sie hatten einfach nur Glück. Außer zwei kleinen Fingerabdrücken konnte die SpuSi nichts finden.«

»Woher willst du wissen, dass es mehrere Täter waren? Der Bursche war nicht sonderlich groß, zudem leicht. Zumindest erzählte mir das die Mutter.«

»Stimmt! Ein oder zwei, mehr nicht. Sonst wären die anderen Kinder aufgewacht. Und noch etwas ist merkwürdig an dem Fall. Das soziale Umfeld der Familie. Da ist nichts zu holen, schließt eine Lösegeldforderung aus, anderenfalls wäre sie längst erfolgt. Ne, Nadine, wenn du mich fragst, ist dem

Jungen irgendwas Entsetzliches passiert. Ich tippe auf Kinder-prostitution.«

»Denkbar. Oder er wird irgendwo gegen seinen Willen ge-fangen gehalten. Womöglich in einem Kellerloch und dort ... ach, ich will gar nicht erst daran denken müssen. Mir wird kotzübel. Ein Kind, das sich nicht wehren kann. Wir haben zwar Gesetze, aber diesen Typen sollte man«, sie unterbrach sich, holte Luft, »das Leben zur Hölle machen. Warum er?«

»Zufall«, entgegnete Schröder. »Die Mutter arbeitete nachts, dazu wohnten sie im Untergeschoss und das Kinderzimmer des Kleinen ging zur Straße hinaus. Dann noch die unverschlossenen Fenster im Hochsommer. Mit etwas Beobachtungsgabe ein Leichtes, dort einzusteigen und den Jungen zu entführen.«

»Hast recht. Dass niemand etwas bemerkt hat, will mir einfach nicht in den Kopf.« Mit einer unwilligen Geste strich sie sich das Haar aus der Stirn.

»Hast du die Akte schon gelesen?«, wollte Schröder wissen.

»Nein, ich habe mich erst einmal im Internet schlaugemacht. Steht aber auf meiner To-do-Liste ganz oben. Da die anderen erst am Montag kommen, bleibt mir noch genügend Zeit.«

»Tu das. Kannst mich jederzeit anrufen! Der Fall hat mich bis heute nicht in Ruhe gelassen. Du kennst sicher das Gefühl, nicht aufgeben zu wollen, bis du das Rätsel gelöst hast. Jeder Fall ist anders, aber dieser hier berührt einen ganz besonders. Gerade weil es um ein Kind geht und wir nichts in der Hand haben.« Schröder schluckte schwer und sein Kehlkopf drückte sich pulsierend durch den Hals. Kurz darauf drehte er sich mit einer raschen Handbewegung um, welche signalisierte, dass er jetzt gehen wolle.

Nachdem Schröder abgezogen war, schaute Nadine ihm noch kurz nach, leerte ihren inzwischen erkalteten Kaffee und ließ den Becher in den nächsten Mülleimer fallen. In Anbetracht der vorherrschenden Fastnacht war ihre Lust nicht allzu groß. Da sie jedoch der Fall von Tim interessierte, beschloss sie, noch eine Weile zu arbeiten. Allerdings den abendlichen Umzug wollte Nadine auf keinen Fall verpassen. Die Abwechslung tat ihr gut, zumal sie mit ihrer Mitbewohnerin Lea und ein paar Freunden verabredet war. Einfach mal raus. Ohne Beziehungsstress, den sie schon lange nicht mehr hatte und auch nicht wollte. Und wer wusste, so ein vergnüglicher Abend brachte vielleicht so einiges mit sich. Andererseits besaß eine Fastnachtsliebelei einen faden Beigeschmack.

Im Büro zurückgekehrt verstaute Nadine ihre Jacke. Sie ging zum Fenster und sinnierte nachdenklich hinab zum Parkplatz, auf dem nur ein paar Dienstwagen sowie Privatfahrzeuge standen. Noch immer schien die Sonne und ließ einen winzigen Hauch davon erahnen, wie es sein würde, wenn der Frühling erst käme. Mit einem Seufzer setzte sie sich auf ihren Stuhl, streckte die Beine aus und drehte ihn erst nach rechts, dann nach links. Sie musste sich regelrecht einen Ruck geben, heute noch arbeiten zu wollen. Allerdings vor 17.00 Uhr wollte sie nicht gehen.

Erst langsam fand sie in den Arbeitsmodus, aus dem sie, wenn sie ihn erst einmal erreicht hatte, nicht mehr herauskam. Die Vermisstenangelegenheit Tim Wendel war damals Aufgabe der örtlichen Polizeidienststelle gewesen, also der ihren. Da der Minderjährige seinen Verbleib nicht selbst bestimmen konnte, ging man bei ihm grundsätzlich von einer Gefahr für Leib und Leben aus. Somit galt Tim Wendel für die Polizei als vermisst, weil er den gewohnten Lebenskreis verlassen hatte und sein Aufenthaltsort nicht bekannt gewesen war. Laut Informationssystem der Polizei (INPOL) waren die Daten des Jungen erfasst und zur Fahndung ausgeschrieben worden. Jede deutsche

Polizeidienststelle hatte nun Zugriff und konnte bei einer möglichen Polizeikontrolle feststellen, dass das Kind vermisst wurde und dass die Polizeiwache in Konstanz den Vorgang bearbeitet hatte.

Eine breit angelegte Suchaktion wurde eingeleitet. Da bei der großflächigen Suche das Personal der Konstanzer Polizei nicht ausgereicht hatte, waren alle verfügbaren Kräfte aus den Hundertschaften der Bereitschaftspolizei alarmiert worden. Auch die lokalen Rettungsdienste wie das Rote Kreuz, die Feuerwehr und das Technische Hilfswerk waren bei der Nachforschung des Jungen behilflich. Da sie über die erforderlichen Ortskenntnisse verfügt hatten, waren sie unverzichtbar. Jedoch blieb die Fahndung ohne einen nennenswerten Erfolg. Auch der Einsatz von Suchhunden sowie einem Hubschrauber mit Wärmebildkamera kam zu keinem Ergebnis. Der Junge blieb verschollen. Sein Verschwinden führte zu den unglaublichsten Vermutungen. Da nicht auszuschließen war, dass man den Burschen ins Ausland verschleppt hatte, richtete das Bundeskriminalamt auf Wunsch der Konstanzer Polizeidienststelle ein Ersuchen um Mitfahndung an Interpol. Eine weltweite Vermisstenfahndung war eingeleitet worden, sodass alle Interpol-Mitgliedsländer über diesen Vermisstenfall informiert worden waren. Das Fahndungsersuchen an die Mitgliedsländer des Schengener Übereinkommens wurde per *Knopfdruck* im europäischen Fahndungscomputer *Schengener Informationssystem,* kurz genannt SIS, aktiviert.

Der Blick zur Uhr ließ Nadine aufschrecken. 17.30 Uhr, Zeit zum Gehen. Der Rest konnte bis morgen warten. Jetzt war sie informiert. Man hatte damals alles Menschenmögliche unternommen. In ihr stieg ein Verdacht auf, der sich in etwa mit dem von Schröder deckte. Ein Verbrechen war nicht auszuschließen. Da die Beweislage derart schwach war und sich nur auf die wenigen Fingerabdrücke am Fliegengitter konzentrierte, wollte sie morgen dort ansetzen. Für heute machte sie erst einmal Feierabend.

Nadine schaltete den Computer aus. Sie vergewisserte sich, ob alle Heizungen ausgestellt waren, womöglich auch die Kaffeemaschine, die sie jedoch nicht im Gebrauch gehabt hatte. Kopfschüttelnd zog sie die Tür hinter sich ins Schloss, drehte den Schlüssel zweimal nach rechts, obwohl ein einmaliges Abschließen durchaus genügt hätte. *Langsam werde ich wie Hufnagel. Der mit seinem ständigen zweimal Zuschließen. Der Sicherheitsdienst läuft sowieso noch mal durch.*

Als Nadine die Tür ihrer Wohngemeinschaft aufschloss, ertönte fröhliche Musik. Lea war im Flur und probierte die Kleidung für den heutigen Abend an, indes ihr die schmerzhafte Schilderung von Frau Wendel in Erinnerung kam. Mit gemischten Gefühlen beobachtete Nadine die Freundin, wie sie grinsend in den übergroßen Spiegel schaute, Grimassen formte und mit Schminke experimentierte. Eigentlich hatte sich Nadine auf den heutigen Abend gefreut, doch sie war aufgewühlt und der Meinung, keine gute Gesellschaft abgeben zu können. Sie dachte daran, sich zu entschuldigen. Doch gerade als sie das Wort ergreifen wollte, schwang Lea ihr ein Tuch um den Hals und zog Nadine an sich heran.

»Komm, suchen wir dir was Hübsches zum Anziehen!« Lea zerrte Nadine in ihr Zimmer, drückte sie auf das breite Bett und ließ den Schal wieder los. Danach bückte sie sich über einen vollgestopften Flechtkorb und brachte ein Kleidungsstück nach dem anderen zum Vorschein. »Bei deiner Laune wäre der Clown genau passend für dich. Was meinst du?« Lea zog ein blau-grünes Kostüm hervor.

Der Gedanke an den vermissten Jungen umwehte Nadine

wie ein eiskalter Wind. Sie besann sich auf ihren Vorsatz, die Arbeit gedanklich nicht mit nach Hause nehmen zu wollen, und versuchte, dem eine andere Färbung zu verleihen.

»Süße, hörst du mir überhaupt zu?«, hörte sie Lea schimpfen und erinnerte sich an Marcel, der sie ebenso bezeichnet hatte.

Nadine kehrte im Geiste zu ihrer Freundin zurück, entschuldigte sich und gab sich mit deren Vorschlag zufrieden. »Der Clown ist genau das Richtige für mich.«

Lea fühlte sich bestätigt. »Sag ich doch. Außerdem sieht man dir deine Unzufriedenheit an. Komm auf andere Gedanken! Lach mal! So bekommst du keinen Kerl ab.«

Lea hatte recht mit dem, was sie sagte. Aber was sollte sie tun? Darüber sprechen, das wollte sie nicht. Es reichte, dass ihre Laune am Nullpunkt angelangt war, da durfte Lea nicht auch noch darunter leiden. Zudem freute sich die Freundin schon seit Wochen auf diesen Abend.

Nachdem die beiden sich ein Glas Sekt gegönnt hatten, nahmen sie sich in die Arme und gaben sich einen Kuss, wie das Freundinnen so machten. Gut gelaunt verließ man die Wohnung, lief hinunter auf die Straße und begab sich nach links in Richtung Innenstadt. Das Haus der Zwei lag nur ein paar Gehminuten davon entfernt. Binnen kürzester Zeit befanden sie sich inmitten von Fastnachtsgetümmel. Nur mit Mühe kamen sie voran. Die Freundinnen, mit denen sie verabredet waren, warteten bereits am Konstanzer Theater. Danach lief man durch die Stadt.

Entgegen Nadines Laune wurde der Abend vielversprechend und lustig. Die Gruppe von Mädels zog von einem Restaurant ins nächste, trank etwas und schlenderte weiter. Von Mal zu Mal verschwand eine der Damen und blieb in einem der Lokale hängen. Man war erwachsen und niemand war der anderen Rechenschaft schuldig. *Wie einfach das Leben doch sein kann,* dachte Nadine und war mitten im Geschehen, bis sie sich plötzlich alleine in einer kleinen Kellerbar stehen sah. Wie und wann sie dorthin gekommen war, wusste sie nicht. An den Tischen saßen Leute, dazu ertönten Schlager aus der Musikanlage, die man in falschen Tönen mitträllerte. Einige schunkelten, andere tanzten. Die Stimmung war ausgelassen, ausgesprochen heiter, bis sich jemand gegen Nadine drückte und sie dezent zur Bar schob. Sie wehrte sich nicht, zumal es keinen Sinn hatte. Wer hier die Einsamkeit suchte, war fehl am Platz.

»Na schöne Frau, so alleine?«, ertönte es unvermutet von der Seite. »Nettes Kostüm …« Den letzten Teil seiner Rede überhörte Nadine, da sie ohnehin auf derlei Anmache kaum reagierte. Zudem trug die Lautstärke nicht gerade zu einer Konversation bei und auf sich Anschreien stand ihr nicht der Sinn.

Erneut schien derjenige auf Tuchfühlung zu gehen. Zumindest hatte Nadine den Eindruck, als wollte man sie umarmen. Schüttelnd versuchte sie, sich dem Unbekannten zu entledigen. Neugierig, wer derart dreist war, schaute sie einem kernigen Burschen mit Kuhfell-Latzhose, dicken Oberarmen und liebem Lächeln entgegen. Sein dunkles Haar war gegelt und glitzerte im spärlichen Licht der Bar. Obendrein sah er blendend aus und das Strahlen seiner Zähne glich dem Zahnpastalächeln in einem Werbespot.

Wow, was ist das denn? Ich habe wohl eine Erscheinung. Nadine war überwältigt, ließ sich aber nichts anmerken. Zudem vernebelte der Alkohol ihre Sinne. Suchend schaute sie sich um, ob nicht eines der Mädels, mit denen sie vorhin ausgezogen war, hier irgendwo weilte. Obwohl sich inzwischen die Menschenansammlung als überschaubar erwies, konnte sie kein ihr bekanntes Gesicht ausmachen. *Was solls, dann lass ich halt den Abend mit diesem Prachtexemplar von Mann ausklingen. Muss sowieso bald heim. Morgen ist Dienst.*

Unvermutet presste sich ein älterer und übel riechender Zeitgenosse an ihren Rücken. Der Kerl hatte anscheinend zu tief ins Glas geschaut und bemerkte die junge Frau nicht. Auf eine Zurechtweisung verzichtete sie allerdings. Was hätte es auch genützt? Immerhin war Fastnacht. Also suchte Nadine das Weite und sah sich stattdessen einen guten Meter über der Erde schwebend wieder.

»Geht's noch? Was soll das? Lass mich sofort runter!«, zeterte sie und starrte mit weit aufgerissenen Augen denjenigen an, der sie hochgehoben hatte. Vergeblich drückte sie seinen Arm von sich weg und bemerkte das Pulsieren seiner Schläfen.

Doch der Karnevalsschönling schritt mit ihr, als wäre sie eine Trophäe, aus dem Lokal.

Unterdessen schaute Nadine ihn strafend an. Die Worte, die man ihr in der Gaststätte nachrief, waren von eindeutiger Natur. »Lass das! Ich kann alleine gehen. Bin doch kein Kind«, nörgelte sie und wirkte geradezu lächerlich mit der roten Clownsnase.

Es schien zwecklos. Der Kerl wollte nicht auf sie hören.

Obwohl Nadine die Situation peinlich war, gefiel sie sich in der Rolle der schwachen Frau. *Warum nicht auf Händen getragen werden*, dachte sie und ließ den Dingen ihren Lauf. *Schalt dein Hirn aus! Heute lässt du es drauf ankommen!* Allzu leicht machen wollte sie es ihm jedoch nicht. *Wo kommt man denn da hin, wenn irgendein dahergelaufener Cowboy mich einfach auf den Arm nimmt und meint, ich wäre Freiwild? Andererseits ...*

Inzwischen liefen immer mehr Betrunkene durch die Altstadt. Frauen wie auch Männer. Sie schrien, krakelten, sangen und manche standen in Ecken und waren miteinander beschäftigt.

»Kann ich deine Nummer haben? Ich hab meine verloren«, hörte Nadine ihn plötzlich sagen und traute ihren Ohren kaum. *Meint der das ernst oder will der mich verarschen?* Nadine spürte, wie sie rot wurde. Sie schüttelte den Kopf und lächelte ihn mit einer Mischung aus Skepsis und Neugierde an. Wobei Letzteres überwog.

»Du machst mich an, oder?«, schimpfte sie. Zum anderen wünschte sie, sie würde den Mund halten und ihn nicht auch noch in das Fahrwasser drängen. Wenn er Nein sagen sollte, wäre es gelogen und wenn er bejahte, wäre es ihr auch nicht recht. Also spielte es keine Rolle, was er antwortete. Indes Nadine überlegte, was sie erzählen konnte, lachte ihr Sonnyboy und meinte: »He, du wirst rot! Das gefällt mir. Eine schüchterne Lady.«

Sie schluckte und hoffte, alsbald wieder festen Boden unter den Füßen zu bekommen. So war sie nicht imstande zu denken, geschweige denn zu handeln. »Ich heiße Nadine«, brachte sie zögernd über die Lippen, obwohl er nicht nach ihrem Namen gefragt hatte. Sie hatte das Gefühl, irgendetwas sagen zu müssen. Egal was, Hauptsache, ein Wort.

Wie eine Marionette stellte er sie zurück auf den Asphalt, musterte sie, als erwartete er noch eine Antwort und kam ihr gefährlich nahe. Nadine trat einen Schritt rückwärts, dachte nach, was zu tun wäre, und fühlte auch schon seinen muskulösen Arm an ihrem Rücken reiben. Gleichzeitig presste er sie an sich, lächelte unverhohlen und drückte ihr einen dezenten Kuss auf den Mund.

Wow, der kann küssen.

Nicht schlecht die Kleine. Die geht richtig ran.

Nach einer gefühlten Ewigkeit und der Lust, nicht aufhören zu wollen, schlenderten die beiden Arm in Arm durch die laute bizarre Nacht, die durchdrungen war von rhythmischen Klängen der Guggenmusik.

Irgendwann in den frühen Morgenstunden wollte sich Nadine von ihm verabschieden, ließ sich jedoch zu einem letzten Getränk in irgendeinem stadtnahen Hotel überreden. Obwohl der Verstand *Nein* sagte und das Gefühl *Ja*, sah sie sich stattdessen in einem hübschen Hotelzimmer stehen und einen Drink nehmen.

»Ist schön mit dir«, sprach er grinsend und schenkte ihr Sekt nach.

Nadine fühlte sich unsicher. Die Tatsache, dass sie mit ihm aufs Zimmer gegangen war, ließ keinen Zweifel offen. Um sich Mut anzutrinken, nahm sie einen besonders großen Schluck.

»Lass das, das brauchst du nicht. Bei mir kannst du sein, wie du bist.« Seine Stimme klang einnehmend und verströmte ein Gefühl von Sicherheit. Behutsam nahm er ihr das Glas ab, stellte es auf einen der Beistelltische und schob sie dezent zum Boxspringbett, das schon beim Blick ins Zimmer mehr als einladend gewirkt hatte.

Nadine erzitterte, vernahm seinen herben Duft, der weder aufdringlich noch wie frisch geduscht roch. Sie hasste es, wenn ein Mann parfümiert war oder nach Seife schmeckte. Der Eigengeruch eines Mannes war für sie wie ein Geheimcode, dem sie entweder körperlich erlegen war oder der bei ihr Lustlosigkeit hervorrief. Doch jetzt passte alles.

Seine ausladenden Hände fuhren über ihren Rücken, glitten sanft über den runden Bauch hinauf zur Brust, die durch den Stoff ihres Kostüms drückte.

Ihr Herz raste, als sei es auf der Flucht, und ihr Kopf wurde rot, als wäre er eine Zeit lang der Sonne ausgesetzt gewesen. Hitze legte sich über sie. *Oh man, wie sehr ich das vermisst habe.* Im gleichen Moment beschleunigte sich Nadines Atem, als hätte sie gerade einen Sprint hinter sich gebracht.

Verklärt schaute sie ihn an und genoss das Öffnen ihrer Verkleidung.

Wenig später waren beide nackt, indes sein Aftershave ihre Nase kitzelte und ihr blumiger Duft die seine. Begierig packte er ihre Hüfte, jedoch nicht, ohne ein Kondom übergezogen zu haben. Erst danach wälzte man sich im Takt der Begierde auf dem Laken.

Das Leben hatte Nadine zurück. Endlich. Obwohl sie kein Freund von One-Night-Stands war, fühlte sich dieser hier richtig an. Sie würde es nicht bereuen und so wie sie die Sache einschätzte, stammte der Kerl nicht aus der Gegend. Wer würde schon zur Fastnacht in einem Hotel übernachten? Ein Konstanzer wohl kaum. Sie genoss noch ein wenig die Nähe des fremden Schönlings, der friedlich neben ihr mit gleichmäßigen Atemzügen schlief. Irgendwann in den Morgenstunden zog sie ihre Kleidung über und verließ barfüßig das Zimmer. Erst auf dem Hotelgang schlüpfte sie in Socken und Schuhe.

Die Wolken waren verhangen und es sah nach Regen aus.

Vor dem Hotel holte Nadine zunächst tief Luft, als hätte sie diese vermisst. Sie war kalt und fühlte sich rau an. Wie angewurzelt blieb sie stehen und schaute in ihren Taschen nach, ob sie nichts vergessen hatte. Eine Eingebung beschlich sie. Da Nadine weder eine Adresse von ihrem One-Night-Stand hatte noch im Bilde war, wie er hieß, war die Chance auf ein Wiedersehen gering. Sie wusste nicht, warum, aber es machte sie wütend. Ihr missfiel der Gedanke, dass ihr Cowboy es genau darauf abgezielt hatte. Gut, sie hatten ihren Spaß gehabt.

Angesäuert lief sie nach Hause.

Unterwegs begegnete sie den letzten Betrunkenen, die orientierungslos durch die Gegend schwankten. Solange man sie aber in Ruhe ließe, gingen sie die Leute nichts an. Dennoch kam sich Nadine in ihrer Verkleidung lächerlich vor und sie sehnte sich einer warmen Dusche, einem heißen Kaffee sowie ein paar Stunden Schlaf entgegen. Da sie ohnehin alleine im Büro sein würde, reichte es, wenn sie erst am Vormittag käme. Zwei Stunden Ruhe sollten genügen, um sich wieder fit zu fühlen.

5. Freitag

Langsam ging Nadine die Ruhe im Revier auf die Nerven. Zu viel davon bekam auch ihr nicht. Mit wem sollte sie reden? Hufnagel würde vor Donnerstag nicht erscheinen, indes Selzer Montag käme und man mit Hübner erst nach den Ferien zu rechnen hatte. Trotzdem lag darin etwas Gutes. Sie konnte ihren Gedanken nachhängen, sich wie ein liebeshungriger Teenager an die gestrige Nacht erinnern, ohne lästigen Fragen aus dem Weg gehen zu müssen. Bis Montag würde sich die erste Euphorie gelegt haben und sie war wieder bei klarem Verstand. Doch jetzt pochte ihr Herz und der Puls raste. Zugleich verspürte sie ein flaues Gefühl in der Magengegend. Der Alkohol machte sich bemerkbar und bedankte sich in Form von Kopfschmerzen, einem Empfinden, auf das sie gerne verzichtet hätte. Aber nun war es da und würde Nadine noch eine Weile an die letzte Nacht erinnern. *Ich hätte es besser wissen müssen. Dumme Kuh! Den Tag kannst du vergessen. Bin zu nichts zu gebrauchen. Andererseits ist eh keiner da. Also was solls. Tust halt so als ob.*

Nach der ersten Stunde ließen die Kopfschmerzen ein wenig nach. Auf eine Tablette wollte sie jedoch verzichten und quälte sich stattdessen durch den Tag. Doch mit der Zeit wurde selbst die Ruhe unerträglich, daher suchte sie im Internet nach einem Radiosender und drehte den Lautsprecher auf die mittlere Stufe. Unweigerlich sprach sie die Sätze nach, die eine sanfte Frauenstimme sang: »Dein Herz wird lauter schlagen, wenn du gibst, wenn du liebst, wenn Mut deine Angst besiegt.«

Allmählich kam ihre Energie zurück und ließ sie wieder auf die Arbeit besinnen. Sie öffnete das Fenster, weil ihr die Luft stickig vorkam. Üblicherweise lüftete einer der Kollegen bereits am Morgen. Doch der Kälte wegen hatte sie es heute gelassen.

Ich sollte mich noch mal mit der Akte von Tim Wendel befassen. Wenn Montag die anderen wieder da sind, bleibt kaum Zeit dafür, zumal der Fall nicht in unser Ressort fällt. Nadine schielte hinüber zu Hufnagels Schreibtisch und stellte mit Erschrecken fest, dass sie die Blumen nicht gegossen hatte. Rasch holte sie das nach, was letztendlich dazu führte, dass die Arbeit ins Hintertreffen geriet. Die junge Frau musste sich dazu ermahnen, tätig zu sein. Noch war sie im Fall Wendel keinen Deut weitergekommen. Sie hatte es der Mutter versprochen. »Komm schon«, sprach sie zu sich. »Wenn du nicht bald anfängst, wann dann?«

Nadine brühte sich erneut eine Tasse Tee. Die erste war in der Zwischenzeit kalt geworden und nach Kaffee stand ihr nicht der Sinn. Eine halbe Stunde dauerte es, bis sie zu ihrer alten Form zurückgefunden hatte. Die Kopfschmerzen hatten mittlerweile nachgelassen.

Die Wolken und somit auch der Regen waren verschwunden und hatten einen klaren blauen Himmel mit Sonnenstrahlen hervorgebracht.

Während Nadine die Akte des Jungen sichtete, beschlich sie ein ungutes Gefühl. Sie war davon überzeugt, irgendetwas übersehen zu haben. Die wenigen Fingerabdrücke, die man am Tatort gefunden hatte, machten sie stutzig. Obwohl ein Profi hätte wissen müssen, wie ein Fenster geschickt aufzuhebeln war, ohne Spuren zu hinterlassen. Dennoch gab es sie. Allerdings konnten sie niemandem zugeordnet werden. Wenn sie der Mutter helfen wollte, musste Nadine irgendwo ansetzen. Daher las sie die alten Protokolle, schaute sich Fotos vom Kinderzimmer des Jungen an und suchte nach ähnlichen Fällen, die sich zu jener Zeit ereignet hatten. Damals hatte man das Umfeld des Kleinen befragt. Die Eltern, Nachbarn, Freunde, Lehrer und Schüler. Das Alibi des Vaters überzeugte Nadine allerdings nicht. Angeblich hatte er an jenem Abend eine Selbsthilfegruppe für geschiedene Männer besucht. *Vielleicht sollte ich hier ansetzen.*

Die Eltern von Tim hatten die Hoffnung nie aufgegeben. Keiner der beiden zog je um. Sie behielten die gleichen Telefonnummern, in der Zuversicht, dass ihr Sohn eines Tages zurückkehren würde. Doch der Glaube verflüchtigte sich wie ein Tropfen Wasser in der brütenden Sonne.

Die Jahre vergingen.

Nunmehr waren es drei quälende geworden, in denen es weder Hinweise noch ein Lebenszeichen gab.

Allmählich begann es zu dämmern. Nadine entschied, Feierabend zu machen, als unerwartet das Telefon klingelte und Schröder am anderen Ende der Leitung sprach. »Na, lange Nacht gehabt?«, trötete er viel zu laut durch den Hörer.

Nadine war sprachlos. *Hä, was will der von mir?* »Wie kommst du darauf?«

»Hab dich gesehen.«

»Wie gesehen? Etwa gestern?«

»Ja! Du mich aber nicht, hattest ja was Besseres zu tun.«

So ein Scheiß, da geh ich mal aus und habe Spaß und ausgerechnet Schröder läuft mir über den Weg. »Und was geht dich das an?«

»Nichts, Nadine. Deshalb rufe ich auch nicht an.«

»Ach so, du, ich wollte eigentlich heimgehen. Hat das nicht Zeit bis Montag?«

»Okay, dann bis nächste Woche.«

Nadine gab sich zufrieden und beschloss, den Rest des Tages gemütlich daheim ausklingen zu lassen. Doch entgegen ihrer Planung schlief sie bereits am frühen Abend noch bekleidet auf ihrem Bett ein und erwachte gegen Mitternacht. Sie zog sich um, erledigte das Nötigste im Bad und begab sich zurück ins Bett. Am nächsten Morgen fühlte sie sich wie gerädert.

Da sie am Samstag nichts Besonderes vorhatte, beschloss Nadine, Christian Wendel einen Besuch abzustatten. Sie wollte ihn kennenlernen und die Gelegenheit nutzen, ein paar Fragen zu stellen. Der Mann wohnte in Wollmatingen, einem Konstanzer Stadtteil, der leicht mit dem Roller zu erreichen war. Die Adresse entnahm sie den Akten.

Der Wohnblock war ein schlichtes Mehrfamilienhaus mit blauen Balkons und weißem Anstrich. Er gehörte zu einer Siedlung aus den Siebzigern. Ein paar der Häuser waren wärmeisoliert, zudem besaßen sie neue Fenster. Den anderen sah man an, dass sie schon bessere Zeiten erlebt hatten.

Nadine betätigte den Klingelknopf aus hellem Plastik mit der Aufschrift Ch. Wendel und wartete geduldig ab, bis sich jemand meldete. Doch ohne ein Fragen surrte es an der Tür.

Sie schob die schwere Metalltür auf, suchte nach dem Namensschild und begab sich die wenigen Treppenstufen hinauf. Die junge Frau war nervös und fragte sich, was sie erwarten würde.

Ein Mann Mitte vierzig vielleicht auch älter mit schütterem Haar und freundlichem Gesicht stand bereits im Etagenflur. Es hatte den Anschein, als wartete er. Er wirkte verhärmt und sein Lächeln gequält.

Sie schritt auf ihn zu. »Hallo Herr Wendel, mein Name ist Nadine Andres. Ich bin von der Kriminalpolizei und würde Ihnen gerne ein paar Fragen stellen«, während sie sprach, wies sie sich aus.

Der Mann schaute sie skeptisch an. »Nach all den Jahren? Haben Sie meinen Jungen gefunden?«, fragte er mit einer Mischung aus Hoffen und Resignation.

»Nein, wir haben Tim nicht aufgefunden«, erwiderte sie und fügte ein leises »Noch nicht« an.

Als Christian Wendel den Namen seines Kindes vernahm, traf es ihn wie ein Stromschlag. *Tim* hatte er lange nicht mehr von anderen gehört. Mit einem frostigen Lächeln antwortete er: »Treten Sie bitte näher.«

Nur mit Mühe konnte Nadine sich beherrschen, als sie ihm in den Flur folgte. Für einen Mann war die Wohnung nicht nur sauber, nein, sie war regelrecht auf Hochglanz getrimmt. Es roch nicht, vielmehr stank es nach allerlei Putzmitteln und künstlichen Lufterfrischern.

Wendel führte sie ins Wohnzimmer, in dem zwei Sofas sich gegenüberstanden. Die Kissen darauf waren sorgfältig angeordnet und schienen im rechten Winkel ausgerichtet worden zu sein. Auf dem Couchtisch befand sich nichts, stattdessen war die Glasplatte frisch poliert. Die gerahmten Fotos des Sohnes an den Wänden waren unübersehbar.

»Nehmen Sie bitte Platz!«, meinte er mit sonorer Stimme.

»Danke!«, antwortete Nadine und rang sich ein Lächeln ab.

Für einen kurzen Moment wurde es still, während Nadine zu den Bildern schaute und Wendel die junge Frau inspizierte. Sein Blick war in gleichem Maße intensiv wie die Sterilität der Wohnung.

»Ich habe Ihre Exfrau letztens kennengelernt. Bei dieser

Gelegenheit erzählte sie mir von Ihrem Sohn. Ich würde gerne mehr über Tims Verschwinden erfahren.«

Wendel ließ seine braunen, warmherzigen Augen auf ihr ruhen. In Jeans und Sweatshirt wirkte er geradewegs wie ein Teenager. Unvermutet stand er auf und holte eines der Fotos, das ihm wohl wertvollste, von der Wand. »Das Bild wurde vor fünf Jahren gemacht«, dabei reichte er die Aufnahme an Nadine weiter. Es zeigte einen Urlaubsschnappschuss mit der Familie irgendwo am Meer.

»Ihr Sohn?« Nadine tippte auf den im Sand sitzenden Jungen.

Wendel nickte. »Ja. Das ruhigste meiner Kinder.«

»Könnten Sie mir bitte schildern, was sich damals ereignet hat?«, fragte Nadine freundlich, jedoch bestimmend.

Nachdem Wendel ihr nichts Neues berichten konnte, als das, was sie längst aus der Vermisstenakte wusste, erkundigte sich Nadine nach seinem Alibi.

Wendel tat schockiert. »Wissen Sie, wie oft mich Ihre Kollegen schon danach befragt haben? Ich war damals Mitglied einer Selbsthilfegruppe für geschiedene Männer. Wir trafen uns einmal die Woche von zwanzig bis zweiundzwanzig Uhr. Anschließend bin ich nach Hause gegangen.«

»Gibt es Zeugen?«

»Klar, meine Gruppe.«

»Und danach?«

»Wie danach? Ich bin alleine nach Hause, habe Fernsehen geschaut und bin gegen halb eins ins Bett.«

»Kann das jemand bestätigen?«

»Nein, verdammt noch mal. Ich lebe ohne Partnerin, warum sollte ich wohl zu einer Selbsthilfegruppe für geschiedene Männer gehen? Was soll die Fragerei? Sie glauben doch nicht, ich hätte meinen Sohn ...?«

»Ich glaube gar nichts, aber ich möchte Ihnen helfen, Ihren

Sohn zu finden. Sein Verschwinden finde ich ausgesprochen merkwürdig.«

»Dann suchen Sie den Kerl, der meinen Sohn auf dem Gewissen hat. Damit würden Sie uns behilflich sein. Was schätzen Sie wohl, wie sich ein Leben in Ungewissheit anfühlt? Man soll vergeben und nach vorne schauen, heißt es, aber das kann ich nicht. Was dieser Mensch getan hat, ist unverzeihlich.«

Nadine legte das Foto auf den Tisch und erntete sogleich den strafenden Blick Wendels.

»Wissen Sie, nicht nur unser Sohn ist verschwunden, sondern auch unsere Zukunft mit ihm. Wir werden niemals erleben können, dass er heiratet, eine Familie gründet und wir werden nie Großeltern seiner Kinder werden. Wir wissen noch nicht einmal, ob er noch am Leben ist. Selbst wenn Tim tot wäre, gibt es kein Grab, an dem wir Blumen niederlegen dürfen. Wir sind nicht in der Lage zu trauern«, er unterbrach sich selbst. »Frau Andres haben Sie Kinder?«

»Nein! Es tut mir sehr leid«, sagte Nadine, obwohl sie sich dessen bewusst war, dass es für solch ein Unglück keinerlei Entschuldigung gab.

»Dann können Sie meinen Schmerz nicht verstehen. Die Polizei hat seinerzeit ihr Bestes getan. Ich bin sehr dankbar dafür. Linda redet nicht gerne darüber, deshalb wundert es mich, dass sie Ihnen davon erzählt hat. Andererseits spricht es für Sie.« Christian Wendel erhob sich, nahm das Foto vom Tisch und hängte es an seinen angestammten Platz, indes Nadine das Gefühl hatte, dass Tim sie von jedem Bild aus beobachten würde.

Als sie an diesem Mittag in die Innenstadt mit dem Motorroller zurückfuhr, fühlte sie sich unwohl. Sie machte sich Vorwürfe, Wendel Derartiges unterstellt zu haben. Andererseits wusste sie, dass selbst Eltern nicht immer unschuldig waren. Die Frage nach eigenem Nachwuchs trieb sie um sowie die Bemerkung, dass sie den Schmerz nicht verstehen könne. Was hatte sie erwartet? Einen Mann vorzufinden, der sie freundlich und zuvorkommend behandelte, dazu einen, der ohne jedes Gefühl über sein Kind sprach? Womöglich noch ein Geständnis ablegte und alles erzählte, was sich damals ereignet hatte? Sie war naiv zu glauben, dass das Verschwinden des kleinen Tim eine Familienangelegenheit war und nur auf sie gewartet hatte, um den Fall nach drei Jahren zu lösen. Sie fühlte sich schuldig. Vielleicht hätte sie die Finger davon lassen sollen, zumal der Fall nicht in ihrer Abteilung angesiedelt war. Würde Selzer von ihrem Alleingang erfahren, gäbe es Ärger. Andererseits wusste niemand von ihrer privaten Aktion.

Gerade als Nadine in die Emmishofer Straße einbiegen wollte, in der sie wohnte, drehte sie kurzerhand erneut um. Jetzt, wo sie ohnehin unterwegs war, war sie gewillt, sich das Wohnhaus der Wendels aus der Nähe zu betrachten. Sie hatte sowieso nichts Besseres zu tun.

Die zweispurige Straße, die viel zu schmal für das Autoaufkommen war, führte stadtauswärts. Ein paar Geschäfte, ein Hotel und eine Gaststätte säumten die Fahrbahn. Viel hatte sich in den letzten Jahren hier nicht verändert. Der Verkehr war zudem sehr dicht.

Nachdem Nadine das Haus gefunden hatte, parkte sie ihren Roller auf dem Gehweg. Sie schaltete den Motor aus, nahm den Helm vom Kopf und verstaute ihn in der Sitzbank. Eine plötzliche Brise zerzauste ihr Haar, das sie sogleich wieder zu bändigen versuchte. *Schön ist anders*, dachte sie.

Die Polizistin zog den Reißverschluss ihrer Jacke bis unters Kinn. Anschließend stopfte sie die Hände in die Taschen und ließ ihren Blick entlang der Straße schweifen. Erst dann wanderten ihre Augen zum Haus, vor dem sie stand. *Der Beschreibung nach müsste das hier das Fenster des Jungen sein.* Die Stelle, auf die sie blickte, wurde gesäumt von bunten Herzen. Gleichfalls baumelten Plüschteddys, die von der Witterung verschlissen waren, am Fensterrahmen. Eine rote Grabkerze befand sich in der Ecke.

Nadine hing ihren Gedanken nach, schaute sich um, als ihr unvermittelt jemand die Hand auf den Unterarm legte. Sie erschrak und blickte in die Augen eines älteren Mannes. Sein welliges Haar samt grauen Schläfen ließen ihn interessant erscheinen. Nur die Nase schien ein wenig groß. Ansonsten war er adrett gekleidet und für einen Herrn seines Alters recht modern.

»Sind Sie wegen des Jungen da?«, fragte er mit nuscheliger Stimme.

»Ich verstehe nicht, was Sie meinen«, stellte sie sich unwissend und schaute ihn mit ernster Miene an.

»Jetzt kommen Sie schon, warum würden Sie sonst hier stehen?«, fügte er herausfordernd an.

»Angenommen es wäre so, was ginge Sie das an?«

»Nichts. Sind Sie von der Polizei?«, erkundigte er sich geschickt.

»Und wenn's so wäre?« Allmählich nervte er.

»Dann würde ich mich fragen, was Sie hier suchen.«

Genervt zückte sie ihren Ausweis und hielt ihn dicht vor seine Augen.

»Wusst ich's doch.«

»Und Sie? Kann ich Ihren Personalausweis mal sehen?«

Er nickte, schien nach irgendetwas zu suchen, und erklärte, dass er ihn nicht bei sich trage. Mit einem tiefen Durchatmen stellte er sich als Volker Maurus vor. Da Nadine nicht im Dienst war, gab sie sich damit zufrieden. Zudem erkundigte sie sich nach seiner Adresse, die er ihr nach kurzem Nachdenken nannte. Sie glaubte ihm kein Wort.

»Gut, da wir jetzt alles voneinander erfahren haben, könnten wir doch über den Jungen reden. Was meinen Sie?« Er meinte es tatsächlich ernst.

Lass den Spinner! »Geht es Ihnen nicht gut?«, wollte Nadine wissen.

»Sie nehmen mich nicht für voll. Das sollten Sie aber. Vielleicht kann ich Ihnen mehr über den Kleinen berichten, als Sie glauben. Nur dafür sollten Sie kooperativer sein. Sonst war's das jetzt mit uns.«

Nadine dachte nach. Wenn er tatsächlich etwas über das Verschwinden des Burschen wusste, musste sie mehr über ihn in Erfahrung bringen. Ein Name, noch dazu ein falscher, damit käme sie nicht weiter. Sie brauchte mehr Hintergrundwissen.

»Gut, was schlagen Sie vor?«, fragte sie einlenkend.

»Wie wäre es mit einem Kaffee? Ein paar Ecken entfernt gibt es ein gemütliches Lokal.« Sein Blick wanderte über die Straße. *Was bleibt mir anderes übrig. Ich kann den nicht einfach so gehen lassen.* »Okay, trinken wir einen Kaffee.«

Der Fremde hatte recht. Das Kaffeehaus, in dem sie nun saßen, war mit der verglasten Kuchentheke und den Schiefertafeln an der Wand einladend gestaltet. Zudem gab es etliche Kaffeevarianten und die Torten waren überaus reizvoll.

Nadine haderte, sollte sie eines der leckeren Teile probieren oder sich mit einem Kaffee begnügen? Sie entschied sich für Letzteres, zumal eine allzu private Atmosphäre der Neugier eher schadete.

Die beiden setzten sich an den einzig leeren Tisch direkt am Fenster. Die Gespräche der Leute waren unüberhörbar. Wie es schien, war das Lokal sehr beliebt. Nachdem man bestellt hatte, konnte Nadine nicht länger an sich halten. »Also, ich höre!«

»Langsam, junge Frau, langsam.« Maurus harkte sein dunkles Haar einmal quer über die Stirn. Sein Blick war scharf und er musterte die Leute. Als er sich lang genug umgesehen hatte, legte er die Hände auf den Tisch und faltete die Finger ineinander. »Sagt Ihnen der Name Faller etwas?«, fragte er nach.

Nadine schürzte die Lippen und verneinte.

»Nicht? Dann sollten Sie erst Ihre Hausaufgaben machen, bevor wir beide weiter miteinander reden.«

»Was meinen Sie damit?«, hinterfragte Nadine überrascht und wusste nicht, ob er nur einen Scherz machte.

»Besser, Sie merken sich den Namen und machen sich schlau.« Unterdessen schob er eine Visitenkarte über den Tisch. »Wenn wir auf dem gleichen Wissensstand sind, rufen Sie mich an!« Er stand auf, reichte ihr seine verschwitzte Hand und meinte mit einem raschen Augenaufschlag, dass er sie einlade. Unmittelbar danach verschwand er durch die Glastür, die sein Gehen mit einem hellen Ton untermalte.

»Was war das denn jetzt?«, sprach Nadine leise vor sich hin und überhörte die Stimme des Kellners, der sie fragte, ob alles in Ordnung sei. Überrascht blickte sie hoch und stotterte ihm ein »Jaja, alles bestens« entgegen. Noch immer lag die Visitenkarte auf dem Tisch, dort, wo der Fremde sie liegen gelassen hatte.

Nadine nahm sie an sich und las erstaunt darüber hinweg. *Detektei Maurus: Wirtschaftsdetektei und Privatdetektei* – er hatte mit dem Namen nicht gelogen. Grübelnd wendete sie die Karte, überflog die Kontaktdaten des Unbekannten. *Was hat ein Privatdetektiv mit dem Verschwinden dieses Jungen zu tun? Möglicherweise haben die Eltern ihn beauftragt. Und was hat es mit dem Namen Faller auf sich?* Obwohl Nadine Wochenende hatte, trieb die Neugier sie um. Daher beschloss sie, ins Büro zu fahren und danach zu recherchieren. Ansonsten hätte sie ohnehin keine Ruhe gehabt. Je mehr sie sich mit dem Fall Wendel auseinandersetzte, umso undurchsichtiger wurde er.

Es war ein merkwürdig friedliches Gefühl, als sie das Foyer des Polizeireviers betrat. Darin wirkte es ruhiger denn je. Nadine meldete sich am Empfang an und erklärte dem älteren Herrn, dass sie noch zu arbeiten habe. Lächelnd nickte er sie durch.

Raschen Schrittes preschte sie die Treppen hinauf und konnte es nicht erwarten, den Computer anzustellen. Normalerweise ließ sie sich damit Zeit, hängte als Erstes die Jacke in den Schrank, ging zur Toilette und gönnte sich eine Tasse Tee. Aber heute nicht. Ihre Steppjacke legte sie nur auf den Schreibtisch, die Tasche auf den Boden und sehnte sich der Frage nach dem Passwort entgegen. Genervt klopfte sie unterdessen auf den Tisch.

Endlich.

Sie konnte loslegen.

Da Tim Wendel als vermisst galt, lag die Vermutung nahe, dass es sich bei der Person Faller um jemanden handelte mit ähnlichem Schicksal. Ebenso konnte er oder sie auch mit dem Verschwinden des Jungen zu tun gehabt haben. Nadine musste es herausfinden.

Sie verdrängte den letzten Gedanken wieder und gab zunächst die Buchstaben F A L L E R in die Suchmaske der Vermissten-kartei ein. Nur fand sie niemanden mit diesem Namen vor. Auch die nächsten Versuche blieben ohne Erfolg. Resigniert lehnte sie sich an die Stuhllehne und dachte nach. Doch gerade als sie aufgeben wollte, erinnerte sie sich an die nuschelige Aus-drucksweise des Detektivs und versuchte es mit einer anderen Schreibweise. Sie gab F A E L L E R in das Suchfeld ein und wurde fündig. Eine Ivonne Faeller wurde tatsächlich in der Vermisstendatei der Polizei geführt. Jedoch war die Studentin am Abend des 20. Oktobers 2007 zum letzten Mal gesehen worden.

6. Sonntag, 26. Februar

»Sie sehen fantastisch aus, Charlotte!«, bemerkte Maria, die Bekannte und engste Verbündete. Die beiden Rentnerinnen wohnten im Seniorenstift *Wolkenlos,* eines der mondänsten und besten Domizile Deutschlands, direkt am Bodensee gelegen. Wer sich hier eingemietet hatte, zählte entweder zu den wohlhabendsten Rentnern oder hatte schlichtweg Glück. Etwa wie Maria Schulz die rüstige Berlinerin, die einem späten Lottogewinn ihr Hiersein zu verdanken hatte. Obwohl sie ihre Heimatstadt über alles liebte, genoss sie nun die Beschaulichkeit und Ruhe, die ihr der Bodensee zu bieten hatte. »Haben Sie abjenommen?«, meinte sie mit prüfendem Blick und schaute die circa zehn Zentimeter größere Dame in ihrem ungewöhnlichen Outfit an. Der schwarze Krempenhut, das tüllverhangene Gesicht mit den dunkel geschminkten Augen sahen furchterregend aus und erinnerten Maria an die Hexen aus ihren Kinderbüchern. Charlotte war nicht mehr wiederzuerkennen.

»Sooo, finden Sie? Schwarz macht schlank. Das sollten Sie auch mal versuchen«, entgegnete Charlotte Kaufmann, die ihre Heimat Konstanz im Gegensatz zu Maria niemals verlassen hatte.

»Ne ne, dit ist nicht meine Farbe. Viel zu düster. Ick bleibe bei Pink. Dürften übrigens mehr Frauen tragen. Wann jeht der Umzug los?«

»Dreizehn Uhr. Sie sollten sich beeilen, wenn wir nichts verpassen wollen.«

»Wie ofte soll ick Ihnen noch sagen, dass mich sowat nicht interessiert? Ick komme nur Ihnen zuliebe mit. Bei uns jab it sowat nicht. Na ja, Fasching oder 'nen Kostümball dit hatten wir schon. Ick wes nicht, wat die Leute an der Fastnacht finden. Wird mir wohl ewig ein Rätsel bleiben.«

»Maria, Sie müssen nicht. Keiner zwingt Sie. Bedenken Sie, unser Haus hat für uns Rentner eigens einen Platz reserviert, sogar mit Stühlen. Komfortabler geht es nun wirklich nicht.«

»Is ja schon jut, ick komme doch mit. Nur will mir dieses Verkleiden nicht in die Birne«, schimpfte Maria und stellte sich provokant neben Charlotte, deren Eleganz unübersehbar war, wohingegen sie pummelig wirkte. Das ausladende Hinterteil, dazu die Statur machten aus ihr eine gemütliche Dame, wobei die Bezeichnung einer Dame für sie eher unpassend war. Sie strotzte vor verbalem Tatendrang, hatte zu jeder Zeit einen passenden Spruch auf den Lippen und den Gedanken an Zurückhaltung wies sie weit von sich. Maria gehörte unweigerlich zu den Exoten im Seniorenheim, was Charlotte nichts auszumachen schien.

»Dann bleiben Sie, wie Sie sind! Mein Klaus, Gott hab ihn selig, mochte das auch nicht.«

»Jut, wie Sie meinen. Ick schmiere mir ein bisschen Farbe uf die Lippen und dann kann's losjehen.«

»Machen Sie das.« Gleichzeitig dirigierte sie die Freundin aus ihrem Appartement. »Wir treffen uns dann kurz vor halb eins im Foyer!« Charlotte hakte sich bei Maria ein und führte sie in Richtung Tür.

Maria schluckte, nickte aber tapfer. »Gut.« Und sie lächelte frostig.

Nachdem Charlotte die Tür hinter ihrer Bekannten geschlossen hatte, lief sie zurück ins Wohnzimmer. Sie setzte sich auf das gemütliche Sofa, das aus jener Zeit stammte, als ihr Gatte noch gelebt hatte. Doch nach dessen Tod hatte sie das Alleinsein satt. Die Tochter und der Sohn führten ihr eigenes Leben und vom Haus Wolkenlos hatte man seinerzeit nur das Beste gehört. Zudem wollte sie sich von ihrem Freundeskreis ein wenig abheben. Dank der ersprießlichen Pension ihres Mannes sowie einer bescheidenen Erbschaft ließ es sich hier wunderbar wohnen. Ihre Kinder Heidi und Rudolf sah sie regelmäßig.

Mit Bedacht wählte sie Rudis Nummer.

Für gewöhnlich aß sie mit ihrem Sohn und dessen Familie sonntags zu Mittag. Heute aber nicht. Jedoch für einen Plausch hatte sie noch Zeit.

Nach mehrmaligem Klingeln nahm Christine, Rudis Frau, ab.

»Hufnagel!«, sprach sie kurz angebunden in den Hörer.

»Hallo Christine, ich bin's.«

»Ach hallo Mutter, bitte warte kurz! Ich reiche dich an Rudi weiter. Ich muss wieder in die Küche, sonst verbrennt mein Essen«, antwortete Christine gehetzt und schnitt der Schwiegermutter das Wort ab, die noch wissen wollte, was es denn Gutes gebe.

Pikiert übte sich Charlotte in Geduld.

Christine übergab den Hörer an Rudi und flüsterte ihm zu: »Deine Mutter!«

»Hallo Mutter. Ich nahm an, du wolltest zum Umzug. Hast Glück, dass du uns noch angetroffen hast. Wir sind ebenfalls gleich weg.« Er machte eine kurze Pause. »Wie geht's dir?«

Charlotte spürte seine Ungeduld.

»Junge, wir können gerne am Abend telefonieren.«

Rudi schnaufte. *Heute, geht's nicht. Woher soll ich wissen, wann ich daheim bin? Am Ende machen wir eine Zeit aus. Bin ich dann nicht da, ist sie mies gelaunt.* »Besser nicht. Mit Sicherheit werden wir noch feiern, du kennst die Jungs doch.«

Und ob Charlotte sie kannte, denn die Vereinsmitglieder der Blätzlebuebe-Zunft trafen sich gerne noch auf ein Bier nach jeder Veranstaltung. Wie oft hatte sie mit ihm deswegen schon gestritten, weil er als Jugendlicher krakeelend durchs Elternhaus gepoltert war. Nur jetzt musste seine Frau damit leben.

»Wie du meinst, mein Sohn.«

Rudi sah sie direkt vor sich, wie sie in aufrechter Haltung mit ihm sprach. Bereits als Kind hatte er das gehasst. Obwohl die Mutter keine Lehrerin war, erinnerte ihn doch vieles daran. Er schluckte, wiederholte es und gab ihr ein würgendes »Dann bis nächsten Sonntag« zur Antwort. *Wieso kann sie das nicht verstehen?* Derweil die Mutter dachte: *Weshalb hat er nie Zeit für mich? Ein Anruf am Abend wird doch wohl möglich sein.*

Charlotte drückte sich gemächlich vom Polster hoch, lief hinüber zur Anrichte und schaute auf die im Halbkreis stehenden Familienfotos. Mit dem Zeigefinger streifte sie über ihr Hochzeitsbild, zwinkerte ihrem verstorbenen Gatten zu und schweifte in die Vergangenheit ab, bis sie vom Getöse, das vom Hausflur herrührte, unterbrochen wurde.

Die Seniorin zuckte zusammen, blickte zur Wanduhr und erinnerte sich, alsbald gehen zu müssen.

Zielgesteuert schritt sie durch das Appartement, schaute, ob das Licht ausgeschaltet war und ob sie den Herd nicht angelassen hatte. Sie war alt, nicht senil und solange es ging, wollte sie es den anderen beweisen. Selbstständigkeit war für Charlotte nicht nur ein Wort, sondern eine Denkweise, die gerade im Alter zunehmend an Bedeutung gewann.

***

»Nadine?«, fragte Lea und trat ungeduldig auf der Stelle. »Komm, die anderen warten schon.« Sie klapperte mit Geschirr und befüllte noch rasch die Spülmaschine.

»Jaaa, einen Moment bitte«, rief Nadine aus ihrem Zimmer, dessen Tür offen stand. »Ich muss noch telefonieren. Geht schon mal vor! Ich komme nach.«

»Wie du meinst.« Ohne ein weiteres Wort flog die Wohnungstür ins Schloss.

Ich muss unbedingt mit Maurus reden. Was wollte er mir gestern sagen? Es muss mit dieser Faeller zu tun haben. Ob ich den am Sonntag stören kann? Trotzdem wählte sie dessen Nummer.

»Was ist los?«, maulte jemand am anderen Ende der Leitung.

»Herr Maurus?«

»Wer will das wissen?«

»Wir sahen uns gestern.«

»Ach, Sie sind's. Und haben Sie Ihre Hausaufgaben gemacht? ... Wenn nicht, lege ich gleich wieder auf.«

»Jetzt mal langsam. Hören Sie sich doch erst mal an, was ich zu sagen habe.« *Was für ein ungehobelter Kerl. Vielleicht sollte ich mein Handy anschalten und das Gespräch aufnehmen.*

Maurus stöhnte auf. »Ich hoffe nur, es rechtfertigt die sonntägliche Störung. Wollte mich gerade aufs Ohr legen. Nur zu. Ich höre!«

Nadine erzählte, was sie aufgrund seiner Angaben herausgefunden hatte.

»Na ja, viel ist das nicht. Zumindest haben Sie sich informiert.«

»Danke für das spärliche Lob. Nun würde ich gerne erfahren, was Sie damit zu tun haben«, entgegnete Nadine ungerührt.

Maurus schluckte hörbar. »Die Eltern der Vermissten haben

mich mit der Suche der Tochter beauftragt, weil die Polizei zu blöd war, sie zu finden.«

»Damit tun Sie uns unrecht, Herr Maurus«, empörte sich Nadine.

»Mag sein, aber ich kenne Ihre Arbeitsweise. Ich habe damals versagt, deshalb habe ich den Herren in Grün den Rücken gekehrt. Als Selbstständiger verdiene ich ein Vielfaches von dem, was ein Beamter hat.«

Blödmann. Also ein Kollege. »Wenn jeder so denkt, wer sorgt dann für Recht und Ordnung?«

»Jetzt lassen wir mal die Gefühlsduselei und kommen zum Punkt. Meine Abteilung wurde damals mit dem Fall betraut. Wir haben alles Menschenmögliche unternommen. Sogar Taucher waren im Einsatz. Es gab weder einen Hinweis auf den Verbleib des Mädchens noch eine Spur.«

»Wie? Ihre Abteilung?«, hinterfragte Nadine.

»Hören Sie mir nicht zu? Ich sagte, dass ich mit dem Fall betraut war. Irgendetwas passte in meinen Augen nicht zusammen. Danach hatte ich die Schnauze von dem vielen Verwaltungskram gestrichen voll und gründete eine Detektei. Ich wollte nach meinen Regeln arbeiten. Mag sein, dass sie nicht immer legal sind, aber ich kann den Leuten wenigstens helfen und lasse die Akten nicht vor sich hin schmoren. Fünfundneunzig Prozent Erfolgsquote sprechen wohl für sich.«

»Und wieso dann das Interesse für die vermisste Studentin?«

»Ganz einfach, sie gehört zu den fünf Prozent der ungeklärten Fälle. Mich ließ der Fall seinerzeit schon nicht ruhig schlafen und ich will endlich herausfinden, was ihr zugestoßen ist. Wenn man wenigstens ihre Leiche fände. Übrigens ähnlich wie im Fall des kleinen Jungen, vor dessen Wohnhaus Sie standen. Finden Sie das nicht seltsam?«

»Ein Gewaltverbrechen wurde einst bei Ivonne Faeller auch nicht ausgeschlossen«, entgegnete Nadine.

»Da stimme ich Ihnen zu! Ein paar Tage darauf passierte nämlich das Gleiche in Freiburg. Die fünfundzwanzigjährige Studentin Irina Koslowska verschwand dort spurlos. Wir hatten damals direkten Kontakt zur Sonderkommission nach Freiburg. Die junge Frau war nach einer Party auf dem Heimweg und wurde seither nicht mehr gesehen. Erst zwei Tage später fand man ihr Handy. Bis heute fehlt von ihr jede Spur.«

»Was ergab die Handyauswertung?«, wollte Nadine wissen.

»Wir haben Millionen Handydaten ausgewertet, die Aufschluss darüber gaben, wer sich in der Zeit vom 20. Oktober bis Ende Oktober 2007 im Bereich der Seestraße in Konstanz sowie entlang der Dreisam in Freiburg aufgehalten hat. Wäre dabei herausgekommen, dass sich eine Person zu den fraglichen Zeiten sowohl in Konstanz als auch in Freiburg befand, dann hätten wir den Sechser im Lotto gehabt.«

»Und hatten Sie?«

»Nein! Die beiden Fälle wurden nie gelöst. Und genau hier komme ich ins Spiel. Für mich gab und gibt es einen direkten Zusammenhang.«

Ich hoffe, der verrennt sich nicht. »Und wie finden *wir* nun zusammen?«, fragte Nadine.

»Weiß ich noch nicht. Lassen Sie mir Zeit! Soviel mir bekannt ist, ist die Beweislage bei Tim genauso dürftig wie bei den anderen Fällen. Sehen Sie zu, dass Sie irgendetwas Brauchbares finden. Solange ...«, er hörte unerwartet auf zu sprechen.

»Solange ... was? ... Und wieso kennen Sie den Namen und die Adresse des Jungen? Normalerweise gibt man die Privatdaten nicht bekannt.« *Na ja, als ehemaliger Polizist wird er seine Quellen haben.*

»Kindchen, lassen wir das!«, räusperte sich Maurus. »Wenn Sie was haben, melden Sie sich! Ansonsten verzichte ich.«

Und wieso sollte ich das tun? Bin ich ihm unterstellt? Nö! ... Also dann ... Ist doch nur so ein Spinner, der sich wichtig machen will ... Oh, zu dumm, jetzt brauche ich auch nicht mehr los. Zwei Uhr, ich nehme an, nun ist der Umzug vorbei.

Nadine zog sich dennoch an. Zumindest wollte sie der Freundin ihren guten Willen beweisen.

In Höhe der Lutherkirche, die vis-à-vis der Volksbank stand und zentral gelegen an der *Oberen Laube* war, konnte sie für sich einen vorteilhaften Platz ergattern. Von hier aus war der Umzug mühelos sichtbar. Fast neunzig Fastnachtsgruppen, Vereine und Hästräger aus Konstanz sowie den umliegenden Städten nahmen daran teil und boten ein buntes Programm. Obwohl sie alleine dem fröhlichen Treiben frönen musste, konnte sie sich daran erfreuen. Das trockene Wetter mit einem Hauch von Sonne ließ die Narren heute nicht im Stich. Etwa nach einer Stunde war alles vorbei und die Menschenmassen quetschten sich durch die Altstadt.

Nadine schloss sich ihnen an, ließ sich treiben. Da sie keine Lust verspürte, nach Hause zu gehen, entschied sie, durch die Stadt zu laufen. Vielleicht traf sie jemanden. Doch nichts dergleichen geschah. Missmutig beschloss sie, dem ein Ende zu setzen, bis sie unvermutet auf ihre Bekannte Charlotte Kaufmann und deren Freundin Maria Schulz traf. Die beiden diskutierten gerade, ob sie noch einen Kaffee trinken sollten oder ob es besser wäre, ins Seniorenheim zu fahren. Da die Busse überfüllt waren, entschied man sich für das *Rosgarten Café.* Einst genannt auch das *Haus zum Engel,* hatte es bereits während der Zeit des Konstanzer Konzils dem einen oder anderen Reisenden als Gasthof und Schlafstätte gedient. Die Städter liebten das Café ihrer Tradition wegen. Hier traf sich Jung und Alt und man schätzte die hauseigene Konditorei.

Charlotte drückte die junge Frau an sich, umarmte sie. »Ach hallo Nadine, schön, dich zu sehen. Oh, wir haben uns ja lange nicht mehr gesehen. Und wie geht's dir so?«, fragte sie mit nasaler Stimme, indes Maria gelangweilt neben ihr stand und lieber nach Hause gefahren wäre, um es sich am Sonntagnachmittag auf dem Sofa bequem zu machen. Stattdessen musste sie mit Hunderten die Stadt teilen, obwohl sie es aus Berliner Zeiten nicht anders kannte. Außerdem hätte sie gerne unter vier Augen mit ihrer Bekannten geplaudert, statt mit dieser Frau, die sie ohnehin kaum kannte. Jedoch viel schlimmer war das zu erwartende Gespräch. Mit Sicherheit ging es wieder um ungelöste Kriminalfälle, in die sich Charlotte mit Inbrunst mischte. Darüber hinaus hatte die Seniorin nicht nur einen Sohn, der bei der Kripo arbeitete, sondern unzählige Freunde sowie Bekannte, die, sollte sich etwas Ungewöhnliches ereignen, sich direkt an sie wandten. Anscheinend glaubte man, so die Fälle zu lösen. Dank der Ehe mit einem Konstanzer Ermittler und einem Gespür für Mord hatten die Täter bei ihr nichts zu lachen. Selbst nach dem Tod des Gatten sollte sich daran wenig ändern.

»Gut und dir? Du hörst dich verschnupft an«, fragte Nadine die Mutter von Rudolf Hufnagel, ihrem Kollegen und ehemaligen Chef. Sie hatte diese durch ihren ersten Mordfall kennengelernt und war seither mit ihr per Du.

»Ach, die blöde Erkältung plagt mich nun schon eine geschlagene Woche. Will einfach nicht weggehen. Wie wär's, begleitest du uns auf ein Kännchen Kaffee?«

Da Nadine nichts Besseres vorhatte, schloss sie sich den Damen an. Und wie von Maria befürchtet, gab es nur ein Gesprächsthema. Nur dieses Mal hatte Charlotte Pech. Ihre junge Freundin konnte ihr nichts Außergewöhnliches berichten. Die

Kollegen waren im Urlaub, während sie ihren Schreibtisch auf Vordermann gebracht hatte und die Zeit wohl genoss. Jedoch als Nadine vom Verschwinden des kleinen Tim erzählte, wurde Charlotte hellhörig.

»Ich erinnere mich gut an den Fall. Damals war Rudi noch bei der Straßenverkehrsbehörde. Ich las in der Zeitung davon, konnte allerdings nichts tun. Wer hätte mir geglaubt, geschweige denn zugehört?«

»Wie meinst du das, Charlotte?«, hinterfragte Nadine sichtlich überrascht.

»Ach weißt du. Nun ...«, druckste sie, »... ich lebe seit der Kindheit hier und da fallen einem halt die einen oder anderen Dinge auf ...«

Nadine unterbrach sie. »Von welchen Dingen sprichst du?«

»Es muss so zehn oder fünfzehn Jahre her sein. Da verschwand schon einmal ein Kind urplötzlich aus der elterlichen Wohnung«, bemerkte Charlotte nachdenklich und nippte an ihrer Kaffeetasse, während sie Nadine über den weißen Porzellanrand anschaute. Ihre kleinen faltigen Augen funkelten, als erwartete sie ein Geschenk. Längst spürte Charlotte, dass ihre Mitarbeit vonnöten war. Allerdings musste sie mit der Preisgabe ihrer Informationen sparsam umgehen, damit Nadine auch anbiss.

Selbst Maria war von Neugier erfüllt und ahnte bereits, worauf das Gespräch hinauslief. »Ja und wat geschah dann?«

»Dann verlief die Sache im Sand. Man erzählte sich, dass die Tochter eines Tunesiers und einer Deutschen nach Tunesien entführt worden sei. Nach der Trennung der Eltern, so hieß es, wurde das Kind der Mutter zugesprochen.«

»Ja und? Dann hätte ick mein Kind wieder zurückgeholt. Wo jibt's denn so wat?«, empörte sich Maria. Ihrem Blick nach zu urteilen, konnte sie die Handlung der Mutter nicht nach-vollziehen.

»Maria, wenn ein Tunesier außerhalb Tunesien ein Kind zeugt, hat dieses automatisch auch die Staatsbürgerschaft des Vaters. Und sobald sich das Kind in Tunesien befindet, greift das islamische Familienrecht. Danach sind Väter traditionell die gesetzlichen Vertreter des Kindes. Sie dürfen gemäß dem islamischen Recht den Aufenthaltsort ihres Kindes bis zur Volljährigkeit bestimmen. Viele Mütter glauben, dass das deutsche Sorgerecht ihnen hilft, die Kinder zurückzuholen. Was letztendlich ein Irrglaube ist.«

»Du meinst, die Kleine wurde gar nicht von ihrem Vater entführt?«, wollte Nadine wissen.

Charlotte nickte verhalten.

»Angenommen, es war so, was macht dich da so sicher?«, hakte Nadine nach.

»Mein Scharfsinn. Ich kannte die Familie vom Sehen her. Manchmal traf ich die Frau beim Einkaufen in unserem Tante-Emma-Laden um die Ecke. Sie grüßte immer freundlich und die Kleine bekam von der Verkäuferin ein Gutsle, unterdessen der Gatte draußen mit ihrem Mops wartete. Auf mich machten die einen ganz normalen Eindruck. Nicht so, als wären sie geschieden und hätten es jemals vor. Monate später nach dem Verschwinden des Kindes sah ich ihn mal in der Stadt. Er trug einen Vollbart und wirkte verhärmt. Seine Frau sah ich nie wieder.«

»Wieso hast du den Mann nicht angesprochen und nach dem Kind gefragt?«, erkundigte sich Nadine und strich sich mit der flachen Hand über ihr Kinn.

»Wieso?« Das Wort kam gepresst. Sie schien sich Vorwürfe zu machen. »Weil ich den Mut dazu nicht aufbrachte. Heute bereue ich es.«

»Charly, nun versteh ick die Welt nicht mehr. Sie mischen sich doch sonst in allet ein, warum nicht dort?« Maria tat überrascht.

»Sie haben recht, Verehrteste. Ich war nicht immer so neugierig wie jetzt. Es gab eine Zeit, da war ich das nicht. Zu Hause mit meinem Mann Klaus da schon, aber in aller Öffentlichkeit war mir das peinlich. Es war unschicklich. Eine Frau übte sich in Zurückhaltung.« Ein Wort, das in Marias Ohren wie Hohn klang. Allzu gerne hätte sie sich dazu geäußert. Aber aus gebührendem Respekt der Freundin gegenüber versuchte sie wenigstens dieses eine Mal, den Mund zu halten. Was hätte es gebracht? Maria sah Charlotte an, dass sie die Sache von damals bis heute nicht loslassen wollte.

»Und warum glaubst du an keine Kindesentführung?« Nadine hatte den rechten Ellenbogen auf den Tisch gestellt und ihr Kinn in die flache Hand gelegt.

»Doch an die schon, aber nicht so, wie die Leute denken. Überleg mal, wieso läuft der Vater der Kleinen in Konstanz umher, wenn sein Kind in Tunesien ist.«

»Dit ist aber jetzt nicht Ihr Ernst? Die Kleene konnte doch och zu Hause bei der Mutter sein, oder sonst wo. Nö, dit klingt mir unlogisch.«

»Charlotte, so ganz überzeugt bin ich davon auch nicht. Hast du nicht irgendetwas, was deine Vermutung bestärkt?«, fragte Nadine.

»Nein! ... Doch.« Die alte Dame schien verwirrt. »Doch. Ein paar Jahre nach dem Vorfall musste ich auf dem Weg durch die Stadt dringend zur Toilette. Ich nahm das erstbeste Lokal und sah den Tunesier an der Theke sitzen. Er wirkte angetrunken und unterhielt sich mit dem Nachbarn. Bruchstückhaft hörte ich den Namen seiner Tochter Anissa und dass sie ihm fehle. Passt das zusammmen?«

»Warum hast du das nicht der Polizei gemeldet?«, stieß Nadine trocken hervor.

»*Warum?*«, wiederholte Charlotte augenrollend. »Die hätte mir nicht geglaubt.«

»Aber Ihr Mann!«, empörte sich Maria.

»Klaus? Der schon. Uns waren die Hände gebunden. Die Mutter hatte die Kleine nicht als vermisst gemeldet, daher ging man der Sache nicht weiter nach. Man war sich sicher, dass es dem Kind bestens ergehe.«

»Hört sich dubios an. Jeder darf leben, wo er will. Man kann nicht Hinz und Kunz suchen, nur weil derjenige wie vom Erdboden verschluckt ist. Manche Menschen wollen sich nicht finden lassen, aus welchem Grund auch immer.« Nadine wirkte nachdenklich.

7. Rosenmontag

Allzu gerne hätte Nadine geglaubt, dass die ungelösten Fälle miteinander zu tun hatten, derweil sie am Fenster stand und in den Abendhimmel schaute. Die Theorie vom ominösen Unbekannten, der seit Jahren sein Schindluder trieb, erschien ihr mehr als fragwürdig. Fände man ihn, würden sich mit einem Schlag zig Vermisstenfälle auf einmal lösen. Wie einfach das Leben doch sein konnte. Zwischen den Fällen, wären es welche, lägen mehr als zehn Jahre. Auch schienen sie keine Gemeinsamkeiten aufzuweisen. Ein kleines Mädchen – ein Zehnjähriger – zwei junge Frauen machten die Annahme auf ein Sexualverbrechen mehr als fragwürdig. Dazu gab es keinerlei Hinweise auf ihren Verbleib und noch viel schlimmer war die Tatsache, dass Nadine die Suche auf eigene Faust betrieb. Je mehr sie sich mit dem Verschwinden des kleinen Tim befasste, desto merkwürdiger wurden ihr die Verstrickungen. Hinzu kam das unerwartete Erscheinen von Maurus, einem ehemaligen Polizisten, von dem sie bislang noch nie etwas gehört hatte. Hufnagel musste ihn kennen. Ihn konnte sie fragen.

Nadine hatte sich den Abend weiß Gott anders vorgestellt, ohne diese Kopfschmerzen und ständigen Grübeleien. Gedankenversunken rieb sie über ihre Schläfen.

Lea steckte den Kopf zur Tür herein, die nur angelehnt war.

»Na, wo warst du denn? Wir haben auf dich gewartet. Schade, jetzt hast du alles verpasst.«

Nadine, die mit dem Rücken zu ihr stand, zuckte zusammen und drehte sich um. »Ich war da, habe euch aber nicht gefunden. Stattdessen bin ich Charlotte begegnet und war mit ihr einen Kaffee trinken.« Sie ging auf Lea zu.

Die Freundin gab sich zufrieden und verschwand in Richtung Küche, derweil Nadine beschloss, mit Hufnagel zu reden. Bis zum Ende seines Urlaubs wollte sie nicht warten. Zu groß war die Neugier auf Maurus' Identität.

Kurz entschlossen rief sie Hufnagel an und hatte ihn sofort an der Strippe.

»Ja hallo«, lallte er in den Hörer.

Mist, der ist betrunken. »Nadine Andres!«

»Hallihallo«, ertönte es quietschend von einer weiblich gefärbten Stimme, die Hufnagel gleichfalls abzuwürgen schien. »Pst! Halt doch mal den Mund! Ich muss telefonieren.« Erneut war er wieder ganz Ohr. »Was sagten Sie?«

»Wenn ich störe, melde ich mich morgen noch mal«, versuchte Nadine, der peinlichen Situation zu entkommen.

»Schon gut, was haben Sie auf dem Herzen? Bin zwar nicht mehr ganz taufrisch, aber versuchen wir es.«

Nadine fasste sich kurz und fragte nach Volker Maurus, ohne zu erwähnen, dass sie ihn kennengelernt hatte.

Hufnagel wurde augenblicklich still und antwortete mit einer Gegenfrage. »Wieso interessieren Sie sich für den?«

»Bitte was?« *Er scheint nicht gerade gut auf ihn zu sprechen zu sein. Demnach kennt er Maurus.*

»Es war lange vor Ihrer Zeit, Frau Andres. Ich kannte ihn nur unter dem Spitznamen *der Fuchs.* Als mein Vater die Kripo verlassen hat, um in Pension zu gehen, übernahm Maurus die

Stelle.« Im Hintergrund hörte man lautes Gelächter. »Jetzt seid doch mal still!«, schimpfte Hufnagel dem Telefon abgewandt.

»Herr Hufnagel? Ich verstehe Sie kaum.«

Er wiederholte den letzten Satz und sprach weiter: »Ein durchtriebener Zeitgenosse war das, sage ich Ihnen. Überheblich und von sich eingenommen. Hatte immer die modernsten Klamotten an. Mir war der zu glatt. Korrekt bis zur Zehenspitze, bis plötzlich ...« Hufnagel unterbrach sich.

»Bis plötzlich ... was?«, fragte Nadine neugierig nach.

»Bis er von einem zum anderen Tag suspendiert wurde.«

Komisch, mir hat er erzählt, er sei aus freien Stücken gegangen.
»Und was geschah dann?«

»Dann sah ich ihn mit einer Umzugskiste durchs Revier laufen. Ohne ein Wort der Verabschiedung. Der schoss einfach an mir vorbei.«

»Verstehe ich nicht. Man wird doch nicht ohne Grund suspendiert. Und der Buschfunk?«

Hufnagel wirkte geistig abwesend. »Oh ... was sagten Sie? Ich sollte dann wieder ... die Kollegen warten. Vergessen Sie den Typ! Bei dem haben Sie nichts verpasst.« Jemand schien am anderen Ende der Leitung dazwischenzufunken. »Rudi, jetzt leg schon auf!« Kurz darauf vernahm Nadine nur noch ein lautes Knacken.

Die Sache wird immer merkwürdiger. Wieso wurde Maurus suspendiert? Im selben Moment hörte sie Lea laut nach ihr rufen. Der Einladung zum Essen folgte sie lieber statt der ihres Kopfes. Für heute war ihr Bedarf an Grübeleien und Ungereimtheiten gedeckt.

***

Am nächsten Tag

»Ne, also beim besten Willen. Heute kriegen mich keene zehn Pferde uff 'nen Umzug. Ick bleibe hier. Man, bin ick froh, wenn der janze Hokuspokus vorbei ist. Die ticken doch alle nicht janz richtig«, empörte sich Maria gleich am Frühstückstisch, noch bevor sie Charlotte einen guten Morgen wünschte.

»Jetzt mal langsam, Verehrteste. Keiner zwingt Sie, irgendwo hinzugehen. Soviel mir bekannt ist, sind heute mal die Kleinen dran.« Charlotte setzte sich zu Maria an den Tisch. Die Rentnerin nahm die Serviette, öffnete sie mit einem unmerklichen Zittern und legte sie auf den Schoß, ohne den Blick von ihrer Vertrauten zu lassen.

Maria kniff die Augen zusammen, als verstehe sie nicht. »Wat, jibt's 'nen Umzug nur für kleine Leute? So ein Unfug.« Missmutig tat sie Marmelade auf ihr Brötchen und verstrich die dunkelrote Masse mit dem Löffel.

Charlotte, die sie mit Argwohn betrachtete, konnte nicht glauben, was sie gerade sah. »Maria, der Löffel dient nur zum Portionieren, danach steckt man ihn zurück ins Glas! Das ist unappetitlich, womöglich bleibt Butter daran kleben. Marmelade verteilt man mit dem Messer!«

»Firlefanz. Dit is wat für elegante Leute, aber nicht für mich.«

Jetzt reichte es Charlotte. Das ging zu weit. Maria wohnte in einem vornehmen Haus und hatte sich dementsprechend an die Gepflogenheiten zu halten. Wo käme man denn hin, wenn jeder machte, was er wollte. »Maria, wenn Sie sich nicht gleich benehmen, stehe ich auf und setze mich an einen anderen Tisch. Und noch etwas, heute ist der Umzug für Kinder. Also entspannen Sie sich!«

Schiete. Jetzt is die mir bestimmt böse. Maria zog einen Schmollmund wie ein ungezogenes Kind. »Is ja schon jut. Wusst ick nicht.«

»Was wussten Sie nicht?«

»Beides. Ick hatte nicht so 'ne jute Kinderstube wie Sie. Bei uns jabs selten Marmelade.«

»Vergessen Sie es, Maria!« Charlotte lächelte sie mit ihren vom Alter vergilbten dennoch gepflegten Zähnen an und konnte ihr mal wieder nicht böse sein. Wie so oft sorgte diese für Abwechslung und verhalf ihr zu einem Schmunzeln.

**

Etwa zur gleichen Zeit

Da Nadine davon ausging, dass Selzer erst im Laufe des Vormittags erscheinen würde, nutzte sie die Gunst der Stunde. Sie schaute im Computer, ob irgendetwas Brauchbares über Volker Maurus zu finden war. Sie hätte es besser wissen müssen. Zu dessen Personalakte bekam sie keinen Zutritt. Kurz entschlossen rief sie Schröder an. Dem entging bekanntlich nichts.

»Kann man denn schon wach sein?«, ertönte es in dem Hörer.

»Dir auch einen schönen guten Morgen, Schröder«, tat sie beleidigt.

»Was kann ich für dich tun?«

»Kennst du einen Volker Maurus?«

»*Maurus!?*«, wiederholte Schröder lang gezogen. »Kenne ich. Der war lange vor dir da.«

»Das weiß ich. Was war mit dem?«

»Er wurde suspendiert.«

»Weiß ich auch.«

»Warum fragst du dann?«

»Weil ich erfahren will, warum.«

Schröder schnaufte hörbar durch die Nase. »Irgendwelche Vorkommnisse mit rechtsradikaler Tendenz. Anfangs wurde er nur zwangsbeurlaubt, wie ich hörte. Doch da der Verdacht eines schweren Dienstvergehens bestand, wurde letztendlich das Beamtenverhältnis beendet«, antwortete Schröder. »Woher das Interesse?«

Nadine schwieg einen kurzen Augenblick und fragte dann: »Bist du sicher?«

»Ja, so etwas vergisst man nicht. Mir macht das Angst. Wir sind ein Rechtsstaat und ich bin froh, dass Konstanz bislang von denen verschont geblieben ist.«

Ohne zu hinterfragen, was Schröder meinte, wusste sie sofort, was er sagen wollte.

»Ach noch was, Nadine, man munkelt, Maurus hätte Ermittlungsprotokolle gefälscht.«

Würde die Suspendierung erklären. »Danke!«

»Willst du mir nicht verraten, warum dich der Typ interessiert?«

»Nein, Schröder, will ich nicht. Alles zu seiner Zeit«, antwortete sie gereizt.

»Hat der was mit der Donnerstagsfrau zu schaffen?«

»Kann ich dir nicht sagen. Ich muss jetzt auflegen. Selzer kommt gleich.«

Doch kaum dass sie dessen Namen erwähnt hatte, stand Selzer mit einem neugierigen Blick in der Tür.

»Hat mich das Ohrenklingeln doch nicht getäuscht«, meinte er schelmisch.

Nadine fühlte sich ertappt, ging aber nicht auf seine Bemerkung ein. Stattdessen gab sie sich ihren Gedanken hin. *Wieso hat mich Maurus angelogen? Was hat er zu verbergen? Ausgerechnet wenn ich bei den Wendels auftauche, läuft der mir über den Weg. Merkwürdiger Zufall. Wenn es stimmt, dass er suspendiert wurde, blieb ihm gar keine andere Wahl, als eine Detektei zu gründen. Sicher verfügt er noch über ausgezeichnete Kontakte zur Polizei. Besser geht's nicht. Ich sollte mit den Kollegen sprechen.*

In gewisser Weise konnte sie verstehen, warum Maurus nichts über seine Suspendierung erzählt hatte. Ihrer Meinung nach war er dafür zu stolz.

»Nadine?«, vernahm sie aus der Ferne ihren Namen. Langsam kehrte sie gedanklich zu Selzer zurück.

»Was ist?«, fragte seine Kollegin gereizt.

»Sag mal, hörst du mir überhaupt zu? Ich habe dich gefragt, wie deine Tage waren?«

Tage? Geht's noch? Was geht das den an? Endlich fiel der Groschen und sie lenkte ein. »Ach, meine Tage hier im Büro.«

Selzer schaute skeptisch. »Was hattest du gedacht? Ich wollte wissen, ob irgendetwas war.«

»Alles ruhig, Daniel. Außer den üblichen Verdächtigen keine besonderen Vorkommnisse«, meldete sie mit militärischem Gruß ohne die gestreckten Finger an der Schläfe.

Selzer bedankte sich und wandte sich der liegen gebliebenen Arbeit zu. Im Anschluss folgte ein Anruf nach dem nächsten, während die meisten privater Natur waren.

So kann man nicht arbeiten, grübelte Nadine, die sich an die vergangenen Tage erinnerte, bis sie irgendwann wie ein Pfeil in die Höhe schoss. *Ich muss hier raus! Hat der nichts Besseres zu tun, als mit seinem Vater über das Vertikutieren des Rasens zu sprechen?*

Nachdem die Tür ins Schloss gefallen war, schaute Selzer mit dem Hörer in der Hand auf und schüttelte unverständlich den Kopf.

Vor Nadine lag eine heikle Aufgabe, über die sie mit Selzer nicht reden wollte. Sie ging davon aus, dass sie bei ihm auf taube Ohren stoßen würde. Einerseits gehörte man der Mordkommission an und es gab keinen Grund, der es rechtfertigen dürfte, nach jahrelangen Vermissten zu forschen. Andererseits war der Kontakt zu einem suspendierten Kollegen mehr als fragwürdig.

Nadine wollte sich ein wenig die Füße vertreten und ging an die frische Luft. Tief durchatmend sog sie die kalte Februarluft in sich auf. Der Blick zum Himmel ließ besseres Wetter vermuten. *Ich kann unmöglich mit den Kollegen in Freiburg telefonieren, wenn Daniel im Büro ist.*

Nachdem sie wieder im Büro eingetroffen war und zu ihrer Freude feststellen konnte, dass Selzer zu einem Außentermin musste, nutzte sie die Gelegenheit eines Anrufs.

Das Schrillen des Telefons ließ den Vierzigjährigen in Freiburg zusammenzucken. Mittags war es dort für gewöhnlich still. Er genoss den Wurstsalat, der vom Vorabend übrig geblieben war und noch immer köstlich schmeckte. Der Mann erhob sich noch kauend vom Esstisch und ging hinüber zu seinem Apparat.

»Drescher!«, ließ er mit vollem Mund verlauten.

»Andres! Kripo Konstanz.«

Drescher verschluckte sich beinahe, als er hörte, wer an dem anderen Ende der Leitung sprach. »*Kripo Konstanz?* Was kann ich für Sie tun?«, fragte er mit einem letzten Mahlen der Essensreste.

Nadine kam direkt auf den Punkt und erkundigte sich nach der im Oktober 2007 vermissten Studentin Irina Koslowska.

Drescher fürchtete um die Pause. Das Telefonat sowie die Kollegen, die er in wenigen Minuten von deren Mittagspause zurückerwartete, passten ihm gar nicht. Da er sich erst kürzlich nach Freiburg hatte versetzen lassen, war er mit den alten Vermisstenfällen ohnehin nicht vertraut. Letztendlich vertröstete er die Konstanzer Kollegin auf die nachfolgende Stunde, weil er meinte, dann den Richtigen am Apparat zu wissen. Zumindest hoffte er das. Gleichfalls war er froh, das Gespräch beenden zu können, um sich wieder dem Essen zu widmen.

Mist, womöglich ist Daniel dann zurück und ich kann nicht in Ruhe telefonieren. Was mach ich nur? Zu Schröder ins Büro gehen? Ne, ist genauso doof. Am Ende plaudert er alles aus. Noch in Gedanken hörte Nadine das leise Surren ihres Handys, das eine WhatsApp ankündigte. Sie öffnete die Handyhülle und entsperrte das Telefon. Die eingehende Nachricht ließ sie wütend werden. Selzer entschuldigte sich darin, den Rest des Nachmittags freimachen zu wollen, weil ohnehin nichts los war und er sich stattdessen mit Freunden auf ein Bier treffen wollte. Andererseits war es für Nadine die beste Lösung. *Geht's noch? ... Chef müsste man sein. Erst in den Urlaub gehen und dann nur einen halben Tag arbeiten. Während ich dumme Kuh ... He, sei nicht so ungerecht! Du bist doch froh, wenn du deine Sachen machen kannst ... Froh schon, aber ...*

Nachdem Nadine sich eine geschlagene Stunde über Selzer und den Rest der Welt geärgert hatte, weil im Moment alles doof war, wie etwa die Männer, die nichts Ernstes suchten, oder die Einsamkeit, die sie ereilte, griff sie zum Telefon und rief erneut in Freiburg an.

Sie hatte Glück und den Richtigen gleich an der Strippe, der, wie es schien, bereits mit ihrem Anruf gerechnet hatte. Zumindest hörte es sich so an. »Guten Tag Frau Andres, mein Name ist Helmut Richter. Sie wollten mich sprechen?«

Nadine kaute auf ihrer Unterlippe. »Ja! Sind *Sie* mit dem Fall der vermissten Irina Koslowska vertraut?«

Richter schnalzte leise mit der Zunge. »Dass sie spurlos verschwunden ist, hat sich noch nicht eindeutig bestätigt«, meldete Richter Zweifel an.

»Wieso, gibt es Hinweise auf ein Gewaltverbrechen?«

»Bis jetzt geht es lediglich um eine vermisste Studentin«, entgegnete Richter kritisch.

»Seit 2007? Ich bitte Sie!«

»Ich kenne das Datum. Glauben Sie mir, ich hätte das auch gerne anders. Zumal ...«, Richter stockte kurz, »zumal mir die junge Frau sogar bekannt war. Unsere Familien wohnen Tür an Tür. Die Töchter gingen in eine Klasse.«

»Dann kennen Sie die Vermisste wohl sehr gut? Was sagt Ihnen denn Ihr Gefühl?«

Richter konnte Nadine nicht einschätzen und dachte darüber nach, was sie mit ihrer Frage bezweckte. »Ich verlasse mich nicht auf meine Empfindung, Frau Andres. Sie hat mich zu oft im Stich gelassen. Ich denke, Emotionen sind hier fehl am Platz. Auch wenn es mir in diesem Fall sehr schwerfällt«, fügte er traurig hinzu.

Die Frau war ihm bekannt. Wieso war? Jetzt halt dich nicht mit Kleinigkeiten auf! Wie sollte Richter es denn sonst sagen? Verrenn dich nicht! »Könnten Sie mir ein paar Details über den Fall erzählen?«

Unvermutet wurde es still.

»Irina besuchte am Samstag, dem 27. Oktober ein Konzert im E-Werk. Das ist ein beliebtes Kulturzentrum hier in Freiburg. Gegen vier Uhr morgens verließ sie dann die Feier und begab sich auf den Heimweg. Von unterwegs rief sie noch ihre Mitbewohnerin an und erzählte ihr, dass sie im Eschholzpark sei – der letzte Hinweis über ihren Aufenthaltsort. Danach wurde ihr Handy abgeschaltet und weder Freunde noch Familie erhielten ein Lebenszeichen. Irinas Kommilitonen stellten Fotos der Gesuchten ins Netz und beteiligten sich an der Suche über studieVZ. Aber ohne Erfolg. Auch wir, die Polizei, hatten nichts Brauchbares in der Hand. Einen Hinweis gab es allerdings. Angeblich wurde Irina noch am Abend in einer Kneipe gesichtet. Diese Spur verlief jedoch im Sand.«

»StudieVZ? Nicht Facebook?«, fragte Nadine zweifelnd.

»Nein, das gab es damals wohl in Deutschland noch nicht. Vielleicht hätten wir dann mehr Glück gehabt.«

»Das weiß man nicht ... Möglich ... Sonst nichts?«

»Doch, ein Spaziergänger fand ein paar Tage darauf Irinas Handy im Park. Aber wieso interessiert Sie das, Frau Andres? Und was hat die Mordkommission Konstanz mit dem Fall zu schaffen?«

Jetzt hatte er sie in der Hand. Sollte Nadine ihm irgendeine fadenscheinige Geschichte auftischen oder bei der Wahrheit bleiben? Da sie keine gute Lügnerin war, erzählte sie ihm ihre Sichtweise des Geschehens und erwähnte das Aufeinandertreffen mit Maurus, der sie erst auf die verschwundene Freiburger Studentin gebracht hatte. Ohne ihn sei es wohl zu keinem Anruf gekommen, meinte sie. Als Helmut Richter den Namen Maurus vernahm, bemerkte er beiläufig, dass sich seinerzeit ein Herr Maurus aus Konstanz um die vermisste Frau bemüht hatte. Jedoch als die Suche ohne Erfolg blieb, hörte das Interesse dieses Herrn schlagartig auf und die Vermisstenakte geriet in Vergessenheit. Nur für Richter nicht, denn Irina wurde ihm tagtäglich auf dem Heimweg ins Gedächtnis gerufen.

Richter erinnerte sich an seine Tochter, als sie mit wehenden Haaren mit ihrer Freundin auf dem Spielplatz getobt hatte und Irinas geflochtener Zopf herumgewirbelt war. Der russischen Einwandererfamilie mit deutschen Wurzeln konnte man entgegen mancher Voreingenommenheit nichts nachsagen. Die Eltern waren fleißig und gingen in kürzester Zeit geregelter Arbeit nach. Irina und ihr Bruder Sascha waren bei allen beliebt. Umso größer war dann der Schock, als sie verschwunden war und es keinerlei Hinweise auf ihren Verbleib gab. Das Gerücht eines Gewaltverbrechens machte die Runde und war verankert in Richters Kopf. Er hatte es sich zur Aufgabe gemacht, Irina, ob tot oder lebendig zu finden. Mit seinen vierundfünfzig Jahren hatte er ausreichend Zeit dafür. Irgendwann brachte diese alles ans Tageslicht. Man musste nur lange genug darauf warten können und der Anruf der Konstanzer Kollegin gab ihm recht.

Nach dem Telefonat ging es Nadine schlecht. Statt eines Kaffees bevorzugte sie einen Spaziergang an der frischen Luft, zudem wollte sie über die nächsten Schritte nachdenken. Da ohnehin niemand im Büro weilte, war die Entscheidung schnell in die Tat umgesetzt. Das Wetter stimmte sie zufrieden. Die Sonne hatte sich endlich ihren Weg durch die dichten Wolken gebahnt und ließ sie tief durchatmen. Mehr bedurfte es jetzt nicht, um den Kopf freizubekommen und die Gedanken zu sortieren.

Nadine lief ein paar Schritte um das Polizeigebäude herum. Auf keinen Fall wollte sie sich weiter davon entfernen. Immerhin machte es keinen besonderen Eindruck, wenn es hieße, die Abteilung wäre nicht besetzt. Wenigstens sie wollte Vorbild sein, wenn Selzer sich bereits klammheimlich davongemacht hatte und die Freunde der Arbeit vorzog. Andererseits hatte er recht. Oft genug hatte er nachts gearbeitet, wenn es nötig war. Letztendlich brauchte auch er eine Auszeit. Und heute am Rosenmontag hatten die Leute Besseres zu tun, als zu morden. *Es sei denn ...* Doch daran wollte Nadine erst gar nicht denken. Jeden Tag standen genügend Verrückte auf, die am Ende eines Tages niemals gedacht hätten, wozu sie in der Lage gewesen wären. Mit Alkohol und Drogen verlor so mancher die Hemmungen. Da es bislang still im Büro war und keinerlei Anrufe diesen Zustand gestört hatten, hoffte die junge Frau, dass es weiterhin so bliebe.

8. APRIL APRIL

Nachdem der Montag ohne jegliche Aufregung sein Ende genommen hatte, entschied Nadine, gegen 17.00 Uhr die heiligen Hallen zu verlassen. Auf Fastnacht hatte sie keine Lust. Irgendwie war ihr die Stimmung vergangen. Zudem blieb ihr One-Night-Stand ohne nennenswerte Folgen. Wobei sie gegen einen Kontakt mit ihrem Lover nichts einzuwenden gehabt hätte. Ein jeder benötigte mal eine starke Schulter, um sich anzulehnen.

Am Abend verbrachte Nadine eine geschlagene Stunde in der Badewanne. Sie las ein Buch und nippte an ihrem Weinglas, das sie eigens dafür an den Beckenrand gestellt hatte. Auf diese Weise konnte sie sich wunderbar ihrem Kummer ergeben. Niemand sah ihre Tränen, denn manchmal hasste sie alles. Besonders den Job, der derart viel Zeit von ihr abverlangte, die sie benötigt hätte, um sich einen Freund zu suchen und mit ihm eine Familie zu gründen. Sie hörte förmlich die Nachbarn daheim auf Fehmarn sagen: »Nadine, immer noch keinen gefunden? Wann läuten denn mal bei dir die Hochzeitsglocken?« Und dann ihre blöden Sprüche, dass man am Singledasein selber schuld wäre. »In dem Alter war unsereiner schon mit dem Zweiten in anderen Umständen.« In das gleiche Horn blies auch ihr Vater. Vielleicht war das sogar normal, dass man irgendwann die Tochter in festen Händen sehen wollte. Nur, warum musste man es sagen? Als ob es etwas geändert hätte. Männer, und dazu den Richtigen, gab es nun einmal nicht in der Bäckerei um die Ecke. Und sich den Passenden zu backen, war schier unmöglich. Selbst Daniel entfernte sich mehr und mehr von ihr. Was ihm nicht zu verdenken war, denn mit ihrer Art hatte sie ihn viel zu oft vor den Kopf gestoßen. Und wenn sie ehrlich war, wunderte es sie nicht, wenn er sein Herz einer anderen schenkte.

Am nächsten Morgen war der Kummer verflogen und die guten Vorsätze verblasst. Die Arbeit war präsent.

***

Die Wochen kamen und gingen. Auf den Winter folgte endlich der Frühling. Ostern nahte. Die Sache mit Volker Maurus hatte Nadine längst vergessen. Und auch der Mutter des vermissten Tim konnte sie nicht helfen. Ihr Versprechen, etwas über den Jungen in Erfahrung zu bringen, blieb sie Frau Wendel schuldig. Das Leben der Polizistin ging weiter, so wie das von Linda Wendel, die ihren Kummer im Alkohol ertränkte.

Gleichermaßen rückte die erfolglose Suche nach den verschwundenen Studentinnen Ivonne Faeller und Irina Koslowska in den Hintergrund. Die Frauen würden wohl da bleiben, wo sie waren. Die Frage war nur, wo? Nadine hatte nichts ausrichten können und ohne einen triftigen Grund besaß sie keine Handhabe, nach ihnen zu suchen. Dafür waren andere zuständig.

Sie bedauerte nicht, erfolglos gewesen zu sein. Dennoch hätte sie Tims Mutter gerne eine Nachricht überbringen wollen. Doch nach so langer Zeit konnte diese nicht mehr positiv sein, das wusste auch Nadine. Andererseits war eine Antwort besser als keine. Und die Ungewissheit, mit der sich Familie Wendel seit drei Jahren durchs Leben schlagen musste, war zermürbend und raffte auch jeden noch so starken Menschen dahin.

***

Alles war bis ins Kleinste vorbereitet worden. Jeder Fehler hätte ihr Leben gefährdet. Acht tiefe Löcher lagen handbreit in einer Reihe. Man hatte sie in den Kalkstein gebohrt. Eine Tonne Sprengstoff fand darin Platz. Dann ertönte das Warnsignal: *Achtung Sprengung!*

Ihr Atem stockte.

Schlagartig verstummten sie.

Jede Explosion war neu für sie und barg eine gewisse Gefahr. Plötzlich war da dieser ohrenbetäubende Donner.

Sekunden darauf lösten sich Kalksteinbrocken von der Felswand und fielen auf die Erde. Es staubte höllisch und der sandige Boden wurde nach oben gewirbelt. Der erste Augenblick war beklemmend. Man sah die Hand vor Augen kaum und ein Bild von Düsternis und Untergangsstimmung machte sich breit. Nur langsam verzog sich der Nebel in der noch kalten Frühlingsluft und ließ sämtliche Konturen um sich herum erkennen. Angst hatten der junge Aufbereitungsmechaniker und sein Kollege längst nicht mehr, denn die Arbeit in der Kiesgrube sowie das Sprengen gehörten mittlerweile zu ihren täglichen Pflichten.

Nach fünf Minuten war der Spuk endlich vorbei, sodass um 10.10 Uhr das dreifache Signal *Entwarnung!* erklang. Sofort setzte man sich in Bewegung und begab sich zu den Gesteinsbrocken, die es jetzt zusammenzutragen galt.

Schwerfällig drängte sich die Sonne durch die Wolken. Es wurde merklich wärmer. Angenehm für einen Tag im beginnenden April. Giuliano, der junge Italiener, hatte erst kürzlich die Lehre zum Aufbereitungsmechaniker beendet. Endlich das eigene Geld verdienen. Das lästige Lernen lag nun hinter ihm.

Giuliano schwang sich in den Bagger, stellte den Motor an und fuhr los. Er schwitzte unter dem Helm. Seine Aufgabe war nun, das Rohmaterial zusammenzutragen, bevor man es in die nahe gelegene Aufbereitungsanlage fuhr. Sein Arbeitgeber Marder & Marder war ein alteingesessenes, mittelständisches Familienunternehmen mit über 200 Mitarbeitern, das Filialen im Allgäu, am Bodensee, dem Hegau und Schwarzwald hatte. Die langjährige Erfahrung des Unternehmens stellte eine solide Basis für die Rohstofferschließung, -aufbereitung und -weiterverarbeitung dar. Das Leistungsspektrum hatte die Firma wachsen lassen. Außerdem war sie eine der angesehensten Arbeitgeber der Region. Wer hier tätig war, hatte einen starken Partner an der Seite und konnte mit ihm in die Zukunft planen.

Giuliano war mit sich und der Welt zufrieden. Er pfiff das Lied, welches ihm von heute Morgen noch in Erinnerung geblieben war. Außerdem dachte er an Sophia, mit der er seit drei Jahren liiert war. Die beiden hatten gemeinsame Ziele. Reisen, sparen, heiraten und Kinder bekommen. Zwei, vielleicht auch drei. Auf alle Fälle sollten es quirlige Rabauken werden. Und der Verdienst hier im Kieswerk war dafür nicht zu verachten.

Der Italiener schaute nach vorne und sah das Schimmern des Lichts, das durch eine Lücke in den Bäumen hervortrat. Es war die Sonne, die sich am Waldrand zwischen die hohen Nadelbäume zwängte, bis plötzlich der Löffel seines Baggers quietschte. Es klang wie das Kratzen eines Fingernagels auf einer Schultafel und vollkommen normal für eine Kiesgrube. Der junge Mann ignorierte das Geräusch. Doch beim Blick aus dem Fenster geradewegs zum Material, das er soeben in die Schaufel gewuchtet hatte, wurde er stutzig. Irgendetwas lag darin. Kein Müll, den die Leute achtlos entsorgt hatten. Nein, es war ... Giuliano stockte, atmete schwer und wollte den Gedanken nicht weiter verfolgen. Immerhin schien er so absurd wie eine Leiche im Sand.

Kopfschüttelnd fuhr Giuliano voran. »Was war das?«, brummte er vor sich hin. Er rechnete mit keiner Antwort. Von wem auch? Doch sie kam ganz leise aus seinem Inneren. Nicht laut, aber dennoch eindrucksvoll. *Schau nach, was es ist!* Monoton wiederholte er sich. Als ob jemand zu ihm sprach, ihn anflehte, auszusteigen und nachzusehen. Unweigerlich sträubte sich der Italiener gegen sein Inneres, doch es schien stärker als er. Irgendetwas trieb ihn an. Was immer es war, es war beharrlich und ließ nicht locker. Eine Gänsehaut überzog seinen muskulösen Körper.

Giuliano stoppte das Fahrzeug, fuhr den Baggerlöffel herunter und stieg aus dem Fahrerhäuschen. Womöglich handelte es sich um einen Tierkadaver, den man hin und wieder hier fand.

Mit Widerwillen und einer Vorahnung ging er um den Bagger herum. Mit starrem Blick der Schaufel zugewandt, entnahm er der Brusttasche eine Zigarette, zündete sie an und steckte sie in den Mund. Einen Zug nehmend, trat er an den Baggerlöffel heran und vergrub sodann die Hände im Erdreich. Sein Gefühl sollte sich als richtig erweisen. Zwischen den Fingern spürte Giuliano etwas Rundes, nicht größer als einen Handball.

Der junge Mann erschrak. Langsam zog er den Fund ans Tageslicht, ließ ihn jedoch wieder herab. »Ein Schädel?«, rief er erschrocken und traute seinen Augen kaum. Vor Jahren hatte man hier schon einmal Knochen gefunden. Wie sich später herausgestellt hatte, waren es die Gebeine eines Hundes. Doch jetzt? So viel war sicher, für einen Hundeschädel war er zu rund. Die Zähne, die teilweise noch nicht ganz herausgewachsen waren, ließen selbst einen Unerfahrenen wie ihn zum Rückschluss kommen, dass es sich hierbei um einen Kinderschädel handeln musste.

Giuliano griff zum Handy und wählte die Nummer der Polizei. Danach rief er seinen Kollegen herbei und zeigte ihm den Fund.

»Junge, was ist das? Ist es das, was ich denke?«

Giuliano nickte verdrossen. »Ich fürchte ja. Die Kripo habe ich bereits verständigt.«

Der andere schaute ihn entgeistert an. »Wieso rufst du gleich die Bullen? Gib erst mal der Geschäftsleitung Bescheid. Sollen die entscheiden, was zu tun ist«, maulte er mit dünner, nasaler Stimme, die gleichzeitig schleimig klang.

»Bist du verrückt? Mensch, das ist ein Kinderschädel. Der kommt nicht einfach hierher. Aus dem Krieg stammt der bestimmt nicht. Wenn du mich fragst, ist dem Kind was Schlimmes passiert. Da darf man nicht wegschauen. Ich musste die Polizei rufen«, blaffte Giuliano und warf dem anderen einen finsteren Blick zu.

»Ist jetzt eh zu spät«, bekam er zur Antwort.

Den Anruf nahm ein netter Polizist entgegen und leitete ihn unverzüglich an die Kollegen der Kripo weiter. Nachdem dort niemand zu erreichen war, weil man sich bei Harald Amans, dem obersten Chef der Mordkommission zu einer außerordentlichen Teamsitzung eingefunden hatte, wählte er dessen Nummer.

Der Fünfzigjährige hörte ihm geduldig zu, nickte abgehackt und machte ein betroffenes Gesicht. Gleichzeitig wischte er mit der Hand über die Halbglatze, auf der sich ein paar

Schweißperlen gebildet hatten. Angestrengt schaute Amans in die Runde seiner Mitarbeiter.

»Man hat vorhin in der Byk-Gulden-Straße bei Aushubarbeiten einen Schädel gefunden«, sagte er streng und fügte dem ein »Anscheinend handelt es sich um einen Kinderschädel« an. Sein Blick wanderte zu Selzer. »Bitte kümmern Sie sich gleich darum!«

Selzers schaute zu Nadine, dann zu Hufnagel und zu guter Letzt blieben seine Augen bei Hübner haften. »Okay, wir fahren sofort hin.« Ohne ein weiteres Wort erhob er sich, lief zur Tür und hielt sie für die anderen auf.

Amans, der so gar nichts von einem Vorgesetzten hatte und aufgrund der mausgrauen Kleidung eher unscheinbar wirkte, rief den Gehenden nach: »Halten Sie mich bitte auf dem Laufenden!« Mit dem Kopf wackelnd, schritt er nachdenklich zum Schreibtisch und setzte sich.

Hufnagel und Hübner marschierten voran, Selzer und Andres folgten über den Flur.

Ein Kinderschädel, ging es Nadine durch den Kopf. *Kein gutes Zeichen.* Schmallippig wandte sie sich Selzer zu. »Was denkst du?«

Daniel stoppte und trat vor sie. »Womöglich ein Grab«, antwortete er tonlos. »Nur am falschen Platz. Keine Ahnung, Nadine. Auf alle Fälle hat ein Schädel nichts in einer Kiesgrube zu suchen. Warten wir es ab!«

Er hatte recht. Es könnte ein Grab sein. Andererseits könnten es auch nur ein paar Knochen sein oder womöglich erlaubte sich jemand einen Scherz.

Die vier holten die Jacken aus dem Büro und liefen unverzüglich zum Wagen. Nach einer Viertelstunde und angenehmem Vormittagsverkehr hatten sie ihr Ziel erreicht.

Giuliano wartete bereits am Eingang der Kiesgrube auf das Eintreffen der Polizei und spielte unterdessen mit dem Handy. Den Helm hatte er zwischenzeitlich abgenommen. Nachdem er sie hatte kommen sehen, ging er direkt auf die Leute zu und erklärte, was sich vor einer guten Stunde ereignet hatte.

Nadine musterte ihn und konnte nicht leugnen, dass er ihr gefiel. Leicht gebräunt und breitschultrig stand er vor ihr. Sie holte tief Luft. »Wo genau haben Sie den Schädel gefunden?«

»Dort drüben«, der junge Mann wies mit der Hand in nördliche Richtung, dorthin wo noch immer sein Bagger parkte. »Kommen Sie! Ich zeige Ihnen die Stelle.« Langsam schritt er voran, die anderen ihm nach.

Nach sieben Minuten hatten sie die genannte Position erreicht. Den Schädel hatte Giuliano auf ein Stofftaschentuch gelegt.

Hufnagel schaute sich um. Die Gegend wirkte unwirklich, wie die Kulisse eines Science-Fiction-Films. Alles war voller Sand, Geröll und Schotter.

Selzer entnahm der Jackentasche Einmalhandschuhe und zog sie über. Nachdenklich schritt er auf den Schädel zu, hockte sich hin und sah ihn prüfend an. Das Haupt war zweifelsohne echt. Ohne eine Erklärung beorderte er die Spurensicherung zum Fundort. Zudem bat er die Männer der Kiesgrube um ihre Mithilfe.

Hufnagel schaute Nadine an, die verschlossener wirkte denn je. Wie ein Blitz schossen ihre Gedanken wirr durch den Kopf. *Was ist wenn …? Wenn was?*, führte sie mit sich einen Disput.

Nachdem die weiß gekleideten Frauen und Männer der Spurensicherung auf dem Gelände der Kiesgrube eingetroffen waren, sperrten sie das Gebiet großflächig mit rot-weißem Polizeiband ab. Zudem wimmelte es nicht wie sonst von Schaulustigen.

Vielmehr waren nur die Angestellten von Marder & Marder anwesend sowie die Polizei. Unverzüglich begab man sich an die Arbeit, begann mit den Grabungen an selbiger Stelle, an der zuvor der Schädel gefunden worden war. Darüber hinaus durchforstete einer der Polizisten das Gelände mit einem Leichensuchhund und fand kurz darauf weitere Skeletttrümmer wie Oberschenkel und Halswirbel vor.

Nach Einschätzung des Rechtsmediziners Dr. Ron Hendrick war die Tätigkeit vor Ort getan worden. Um weitere Untersuchungen anstellen zu können, mussten die Skelettteile erst in die Rechtsmedizin gebracht werden.

Auch das Team der Mordkommission kam zum Ende. Im Anschluss forderte man die Zeugen auf, sich umgehend bei der Kripo zu melden, um ihre Aussagen zu protokollieren.

Nadine, die Hendrick nicht aus den Augen gelassen hatte, schritt bedächtig zu ihm hinüber. Sie verabscheute das Gelände des Sandes wegen und hasste die Arbeit in Kies und Schotter. *Ich hätte mir Gummistiefel anziehen sollen. Die Schuhe kann ich jetzt vergessen.* »Und was denken Sie?«, fragte sie Hendrick, der damit begonnen hatte, Pinzette und Handschuhe im Koffer zu verstauen.

Der gut aussehend Blondhaarige richtete sich auf und stellte sich dicht vor die junge Frau.

»Schwer einzuschätzen«, er schaute zu ihr hinunter. »Mit Sicherheit handelt es sich hierbei um das Cranium eines Kindes. Außerdem erhielt es einen heftigen Schlag auf den Kopf. Sehen Sie sich die Schädelfraktur an!« Er zeigte auf das etwa fünf Zentimeter große Loch auf dem Schädeldach. »Mehr kann ich sagen, wenn ich die Zähne untersucht habe«, fügte er mürrisch an.

Cranium, warum sagt er nicht einfach Schädel. Typisch Mediziner. »Mhm ... Danke! Bis wann kann ich damit rechnen?«

Hendrick schätzte es nicht, sich festlegen zu müssen. *Hat sie mir nicht zugehört?* »Vor Ostern auf alle Fälle.«

Das sind noch gut zwei Wochen, rätselte Nadine. Dementsprechend schaute sie entrüstet.

»Kollegin, das sollte ein Scherz sein. Geben Sie mir einen Tag! Ich melde mich, sobald ich Näheres weiß.« Er musterte sie und fuhr sich mit der Hand übers Gesicht.

Scherzkeks. Irgendwie kann ich über seine Witze nicht lachen. Nadine straffte die Schultern. »Okay danke!«

Es begann zu nieseln. Das setzte dem Ganzen die Krone auf. Nadine hoffte, die Kiesgrube verlassen zu können. Sie zog ihre Jacke enger um sich und schmiegte sich in das warme Material.

Plötzlich schlug der Leichensuchhund ein weiteres Mal an, was er mit Kratzen und Bellen kundtat.

Nadine schaute zu Hendrick, der ebenso überrascht war wie sie. Unverzüglich nahm er den Koffer und lief in Begleitung von ihr auf den Hund zu.

Hübner, der als Erstes vor Ort war, lächelte frostig. »Was ist los?«, fragte er den Diensthundeführer, der seinen Hund mit einem Bringsel belohnte.

»Arax muss was gewittert haben«, meinte er und zog an der Leine. »Ruhig, Arax, ruhig!«

Hendrick bückte sich zum Hund hinab. Er stellte den Koffer neben sich, entnahm eine kleine Kelle sowie Einweghandschuhe. Nachdem er sie übergezogen hatte, schabte er mit dem Gerät vorsichtig am Schotter.

»Was ist?«, erkundigte sich Nadine und sah Hufnagel sowie Selzer hinzukommen.

Hendrick runzelte die Stirn und schaute genauer nach. »Kann ich noch nicht sagen. Es könnten …«

»... noch mehr Knochen sein?«, vervollständigte Nadine den Satz.

Im dunklen Loch war etwas Glattes gleichfalls Helles zu sehen. Allem Anschein nach ein Stein, was für eine Fläche wie diese nicht ungewöhnlich erschien.

»Ron, was könnte das sein?«, erkundigte sich Selzer, der mit Hendrick per Du war.

»Definitiv Knochen«, antwortete Hendrick den Blick nach oben Selzer zugewandt.

»Von einem Menschen?«, hinterfragte Nadine, die die Arme vor ihrem Körper verschränkt hatte.

»Vorstellbar«, erklärte der Rechtsmediziner und begann vorsichtig, den Kies wegzuschaufeln. Unterdessen das Scharren der Kelle zu hören war, starrte jeder gebannt auf ihn. Selzer hatte den Oberkörper leicht nach vorne gebeugt und die Hände auf die Knie gelegt. Er rechnete mit allem, derweil Hufnagel unruhig den Nasenrücken rieb.

»Tatsächlich ein Knochen und irgendeine Art Textilie«, sagte Hendrick ruhig, aber dennoch überrascht. »Könnte von einer Kleidung her stammen.« Er hielt den Stofffetzen für alle sichtbar in die Höhe. Der Stoffrest ließ vermuten, dass er einst blau gewesen sein musste.

Nadine beugte sich zu Hendrick hinab und schaute sich den Fetzen aus der Nähe an. »Mhm, dem Motiv nach zu urteilen, was Kindliches.« Doch was es genau war, konnte sie nicht erkennen.

Hübner, der sich gedankenversunken die Hand vor den Mund gelegt hatte, meinte: »Unter Umständen von einem T-Shirt?«

Man nickte ihm zu, untermalte es mit einem hörbaren Brummen.

»Alles nur Vermutungen. Kollegin, geben Sie das bitte in die

KTU«, erklärte Hendrick und reichte Nadine den zerschlissenen Fetzen.

Geht's noch? Ich bin doch keine Assistentin. Was denkt der sich? Nadine schaute beleidigt, strafte Hendrick mit einem garstigen Blick.

Mittlerweile entwickelte sich aus dem anfänglichen Nieselregen ein starker und weichte den Boden immer mehr auf. Pfützen bildeten sich in den Senken.

Nadine schaute kurz zu Selzer hinüber und sehnte die erlösenden Worte, die Arbeit beenden zu können, herbei. Aber nichts dergleichen geschah, außer einer knappen Unterhaltung zwischen ihm und Hendrick. Nachdem sich die beiden endlich darauf geeinigt hatten, im Moment nichts mehr ausrichten zu können, entschied man sich, die Suche bis auf Weiteres zu unterbrechen. Der heftige Regen machte das Weitergraben unmöglich.

Nadine begann zu frieren. Sie rieb sich die Hände, trat von einem Fuß auf den anderen.

»Okay, wenn dann nichts mehr zu tun ist«, hörte sie Hufnagel reden, »fahren wir zurück ins Büro. Kann ich Sie mitnehmen, Frau Andres?«

Für die erlösenden Worte hätte Nadine ihn umarmen können und schenkte ihm ein erfreutes Zunicken.

Selzer jedoch schien verärgert und antwortete nicht sofort. Sein Blick war starr auf Hendrick gerichtet, als würde er in Gedanken noch bei den gefundenen Knochen sein. »Gut, packen wir zusammen«, meinte er schließlich, ohne den Blick von Hendrick zu lassen.

Oh oh, das gibt Ärger, grübelte Nadine.

9. Ein erster Verdacht

Die aufgefundenen Skelettteile machten schnell von sich reden. Der Pressesprecher der Konstanzer Polizei gab auf Südkurier-Nachfrage ein erstes Statement ab.

»Es wurde keine Leiche gefunden, sondern Skelettteile«, bestätigte er. Alles deute auf eine längere Liegezeit hin. »Unsere Mordkommission hat die Ermittlungen übernommen und war am Montag vor Ort. Der Bereich der Kiesgrube Mader & Mader wurde weiträumig abgesucht. Als Nächstes prüfen wir uns bekannte Vermisstenfälle«, so der Pressesprecher weiter. »Die Knochen sind bereits in der Rechtsmedizin. Eine Aussage über das Geschlecht kann jedoch noch nicht getroffen werden. Wir rechnen aber in dieser Woche mit einem Ergebnis.«

Aufgrund der vollständigen Skelettierung ging der Rechtsmediziner Dr. Ron Hendrick von einer langen Liegezeit des Körpers aus. Zur Bestimmung des Geschlechts half ihm der Schädel und falls vorhanden, die Hüfte, weiter: Ein breites Becken wies auf eine Frau hin, eine enge Hüfte auf einen Mann. Nur lag kein Hüftknochen vor, sodass die Geschlechtsspezifik mit dem Schädel zu benennen war. Der Arzt verstand es, die Gattung vor allem an drei Punkten zu bestimmen: An den

Knochen über den Augen, unter den Ohren und am Hinterkopf – der beim männlichen Geschlecht mehr ausgeprägt war. Allerdings, ob er daraus noch DNA herausfiltern konnte, war fraglich. Durch die lange Liegezeit war es möglich, dass man nur Bruchstücke des Erbguts extrahieren konnte. Eine Kontaminierung durch Pilze oder andere Mikroorganismen schien denkbar. Zudem half Hendrick die DNA nur dann weiter, wenn sie in einer Datenbank hinterlegt worden war.

Hendrick fand heraus, dass es sich aufgrund der Schädelgröße um ein Kind handeln musste, was letztendlich seine erste Vermutung bestätigte. Zudem war er der Meinung, dass die Knochen zu einem Jungen etwa im Alter von zehn oder elf Jahren gehörten. Anhand der Schädelfraktur ging er davon aus, dass die Verletzung am Hinterkopf durch einen schweren, spitzen Gegenstand herbeigeführt worden war und dass das Kind sofort tot gewesen sein musste. Ein Messer oder eine Klinge schloss der Rechtsmediziner aus, da sie charakteristische Spuren an den Knochen hinterlassen hätten. Wie glatte und saubere Kanten, die er bisher nicht feststellen konnte. Er tippte auf einen Stein oder Ähnliches in der Art. Mithilfe eines Mikroskops begab er sich an die Arbeit. Hendrick untersuchte die Oberfläche, die seine Annahme wenig später bestätigte. Jedoch langweilte ihn die Tätigkeit, weil er die Herausforderung daran vermisste. Dennoch musste sie sein. Jeder Hinweis auf eine potenzielle Tatwaffe brachte ihn einen Schritt voran, damit die Lösung dieses abscheulichen Verbrechens vorwärtsgetrieben werden konnte. Die Tatsache, dass der Junge nicht endlos hatte leiden müssen, stimmte ihn ein wenig milde.

Hendrick versuchte, sich auf die Arbeit zu konzentrieren, doch in Anbetracht der späten Stunde fiel es ihm sichtlich schwer. Er starrte durch das Okular und war gedanklich längst woanders. Er fand nichts, was seine Vermutung hätte erhärten können außer dem zersplitterten Knochenfragment, welches von einem dumpfen Gegenstand herrührte. Mit einem lauten Gähnen unterstrich er seine aufkommende Lustlosigkeit und wusste, dass man anhand der zahnärztlichen Akte das Gebiss vergleichen konnte und so die Identität des Jungen herausfinden würde. Zumindest kannte man dann den Namen. Blieb noch *das Wann* und *das Wie* des Todes zu bestimmen.

Hendrick lehnte sich mit einem tiefen Seufzer an die Stuhllehne. Er streckte die Beine aus und schlug die Arme vor der Brust ineinander. Erneut überkam ihn ein Gähnen, das vom Telefonklingeln unterbrochen wurde. Er ignorierte es. Mit Sicherheit jemand von der Mordkommission, der wissen wollte, wie weit er mit der Untersuchung war und wann man mit ersten Ergebnissen rechnen konnte. Seiner Vermutung nach, die Kollegin von der Kripo. Er ließ sie zappeln. *Soll sie sich noch mal melden. Vor morgen bekommen DIE nichts auf den Tisch.*

Hendrick sollte recht behalten. Nadine, die es nicht abwarten konnte, hatte ihn, noch bevor sie in den Feierabend gehen wollte, angerufen. Seufzend war sie ihrem inneren Drang erlegen, so schnell wie möglich zu erfahren, zu wem die Knochen in der Kiesgrube passten. Sie wusste um Hendricks Art, nicht allzu rasch Informationen preiszugeben. Wie eine lauernde Katze war sie im Büro hin- und hergeschlichen, in der Hoffnung, erste Erkenntnisse zu erhalten. Nachdem ihr der Versuch des Telefonats misslungen war, entschied sie, zu gehen, zumal die Kollegen längst verschwunden waren.

Am anderen Morgen stand Nadine beizeiten auf. Sie wollte noch vor Lea, ihrer Mitbewohnerin, die Tageszeitung lesen. In der Regel hatte sie kaum Zeit dazu, da diese meist das Haus vor ihr verließ und den Südkurier mit ins Büro nahm. Der Lokalteil war übersät von den Schlagzeilen der letzten Tage.

Worte wie *Erschreckender Knochenfund – Ein Mörder geht um – Ist die Bodenseeregion überhaupt noch sicher?* stand in der Presse. Nadine war außer sich und wusste, dass von nun an noch mehr Druck auf ihren Kollegen und ihr lasten würde. Zudem hörte sie bereits ihren obersten Chef Amans drohen, alsbald erste Ergebnisse vorzulegen. Wie immer standen Konstanz sowie ein möglicher Rücklauf des Tourismus im Vordergrund, sollten die Geschehnisse die Runde machen.

Lea schlurfte müde in die Küche und war überrascht, als sie Nadine dort sitzen sah. Gähnend schritt sie zum Spülbecken, um Wasser für die Kaffeemaschine zu holen. Aber der Kaffee war längst gemacht und zauberte bei der jungen Frau ein erstes Lächeln hervor. »Wieso bist du schon auf?«, wollte sie wissen und rieb sich die Augen.

»Ich muss heute früher los«, erwiderte Nadine und überflog die letzte Seite, bevor sie das Tageblatt zusammenfaltete. Ihr war es egal, wie es nach dem Lesen aussah. Lea nicht, denn die studierte die Zeitung gerne der Reihe nach und als Erste.

Lea stutzte. »So kenne ich dich gar nicht. Muss ja was Wichtiges sein, dass du schon gehen willst. Ist doch sonst nicht deine Art.« Neugierig blieb sie stehen und erhoffte eine Antwort.

»Lies die Zeitung! Dann weißt du, warum ich los muss.« Auf eine nähere Erklärung wollte Nadine sich allerdings nicht einlassen. Die Zeit drängte.

Eine halbe Stunde später war sie bereits im Büro und saß an ihrem Schreibtisch. Als Erstes durchforstete sie im Internet die Nachrichtenseite, um sicherzugehen, dass ihr nichts entgangen war. Sie wollte herausfinden, welche Informationen man offiziell hatte verlauten lassen. Glücklicherweise gab es keine Bilder. Lediglich Amans war an seinem Schreibtisch sitzend fotografiert worden. Darunter der Zweizeiler, dass er alles unternehmen werde, um das grausame Verbrechen aufzuklären.

Ohne den Bericht von Hendrick konnte Nadine jedoch nicht weitermachen. Sie wusste weder, wo sie ansetzen, noch, nach wem sie suchen sollte. Daher beschloss sie, ohne Ankündigung bei ihm aufzutauchen, in der Hoffnung, dass er bereits im Dienst war. Doch sie hatte Pech und drehte vor der Tür um. *Mist, dann hole ich mir eben einen Kaffee aus dem Automaten.* Gerade als sie wieder gehen wollte und genüsslich einen Schluck aus ihrem Becher genommen hatte, kam der großgewachsene blonde Schönling um die Ecke geschossen. Im schicken Mantel sowie moosgrünen Pullover mit passenden Schuhen sah er geradewegs wie ein Manager aus, der für eine Herrenzeitschrift posierte. Die cognacbraune Aktentasche machte die Annahme geradezu perfekt.

»Guten Morgen«, sagte er kurz angebunden und ahnte bereits, was sie von ihm wollte. »Sie können es wohl nie abwarten?«

Nadine erwiderte die Begrüßung, ließ sich aber nicht provozieren. »Nein, kann ich nicht. Haben Sie schon was für mich?«, fragte sie unerschrocken nach.

Hendrick schloss sein Büro auf und knipste das Licht mit einem einhergehenden Flackergeräusch an. Es war grell und ließ Nadine die Augen reiben. *Ekelhaft, wie kann man bei dieser Helligkeit arbeiten?*

»Na dann, kommen Sie mal rein!«, sagte er und stellte die Aktentasche auf einen der aufgeräumten Tische. Nachdem er sich seines Mantels entledigt und diesen akkurat in den Kleiderschrank gehängt hatte, wusch er sich die Hände. Sodann rieb er sie sorgsam am Handtuch ab und beobachtete einstweilen Nadine vom Spiegel aus. »Sie können mit der Suche beginnen. Aufgrund der Schädelgröße und den gefundenen

Knochen gehe ich von einem etwa zehn- bis elfjährigen Jungen aus.« Hendricks Blick haftete auf ihr.

Nadine, die inzwischen die Hände vor der Brust verschränkt hatte, hörte ihm aufmerksam zu. »Zehn bis elf, aha und sonst?«

»Nun ich fand keinerlei Reste von Weichteilen wie etwa Knorpel, Bänder oder Sehnen vor. Im Allgemeinen lässt sich sagen, dass nach fünf Jahren das Knorpelgewebe zerstört ist und man nach sieben bis zehn nur noch das Skelett vorfindet. Wobei die Skelettierung bei Kinderleichen erheblich früher stattfindet. Somit gehe ich davon aus, dass die Tötung vor etwa drei bis fünf Jahren stattgefunden haben muss.« Unterdessen Hendrick sprach, drehte er sich bedächtig zu ihr um.

Nadine beschlich ein ungutes Gefühl. Erinnerungen kehrten zurück und zeichneten ein düsteres Bild, das vom lauten Telefonklingeln gestört wurde. Noch in Gedanken versuchte sie, sich erneut Hendrick zu widmen.

»Frau Andres? Alles klar bei Ihnen?«

Nadine nickte verhalten und knabberte an ihrer Unterlippe, als brütete sie etwas aus. »Danke, Doktor. Sie haben mir sehr geholfen. Ich muss dann wieder.«

Wenig später schlug die Tür ins Schloss.

Komischer Zufall. Oder doch nicht?, grübelte sie auf dem Weg ins Büro. *Und wenn doch? Möglich wäre es.* Gedankenversunken lief sie ins Zimmer und übersah dabei die anderen Kollegen, welche sich angeregt unterhielten.

»Morgen Nadine!«, hörte sie Selzer sagen und zuckte zusammen.

»Oh, guten Morgen. Hab euch gar nicht bemerkt«, entgegnete sie verlegen und setzte sich sofort an den PC. Voller Ungeduld wartete sie, bis er hochgefahren war, und schaute derweil aus dem Fenster. *Wie stelle ich das am besten an?* Doch die Frage sollte sich schnell von selber beantworten, weil Selzer meinte, man solle sich die Vermisstenfälle der letzten Jahre zur Brust nehmen.

»Und welche genau?«, fragte Hufnagel und schritt langsam zu seinem Schreibtisch.

Nadine blickte zu ihm hinüber und antwortete links hinter ihrem Bildschirm vorbeischauend. »Konzentrieren wir uns auf die der letzten fünf Jahre. Besonders die von vermissten Kindern.«

Selzer, dem das nicht entgangen war, schaute skeptisch und postierte sich fragend vor Nadine. »Würdest du uns bitte an deinem Insiderwissen teilhaben lassen?«, entgegnete er provokant.

»Sorry, Daniel, dazu gab es noch keine Gelegenheit. Ich komme gerade aus der Rechtsmedizin. So wie Hendrick die Sache einschätzt, sind es die Knochen einer männlichen Person. Schätzungsweise nicht älter als zehn oder elf. Er meint, dass der Junge vor etwa drei bis fünf Jahren verstorben sein müsse.«

Selzer verzog den Mund zu einer Fratze. »Kannst du nicht den offiziellen Weg gehen und warten, bis der Bericht der Rechtsmedizin vorliegt? Ständig deine Alleingänge. Mensch, das nervt«, entgegnete er erbost.

Er hatte recht, doch in Anbetracht der Lage wollte Nadine wissen, ob sie mit ihrer Vermutung richtig lag. Um keine Zeit zu verlieren, bat sie den Kollegen von der Vermisstenstelle um die Akten der letzten fünf Jahre. Reduzierte man diese auf die etwa 95 Leichen, die seit 1947 im Bodensee ertrunken waren und unentdeckt blieben, schien der Rest überschaubar. Man ging davon aus, dass die meisten wohl beim Baden untergegangen waren. Lag ein Leichnam erst einmal in einer Tiefe von 40 bis 50 Metern, gab sie der See nicht mehr frei.

Alles in allem machte Nadine sich nichts vor. Sie ahnte bereits, was sie vorfinden würde, wollte es jedoch nicht wahrhaben. Wieder überkam sie ein seltsames Gefühl, das sie bislang nicht deuten konnte. Um klar zu denken, musste sie die Akten sichten. Insgeheim war sie sich sicher, dass irgendjemand da draußen eine Riesenschweinerei in Gang gesetzt hatte. Noch war die Sache für die junge Frau nicht greifbar. Bruchstückhaft schossen ihr Bilder durch den Kopf, die noch keinen Sinn ergaben. Nadine fühlte sich wie benebelt, als hätte sie zu viel getrunken, und suchte jetzt nach den Lücken, von denen sie nichts mehr wusste. Jedes Detail, das sie gedanklich anfasste, löste sich in Luft auf. Gleich der allgemeinen Wetterlage, die sich gestern Morgen noch zu einem prächtigen Sonnentag entwickelt hatte und heute früh dicke Schneeflocken rieseln ließ. Der beginnende Tag fühlte sich ebenso kalt an wie ihre Tätigkeit.

Wie fremdgesteuert erhob sie sich vom Stuhl, lief hinüber zur Miniküche, um sich noch einen Kaffee zu gönnen, und setzte sich erneut.

Selzer ließ Nadine ihre Arbeit machen und bat Hufnagel, ihr zu helfen. Obwohl sie nachts zuvor unruhig geschlafen hatte, was auch ein Grund dafür gewesen war, dass sie mit Hendricks Auswertung gerechnet hatte, quälte sie sich müde durch die Akten. Sie ahnte, wohin sie die Suche führen würde, und erklärte gegen Mittag, dass sie im Fall Tim Wendel, dessen Bericht bereits ganz oben lag, ein potenzielles Opfer vermutete. Von ihrer vorangegangenen Recherche erwähnte sie nichts. Dafür bliebe später immer noch Zeit, sagte sie sich.

Hübner, der ihr zustimmte, meinte, man solle zu den Eltern des Jungen gehen und diese befragen. Nadine sträubte sich. Sie war der Meinung, nicht gleich mit der Tür ins Haus fallen zu müssen, ohne einen Beweis zu haben. Ob es sich bei den gefundenen Knochen um die des verschwundenen Sohnes handelte, wusste man nicht. Die Polizistin hoffte auf einen milderen Weg. Andererseits die Gewissheit zu bekommen, was damals passiert war, machte die Sache nicht weniger schmerzvoll.

Das Telefon klingelte. Nadine erschrak, so war sie in das Lesen vertieft.

»Hallo Frau Andres, ich wollte mich mal wieder melden«, ertönte eine leise dennoch gut verständliche Stimme. »Gibt es was Neues von Tim?«

Ihr stockte der Atem. Sie ahnte sofort, wer am anderen Ende der Leitung sprach. Sie bekam eine Gänsehaut und ein kalter Schauer durchfuhr ihren Körper. War es weibliche Intuition, die ausgerechnet jetzt die Mutter hier anrufen ließ? Nadine brauchte eine Sekunde, um sich zu sortieren. Jedoch ein Gespräch mit Frau Wendel wollte sie im Augenblick nicht, zum einen der Kollegen wegen und zum anderen fehlte ihr der Mut. Stattdessen gab sie sich einer Notlüge hin und versprach, alsbald zurückzurufen, da sie derzeit viel Arbeit auf dem Tisch liegen habe. Mit einem schlechten Gewissen legte sie den Telefonhörer auf den Apparat. *Kann die Wendel hellsehen? Ich glaube, sie spürt etwas.*

»Was ist meinem Jungen zugestoßen? Was nur?«, sprach Linda Wendel immer noch weiter, ohne bemerkt zu haben, dass ihr Gegenüber längst das Telefonat beendet hatte. Erst das anhaltende Tuten ließ ihre Stimme brechen, dem ein Schluchzen folgte. Wortlos setzte sie sich auf ihr Sofa und blickte hinüber zu den Kinderfotos, die die kleine Anbauwand säumten. Ahnte sie etwas? Andererseits waren die gefundenen Knochen Gesprächsthema Nummer eins der Stadt.

Nadine hingegen hatte ein flaues Gefühl in der Magengegend und meinte, sich gleich übergeben zu müssen, wenn sie nicht sofort hier verschwände. Da es ohnehin Mittag war und sie Hunger verspürte, entschied sie, Pause zu machen. Das ewige Durcharbeiten bekam ihr auf Dauer nicht. Die Kollegen hielten es ebenso. Hufnagel aß gewöhnlich daheim oder er gönnte sich eine Bratwurst an seinem Lieblingsbratwurststand, für den er schon mal eine Viertelstunde Autofahrt in Kauf nahm. Was das Essen anbelangte, war er ein Genießer. Jeden Hinweis, den Nadine ihm bezüglich ungesunder Nahrung gab, schmetterte er mit den Worten »I was born to live« in übel gesprochenem Englisch ab. Und so wurde der Bauch von Jahr zu Jahr fülliger, was seiner Gesundheit nicht dienlich war. Hufnagel war ein sturer Hund, trotzdem konnte man sich auf ihn verlassen.

»Geht's Ihnen nicht gut?«, fragte Hufnagel väterlich. »Machen Sie mal Mittag.«

»Ich hatte schon bessere Zeiten.« Nadines Lächeln war nicht sehr überzeugend. »Daniel, ich bin dann mal für eine Stunde außer Haus«, dabei schaute sie zu ihm hinüber.

Selzer starrte sie an, als wäre ihm der gleiche Gedanken gekommen. »Wie wär's mit einem Essen zu zweit?«

Endlich bekam Nadine die Gelegenheit, mal wieder mit ihm alleine zu sein. Sie musste sie nur ergreifen. Ein Gespräch unter vier Augen hatten sie schon lange nicht mehr geführt.

»Ähm, dann aber gleich«, entgegnete sie barsch, was ihr sofort leidtat. »Ich muss hier raus.« *Dumme Nuss, wenn ich ihn jedes Mal so vor den Kopf stoße, wird das nie was mit uns.*

Er lächelte sie an. »Okay, lass uns gehen!« *Womöglich störe ich. Bei ihr weiß man nie, woran man ist.*

Draußen vor dem Revier erkundigte sich Selzer, ob es Nadine auch recht sei, die wiederum meinte, sie sei nicht in Gesprächslaune. Ein eingefrorenes Lächeln umspielte ihre Lippen.

Nachdem die beiden das Kriegsbeil begraben hatten und Nadine ihn darüber aufgeklärt hatte, was sie über den Fall Wendel wusste, wurde er hellhörig. Zumindest hatte man jetzt einen Anhaltspunkt. Einen Namen, ein Gesicht, nach dem man fahnden konnte. Um die Eltern des Jungen nicht unnötig zu beunruhigen, schlug Selzer vor, gleich nach dem Essen in die

Rechtsmedizin zu gehen. Vielleicht besaß Hendrick inzwischen mehr Kenntnis über die gefundenen Knochen.

Für die forensische Medizin gab es drei primäre Identifizierungsmethoden wie die Dentalanalyse, die Fingerabdruckanalyse und die DNA-Betrachtung. Die beiden Letzteren schloss er aus, da die Weichteile bereits verwest waren. Somit waren sie unbrauchbar geworden. Stattdessen konzentrierte er sich auf die Beschaffenheit der Kauleiste, die noch passabel erhalten war. Gut geschützt lag sie in der Mundhöhle und hatte äußeren Einflüssen vor und nach dem Zeitpunkt des Todes standgehalten. Zähne galten als härteste und widerstandsfähigste Bestandteile des menschlichen Körpers und blieben über längere Zeiträume unverändert. Die leichte Fehlstellung der vorderen Schneidezähne sollte die Suche nach dem behandelnden Arzt erleichtern. Der Rechtsmediziner ging davon aus, dass der verstorbene Junge möglicherweise in kieferorthopädischer Behandlung gewesen war.

»Grüß dich, Ron«, sagte Selzer, als man das Büro betrat.

Hendrick, der mit dem Rücken den beiden zugewandt stand, drehte sich langsam um und blickte sie mit wachen Augen an. »Freut mich, dass ihr kommt. Ich benötige für die Post-mortem-Zahnuntersuchung die Ante-mortem-Aufzeichnungen des behandelnden Zahnarztes, um sie miteinander vergleichen zu können. Könnt ihr mir die besorgen?«

Selzer schaute zu Nadine, verzog den Mundwinkel wohl als Zeichen, dass er Hendricks übertriebene Ausdrucksweise genau wie sie missbilligte. Aber so waren Mediziner, zumindest die, die er kannte. Immer mussten sie mit ihrem Fachwissen brillieren.

»Geht das ein wenig präziser?«, hinterfragte Selzer.

Hendrick näherte sich ihm mit einem hämischen Lächeln.

»Für eine dentale Identifizierung sollte ich erfahren, wo das

Opfer in Behandlung war. Da aufgrund des Alters wohl noch keine Füllungen oder technische Rekonstruktionen vorliegen wie etwa Kronen, Implantate und herausnehmbarer Zahnersatz gehe ich von einer beginnenden kieferorthopädischen Heilbehandlung aus.«

Nadine schaute skeptisch. »Wie kommen Sie zu der Annahme?«

Der Mediziner drehte sich um, lief ein paar Schritte zu einem der Leichentische und bat die junge Frau, näher zu treten. Nebeneinander lagen dort die gefundenen Knochenreste sowie der Schädel des Burschen.

Hendrick nahm einen Kugelschreiber aus dem Arztkittel und zeigte auf das Gebiss, das vortrefflich erhalten war.

»Schauen Sie auf die vorderen Schneidezähne! Aufgrund der leichten Fehlstellung nehme ich an, dass man mit dem Kind bereits bei einem Kieferorthopäden war. Heutzutage werden doch alle Zähne gerichtet. Zumindest beginnt man frühzeitig mit der Sichtung.«

Selzer stimmte ihm zu und erklärte, dass man sich umgehend auf die Suche machen würde. Dem Einlenken des alten Widersachers und ehemaligen Freundes Ron Hendrick so rasch wie möglich ein Ergebnis vorzuweisen, ging er ihm geschickterweise aus dem Weg. Nur zu gut wusste er um dessen Spitzfindigkeiten, mit denen er früher schon aufgewartet hatte, um Selzer aus der Reserve zu locken. Inzwischen waren Jahre vergangen und er hatte dazugelernt.

»Wir kümmern uns sofort darum. Du bekommst Bescheid.«

Nachdem die beiden Kripobeamten die Rechtsmedizin verlassen hatten, stoppte Nadine unverhofft.

»Wieso lässt du dir den Ton gefallen? Du bist doch kein Schulbub mehr.«

Selzer ignorierte ihre Frage und meinte, dass sie sofort mit der Suche beginnen solle. Zudem gehe er davon aus, dass es in Konstanz nicht allzu viele kieferorthopädische Praxen geben dürfe.

.

10. WIEDER EIN OPFER

»Okay, Nadine, egal, was Hendrick sagt oder macht, er gehört zu den Besten seiner Zunft«, meinte er schließlich. »Von der Überheblichkeit mal ganz zu schweigen. Er kann es sich leisten. Um die Karriereleiter hinaufzukommen, braucht es schon eine gehörige Portion Narzissmus. Den lebt er vortrefflich aus.«

Nadine dachte über die Worte nach und antwortete erst nach reiflicher Überlegung: »Mein Fall wäre das nicht. Man kann Menschen doch nicht so wertlos behandeln. Respekt schuldet man jedem. Na ja, ich muss ihn ja nicht heiraten.«

Selzer setzte ein breites Grinsen auf. »Weiß man's?«

Die junge Kollegin postierte sich, die Arme vor der Brust verschränkt, vor ihrem Chef und ging auf die Provokation nicht ein. Ihrem Gesicht nach zu urteilen, bedurfte es keiner zusätzlichen Worte. Wenig später lief man weiter. Erst kurz vor dem Büro fiel die Anspannung von ihr ab. Die Sorge, den Kollegen so unter die Augen treten zu müssen, legte sich.

Nach einer raschen Unterredung vergab Selzer generalstabsmäßig die Aufgaben. Etwa zehn Minuten danach wurde man auf Deutschlands größter Arztempfehlungsseite im Internet fündig. Die Ausbeute, die eine Stadt wie Konstanz zum 31.12.2016 mit mehr als 85.000 Einwohnern zu bieten hatte, war überschaubar. Im Umkreis von ein paar Kilometern waren es gerade mal zehn Kieferorthopäden. Um Zeit zu gewinnen, teilte man die Arbeit auf. Nadine übernahm die Bestbewerteten, Hübner die Zweitbesten und Hufnagel den Rest. Sogleich ging man ans Telefonieren und konzentrierte sich dabei auf Jungen im Alter von zehn bis elf, die seit ein paar Jahren die Praxen nicht mehr besucht hatten. Die Möglichkeit eines Wechsels bestand immer, sei es wegen eines Umzugs, mangelnden Interesses oder weil man mit dem Arzt unzufrieden war. Dass eine Behandlung in jenem Lebensalter vorzeitig beendet worden war, schien den Kripobeamten unwahrscheinlich.

Die Anrufe, zumindest die von Nadine, liefen anders als erwartet. Wütend stand sie auf. »Das ist doch nicht normal.«

Hübner schaute zu ihr hinüber. »Ich hätte es wissen müssen«, sagte er.

»Was?«

»Dass man uns keine Auskunft am Telefon gibt.«

»Würden Sie mir verraten, wo das Problem ist?«, fragte Hufnagel in die Runde.

»Ganz einfach«, begann Nadine, »ihre Arroganz stinkt zum Himmel.« Hübner mischte sich lautstark ein: »Je nobler die Praxis desto eingebildeter das Personal.« Er klang enttäuscht.

Hufnagel wischte sich mit der Hand über den Mund, als hätte er Brotkrumen daran. »Ich kann Ihren Ärger nicht teilen. Bislang wurde mir jede Auskunft erteilt, die ich wollte. Zwei Praxen auf meiner Liste haben mir allerdings nicht weiterhelfen können. An der dritten bin ich dran. Ist leider immer nur besetzt.«

Die Zahnärzte leben doch gut von ihren Patienten, überlegte Nadine und fühlte sich hilflos. »Kollegen, ich glaube, das bringt im Moment nichts. Ich werde diesen Leuten einen Besuch abstatten, meinen Dienstausweis zeigen und mir die

Patientenakten vor Ort zu Gemüte führen.« *Es wäre leichter gewesen, Familie Wendel nach dem behandelnden Arzt zu fragen, aber Daniel wollte sie nicht beunruhigen.*

Hübner schwieg, sah sie nur an und dachte wohl das Gleiche. Schließlich erhob er sich, schnappte seine Jacke und fragte: »Können wir gehen?«

Nadine nickte ihm wohlwollend zu und verließ mit ihm das Büro. Im Stechschritt preschten beide über den soeben gewischten Fußboden im Flur und liefen darauf wie auf rohen Eiern.

»Müssen die gerade jetzt putzen, wenn alle am Arbeiten sind?«, schimpfte Hübner und tat sich mit dem Gehen schwer.

Auch Nadine fand die Reinigung unpassend. Doch wozu aufregen? Der Ärger von gerade eben war ausreichend. »Ist doch egal, Hübi, pass halt auf, wo du hintrittst!«

Hübner schaute seine Kollegin mürrisch an und fühlte sich nicht ernst genommen. Viel lieber hätte er jetzt gelästert. Weil Nadine das wusste, lenkte sie das Gespräch in eine andere Richtung. »Was schlägst du vor? Wo sollen wir ansetzen? Wollen wir gemeinsam zu den Ärzten gehen oder jeder für sich?«

Hübner, der sich noch ärgerte, hörte ihr nur halbherzig zu und dementsprechend fiel die Antwort aus. »Mir egal, entscheide du!«

Oh Mann, dass ihr Kerle immer den Arsch zusammenkneifen müsst, wenn es um eine Lösung geht. Wie ich das hasse. »Okay, dann gehst du zu deinen und ich zu meinen.« *Miese Laune kann ich jetzt nicht gebrauchen. Lass dich doch einwecken.*

Vor dem Polizeirevier verabschiedete man sich.

Hübner nahm den Dienstwagen, während Nadine den Motorroller bevorzugte. Für die kurze Strecke, die zurückzulegen war, war ihr der lieber. Sie benötigte etwa zehn Minuten, ehe sie vor der ersten Praxis stand. Sie lag inmitten der Altstadt, etwas verwinkelt in einem Hinterhaus. Nadine parkte ihren Roller in einer Seitenstraße und eilte wenig später die Treppen hinauf. Die Räumlichkeiten waren in freundlichem Apfelgrün gehalten, unzählige Fotos von wohlgeformten Kinderzähnen steckten an der Pinnwand, welche vis-à-vis vom Empfang hing.

Hektik machte sich breit. An der Anmeldung hatte sich bereits eine Menschenschlange gebildet. Mütter mit Kindern. Dicht daneben, im Wartebereich, waren alle Sitzplätze belegt. Ausgerechnet am Nachmittag, als es hier nur so von Schülern wimmelte, musste Nadine ihre Nachforschungen anstellen.

»Sie wünschen bitte?«, fragte die Zahnarzthelferin hinterm Tresen mit grünem T-Shirt und weißer Hose.

Wortlos zeigte die Polizistin ihren Ausweis vor.

»Ach, Sie schon wieder. Und ich dachte, Sie würden am Telefon nur scherzen«, erklärte die Sprechstundenhilfe gereizt.

»Sehe ich so aus, als würde ich scherzen? Können wir irgendwo ungestört reden?«

»Einen Moment bitte. Ich rufe Doktor Hartweck. Sie sehen doch, was hier los ist. Außerdem darf ich keine Auskunft über unsere Patienten erteilen. Das kann nur er.« Sie stand auf und lief ins benachbarte Zimmer. Kurz darauf kehrte sie zurück. »Folgen Sie mir bitte! Der Doktor hat gerade etwas Zeit.«

Na, wenn das jedes Mal so abläuft, bin ich heute Abend noch nicht fertig.

Ein großgewachsener Mann mit dunkel gegeltem Haar und weißer Arztbekleidung empfing Nadine mit einem breiten Grinsen. Seine Zähne waren weiß, aber leicht schief. »Wie kann ich Ihnen helfen, Frau ...?«

»Andres. Ich wüsste gerne, ob ein Junge namens Tim Wendel vor ein paar Jahren bei Ihnen Patient war und ob er möglicherweise die Behandlung abgebrochen hat.«

Hartweck ging zum Schreibtisch und schaute im Computer

nach. »Darf ich fragen, warum?«, entgegnete er den Blick auf den Bildschirm gerichtet.

»Routinemaßnahme«, tat Nadine die Nachfrage ab. Gleichzeitig vernahm sie das dezente Tippen auf der Tastatur.

Der Weißkittel schüttelte unentwegt den Kopf.

»Mhm, mhm ... tut mir leid. Ich bin jetzt alle Namen durch. Einen Tim Wendel habe ich nicht und auch sonst hat keiner die Behandlung abgebrochen.« Hartweck machte ein unmerklich schmatzendes Geräusch, als hätte er soeben gegessen. »Tut mir leid. Ich kann Ihnen da wohl nicht helfen.«

Nadine bedankte sich, gab ihm die Hand und wollte so schnell wie möglich gehen. Immerhin hatte sie noch zwei Arztpraxen vor sich und es war bereits 16.30 Uhr. Zudem wollte sie endlich mal wieder joggen, obwohl das Wetter sie daran zweifeln ließ. Den ganzen Tag wechselten Regen und Sonne, als kämpften sie, wer den längeren Atem hätte. Nadine konnte sich weder freuen noch traurig sein. Die Entscheidung fällte letztendlich die Witterung, was ihr missfiel.

Noch im Hausflur griff Nadine zum Handy und rief erst Hübner und dann Hufnagel an. Keinem lag ein brauchbares Ergebnis vor, was zur Folge hatte, dass ihr abendliches Vorhaben in weite Ferne rückte. Schlecht gelaunt begab Nadine sich zu Fuß in die nächste Zahnarztpraxis, die nur ein paar Querstraßen entfernt von der jetzigen lag.

Auch hier war sie ohne ein nennenswertes Resultat. Wie zuvor war die Praxis überfüllt und das Personal genervt. Jetzt blieben den Kripobeamten nur noch zwei Anlaufstellen, die es anzusteuern galt. Ausgerechnet die letzte Zahnarztpraxis, die weniger attraktive und wohl die, welche vorrangig von Kassenpatienten besucht wurde, gab Nadine bereitwillig Auskunft. Einen Tim Wendel führte man hier, allerdings hatte sich die Familie seit ein paar Jahren nicht mehr gemeldet, obwohl sie immerfort angeschrieben und zur Weiterbehandlung des Jungen aufgefordert worden war.

»Wissen Sie«, meinte die zierliche, etwa dreißigjährige Empfangsdame mit asiatischen Wurzeln, »es kommt häufig vor, dass die Kids keine Lust mehr auf ihre Spangen haben. Ich erlebe das täglich. Nur in diesem Fall blieben unsere Bemühungen erfolglos.«

Nadine, die ihren rechten Ellenbogen auf dem Empfangstresen liegen hatte, kratzte sich mit der anderen Hand am Auge. »Das bestätigt meine These. Könnten Sie mir bitte seine Patientenakte aushändigen? Des Weiteren benötige ich die letzten Röntgenbilder.«

Die Empfangsdame blinzelte zerstreut über den Rand ihrer Lesebrille hinweg. »Wie meinen Sie das, *Ihre These*?«

Obwohl Nadine mit sich haderte, was angebracht wäre, gab sie ihre Mutmaßung der Frau preis. »Der Junge gilt seit Jahren als vermisst. Wir gehen von einem Gewaltverbrechen aus und benötigen dafür den Abgleich seiner Zähne.«

Die Asiatin war von einer Sekunde zur nächsten voll gespannter Aufmerksamkeit. »Seit wann genau?«

»Sommer 2014.«

Die Empfangsdame runzelte die Stirn. »So lange schon?«

Nadine nickte traurig.

»Geben Sie mir bitte ein paar Sekunden, ich stelle Ihnen rasch die Unterlagen zusammen. Nehmen Sie doch bitte im Wartezimmer Platz.«

Nadine schaute auf die große Uhr, die an der Wand hing. Das Design erinnerte an eine Bahnhofsuhr und erst jetzt hörte sie ihr leises Ticken.

Kurz darauf kehrte die Empfangsdame zurück und überreichte Nadine einen A4-Umschlag. »Bitte schön. Wenn Sie noch etwas benötigen, melden Sie sich!«

Die Polizistin bedankte sich, steckte den Umschlag in ihre Umhängetasche und schulterte sie. Danach verließ sie raschen Schrittes die Praxis und war gewillt, noch einmal ins Büro zu fahren, um Hendrick davon in Kenntnis zu setzen. Doch ob sie jetzt um 18.00 Uhr noch jemanden antreffen würde, daran zweifelte sie. Andererseits bekam ein aussichtsloser Fall eine Option auf Klärung. Was hatte sich damals ereignet? War der Junge einem Pädophilen zum Opfer gefallen und hatte deshalb sterben müssen? Der gefundene Schädel, das war inzwischen bewiesen, war auf brutale Art malträtiert worden. Das Verschwinden des kleinen Wendel ließ Nadine nicht los. Wie eine tiefe Narbe brannte sich das Ereignis in ihr Gehirn. Wieder und wieder sah Nadine vor ihrem geistigen Auge den Zehnjährigen im Schlafanzug im Bett liegen und mit einem Stofftier kuscheln. War das der Zeitpunkt, als man sich ihm genähert hatte? Und was war danach geschehen?

»Tim, gib mir einen Hinweis! Was ist damals passiert?«, forderte sie den Kleinen leise auf und hoffte auf eine Eingebung. *Moment mal der Schlafanzug*, kam es ihr in den Sinn. *Und wenn der Stoffrest, den wir gefunden haben, von ihm stammt?* Nadine schaute zum Himmel, sah die Regenwolken und interpretierte sie als das gewünschte Zeichen. *Das würde zumindest mein Bild vom Schlafenden klären*, meinte sie.

Entschlossen und voller Energie zwängte sich die junge Frau durch den Feierabendverkehr, in der Hoffnung, Hendrick noch zu erwischen. Normalerweise gehörte er nicht zu den pünktlich Gehenden. Sie erinnerte sich, ein Gespräch mit angehört zu haben, in dem er jemandem am Telefon erklärt hatte, dass er die Ruhe des Abends in der Gerichtsmedizin genoss. Zudem erhielt er keine nervigen Anrufe seitens der Kripo, was wohl auf sie gemünzt gewesen war.

Vor lauter Grübeln übersah Nadine eine Fahrradfahrerin,

welche jedoch dem Motorroller noch rechtzeitig ausweichen konnte. Obendrein zeigte sie ihr einen Vogel. Verärgert fuhr Nadine weiter und war dennoch froh, dass die Sache so glimpflich ausgegangen war. Nicht auszudenken, was alles hätte passieren können. Im gleichen Moment schwor sie, sich wieder auf den Verkehr zu konzentrieren.

Als sie ins Präsidium hastete, verließen es andere.

***

Er hasste sie, wenn sie schrien. Längst war ihr Schicksal besiegelt. Man legte ihm doch förmlich die Leute vor die Füße. Und dabei war es ihm egal, ob sie nun weiblich oder männlich waren. Etwas stachelte seinen Instinkt nach all den Jahren an. Kein körperlicher Trieb, nein, vielmehr ein Gefühl, diesen Menschen besitzen zu wollen. Die letzten Sekunden sollten ganz ihm gehören. Eine Sehnsucht, wie er sie vergebens bei seinen Eltern gesucht hatte. Vor fünfzig Jahren waren sie nach Deutschland gekommen. Deutschstämmige aus dem ehemaligen Jugoslawien. Eine Gruppe von Familienmitgliedern mit Kleinkindern, Erziehungsberechtigten und Großeltern. Ein Verbund, der niemanden alleine ließ. Doch ohne Geld sowie dem Wunsch, sich schnell heimisch zu fühlen, waren die Eltern auf Arbeit angewiesen und nahmen alles an, was die Familie über Wasser hielt. Zum Leidwesen der vier Kinder. Alleingelassen und ohne Nähe. Die Geschwister bildeten eine Einheit, gaben sich Halt. Nur er war gestrauchelt, geriet in die falschen Kreise. Bis zu jenem Tag, als er seine Zukünftige kennengelernt hatte.

Viel Mühe, sein Äußeres zu verbergen, hatte er sich nie gegeben. Wozu auch? Er wollte alles geschwind hinter sich bringen. Überdies waren es nur Sekunden, die er genoss. Den Rest hatte er verdrängt. Die schwarze Motorradmütze reichte, um den Opfern Angst zu machen. Winselnd fixierten sie zwei Stoffschlitze, durch die sie von stahlblauen Augen angestarrt wurden. Eiskalt und ohne jede Regung. Genau wie die hübsche Brünette, die er vor zwanzig Stunden betäubt hatte, um sie dann unbeobachtet aus ihrer Wohnung zu tragen. *Selbst schuld*, grübelte er. *Weshalb die Leute auch im Erdgeschoss wohnen müssen?*

Das Schlimmste aber war ihr Geruch. Warum mussten sie derart nach Schweiß stinken? Wie er das hasste. Vielleicht hätte er sie laufen lassen, aber dieser Gestank war nicht auszuhalten. Angstschweiß, der einfach nicht weichen wollte und seine Nase reizte. Sie dagegen hatte nie gerochen. Eigentlich war sie die Einzige in seinem Leben, die er riechen konnte. Ausgerechnet *sie* musste ihn verlassen. Seine Kontrollzwänge und Bespitzelungen waren nicht mehr zu ertragen. Jedem Kontakt, selbst zu ihrer Familie, begegnete er mit Groll. Viel zu lange lebte er nun schon ohne sie und ohne seine kleine Prinzessin. Der gut bezahlte Job konnte ihn schon längst nicht mehr darüber hinweghelfen. Die Vergangenheit holte ihn fortwährend ein.

Er hatte der Brünetten mit der Faust ins Gesicht geschlagen, weil sie ihn mit ihrem ständigen »Was machen Sie?« auf die Nerven gegangen war. *Sie soll endlich ihr Maul halten,* dachte er und sah auf das Blut, das aus ihrer Nase floss. Zumindest schrie sie nicht mehr, sondern wimmerte nur noch leise die Worte »Bitte hören Sie auf« vor sich hin. Doch warum aufhören? Womit? Sie frei lassen? Wozu? Damit sie sich dem Erstbesten an den Hals warf, womöglich mit ihm eine Familie gründete, um dann irgendwann festzustellen, dass es nicht mehr so lief wie am Anfang. Nein! Er wollte sie davon befreien, wusste er es doch besser.

Das Fenster zum Zimmer, in dem sie geschlafen hatte, stand offen. Wie in den Nächten zuvor, wenn er daran vorbeigeschlichen war, um zu hören, ob sie es alleine tat. Wäre wenigstens ein Gitter an der Fensterscheibe gewesen. Es aber einen halben Meter über dem Boden vorzufinden, empfand er als Einladung, um sie zu holen. *Keiner wird dich je wieder finden*, beschloss er. Zudem besaß er Kenntnis, wie er es anstellen musste, damit ihre Vermisstenanzeige zu den Akten gelegt werden würde. Ihren Abschiedsbrief hatte er vorsorglich anhand persönlicher Briefe, die er ihr heimlich entwendet hatte, verfasst und auf dem Schreibtisch hinterlegt. Ihm war bewusst, dass Menschen, die aus dem Leben treten wollten, in der Regel alles ordentlich hinterlassen würden, um ein Zeichen zu setzen. Sie mussten der Nachwelt ihre Beweggründe schildern. Alle sollten daran teilhaben und er bestärkte sie darin nur. Dabei war ihm gleichgültig, ob sein Opfer das aus freien Stücken tat. Im Laufe des Lebens hatte er zu viele gehen sehen und wollte gerade bei ihr einen sauberen Abschluss inszenieren.

Er hatte die junge Frau in seine leere Garage gebracht, dort an einen Stuhl gefesselt und sich an ihrer Angst ergötzt. Sie sollte sich quälen, sich ihm anbieten und um Erbarmen betteln. Doch nichts von alledem konnte ihn erweichen. Sex wollte er nicht, obwohl er sie attraktiv fand und für einen Moment darüber nachgedacht hatte.

Immerzu flehte sie ihn an, sie freizulassen. Sie bot ihm sogar Geld, während er ihr Geschwätz ignorierte, gleichwohl er mehrmals große Lust verspürte, ihr ein »Halt's Maul!« an den Kopf zu werfen. Er biss sich auf die Lippe, sprach kein Wort, damit ihn niemand hörte. Langsam rückte der Augenblick näher. Seine Anspannung wuchs. Er spürte das besondere Gefühl, als ob er gleich abheben würde, um zu fliegen.

Der Fremde trat hinter sie, beugte sich zu ihr hinab, roch an ihr. Er saugte den Geruch auf, den er anfangs abstoßend gefunden hatte. Doch jetzt im Angesicht ihres Todes lag diese Lieblichkeit darin, sodass er das Opfer beinahe zu mögen begann. Er schwitzte unter der Maske, hätte sich ihrer gerne entledigt. Aber es ging nicht. Ansonsten wäre er nicht in der Lage gewesen, sie ins Jenseits zu befördern. Die Maske war sein Schutz. Das Alibi, das er sich jedes Mal für seine abscheuliche Tat gegeben hatte. Genau wie jetzt. Schleppend entwickelte sich der süß-liebliche Duft zu einem widerwärtigen Stinken. Angeekelt atmete er durch den Mund, unterdessen sie den Kopf hektisch bewegte.

Er zog an ihren Armen.

Sie schrie vor Schmerz auf und warnte ihn, endlich mit dem Wahnsinn aufzuhören, da sie ansonsten die Polizei riefe.

Doch er lachte nur laut und fragte, ob sie scherzen würde, da sie hier niemand höre. Dann begann sie zu schreien, was er sogleich mit einer Ohrfeige beantwortete.

Ihre Zeit war gekommen. Er fühlte es. Jetzt saß ihr die Angst im Leib. Nur ein paar Sekunden wollte er sie noch genießen und danach in den Himmel schicken. Er fragte sich immerzu, warum sich die Brünette derart sträubte, da die neue Welt doch vollkommen sei.

Entschlossen presste der Maskenmann das Knie gegen ihren Rücken, zwang sie, aufrecht zu sitzen. Sie sollte dem Ereignis mit Respekt beiwohnen, es empfangen und sich allmählich fallen lassen.

Mit Bedacht legte er seine Hände um ihren Hals, quetschte ihn.

Ließ sie atmen.

Drückte zu.

Ließ sie zappeln und sich wehren.

Eine Weile verging, denn so schnell, dessen war er sich im Klaren, würde sie nicht sterben. Erneut würgte er sie und ließ sie nach Luft schnappen. Er kreiste den Kopf, als wollte er sich entspannen, erst dann drückte er fest zu.

Mit letzter Energie versuchte sie, dem entgegenzuwirken. Sie zappelte, zuckte, bis ihre Kräfte sie verließen. Ihr Körper erschlaffte und sackte in sich zusammen.

Er dagegen atmete auf, als stünde er am Meer und inhalierte den Duft.

Sein Werk war vollbracht.

Ein letzter Genuss, ein letztes Atmen ihres Todes, dann würde er die Sachen packen, um sich ihrer zu entledigen. Wieder einmal, wie oft zuvor.

Insgeheim hoffe er, nicht erneut handeln zu müssen. Warum mussten sich die Unglücklichen ihm auch aufdrängen? Weshalb konnten sie nicht dort bleiben, wo sie waren?

***

Als Nadine das Büro betrat, waren die Kollegen längst fort.

Es erfreute sie. Auf ein ausführliches Gespräch hatte sie jetzt keine Lust. Zudem besaß sie nicht viel Zeit. Noch in der Jacke griff sie zum Telefon und ließ es bei Hendrick klingeln. Nach fünfmaligem Schellen ging er ran.

»Sie machen wohl niemals Feierabend, Frau Andres«, war seine Reaktion.

»Doch, bin gerade auf dem Sprung. Ich habe was für Sie und wollte es Ihnen noch bringen.«

»Gut, dann kommen Sie bitte gleich! Ich habe Karten fürs Stadttheater und sollte längst fort sein.«

Die beiden legten auf.

Ein paar Minuten danach übergab sie Hendrick den Umschlag und verabschiedete sich. Gleichzeitig wünschte sie einen vergnüglichen Abend und bat ihn, morgen von der Vorstellung zu berichten, zumal sie mit dem Gedanken spielte, sich ein Abo fürs Theater zuzulegen. *Dann komme ich mal raus. Kultur hat noch niemandem geschadet.*

Gerade als Nadine die Dienststelle verlassen wollte, schnappte sie von zwei Uniformierten ein paar Wortfetzen auf. Einer erzählte dem anderen von einer vermissten Frau und erwähnte, dass der Fall ausgesprochen merkwürdig sei. Nadine war entschlossen, zu gehen, was sie auch tat.

11. Erschreckende Wahrheit

Nadine drehte den Wasserhahn zu, tauchte in den Schaum und schloss die Augen. Doch, statt sich nach dem Joggen zu entspannen, geisterten ihr wirre Bilder durch den Kopf. *Eine Vermisste? Vielleicht hätte ich nachfragen sollen.* Ohne es zu wollen, sprangen ihre Gedanken zurück zu Tim Wendel. Der Fall wollte nicht aus ihrem Kopf. Blieb noch das Ergebnis von Hendrick abzuwarten. Nadine ahnte nicht, dass er genauso unruhig war wie sie und wissen wollte, zu wem die Knochen auf seinem Tisch gehörten. Entgegen seiner Art, nochmals ins Büro zu gehen, tat er es im schwarzen Anzug.

Hendrick zog sein Jackett aus, legte es über die Stuhllehne und krempelte die weißen Hemdsärmel hoch. Danach machte er sich umgehend an die Arbeit. Der Rechtsmediziner verglich die Zähne des Schädels mit den Ante-mortem-Aufzeichnungen des behandelnden Zahnarztes, die er von Nadine Andres erhalten hatte. Die in der Behandlungskartei aufgenommenen Kleinbildröntgenaufnahmen dokumentierte er mit den Aufnahmen, die er post mortem vom Gebiss gemacht hatte. Sein Fazit war eindeutig. Zweifelsohne handelte es sich bei dem Toten, dessen Knochen man gefunden hatte, um Tim Wendel. Das Rätselraten fand sein Ende.

Hendrick faltete die Hände über den Bauch und lehnte sich

zurück. Er schloss die Augen und fühlte einen brennenden Schmerz, den er dem wenigen Schlaf nachts zuvor zuschrieb. Er beugte sich vor an den Schreibtisch, griff zum Handy und wählte die Nummer der Kollegin. Wenigstens sie sollte aus erster Hand das Resultat erfahren.

Der Rechtsmediziner musste es mehrmals klingeln lassen, bis Nadine endlich abnahm. Nur mit einem Handtuch bekleidet, nannte sie ihren Namen und hatte ganz vergessen, aufs Display zu schauen. Um diese Zeit telefonierte sie meist nur mit Freunden. Mit Hendricks Anruf hatte sie nicht gerechnet und meldete sich dementsprechend flachsig: »Wer stört?«

Hendrick musste schmunzeln. »Gevatter Tod«, antwortete er ebenso frech.

Doch bis Nadine die Situation einzuschätzen vermochte, hatte er sich mit Namen gemeldet. Sie schluckte und befürchtete, worum es ging.

»Sie hatten den perfekten Riecher, Frau Andres. Es ist der gesuchte Junge.«

Mit dem Lob konnte Nadine nichts anfangen. Viel lieber hätte sie sich eine andere Antwort gewünscht. Andererseits nach so vielen Jahren konnte niemand mehr mit dem Auftauchen des Buben rechnen. Zumindest nicht ohne gesundheitliche Blessuren. »Ich dachte, Sie wollten ins Theater gehen«, versuchte sie, vom Ernst der Lage abzulenken.

»Da war ich. Allerdings ließ mich der Fall nicht los. Es ist eine Sache, einen Menschen zu töten, aber einem Kind Leid zuzufügen, ist auch für einen gestandenen Rechtsmediziner wie mich schrecklich.«

Nadine war von der Äußerung überrascht. Derart mitfühlend hatte sie ihn noch nie erlebt. »Ups«, rief sie verstört auf. »Moment bitte! Mir ist gerade mein Handtuch runtergefallen und ich stehe ...«

Hendrick zog die Augenbrauen zusammen. »Habe ich Sie bei irgendetwas gestört?«

Was glaubt der? »Ne, Ihr Klingeln hat mich aus der Badewanne geholt.«

»Aha! Na, dann will ich Sie nicht aufhalten. Den Rest besprechen wir morgen.« Insgeheim konnte er seine frivolen Gedanken nicht unterdrücken und stellte sich die junge Frau gleich einer blonden Venus vor.

»Mittlerweile ist mein Wasser kalt geworden«, tat Nadine die Angelegenheit ab und erkundigte sich, ob Hendrick irgendetwas von einer vermissten Frau zu Ohren gekommen sei.

Er verneinte.

»Schade. Mir ist auch nichts bekannt. Hab es nur beim Nachhausegehen aufgeschnappt.«

***

Beschwingt vom Gefühl, erneut etwas Gutes für die Menschheit getan zu haben, hatte er sie in der Nacht in Folie gewickelt und sie dann in den Wagen gelegt. Alle Spuren, die ihn hätten belasten können, hatte er sorgsam beseitigt. Wusste er doch, wonach man als Erstes suchen würde. Jetzt musste sie fort. Tot war sie ihm nicht mehr von Nutzen, denn für ihn zählte nur jene Zeit, die zwischen ihrer Angst und ihrem Ableben lag. Gerne hätte er sie noch einmal anfassen wollen, doch er hatte der Versuchung widerstanden. Als er einst zu morden begonnen hatte, hatte er noch die kleinen Finger seiner Opfer abgeschnitten und wie Trophäen in ein Tuch gewickelt. In Plastikschachteln verwahrt, lagen diese dann in seinem alten Kühlschrank. Viele dieser Schachteln besaß er. Doch irgendwann wurden sie ihm lästig. Was, wenn man ihm eines Tages auf die Schliche kommen würde? Solange man ihm keinen der Morde nachweisen konnte, wusch er die Hände in Unschuld.

***

Am nächsten Morgen

»Darf ich Sie kurz stören?«, Nadine steckte den Kopf durch die Tür ins Büro von Hendrick.

Er saß hinter dem Schreibtisch und winkte sie lächelnd herein. »Warum fragen Sie? Klar, ich habe schon mit Ihrem Erscheinen gerechnet. Allerdings um halb acht und nicht erst um halb zehn.« Irritiert schaut er auf die Armbanduhr.

Nadine kam ins Zimmer und schloss die Tür. »Ich hatte Ihretwegen eine schlaflose Nacht.« Gleichzeitig öffnete sie den Reißverschluss ihrer Jacke.

Hendrick lachte. »Meinetwegen? So so, aber ich befürchte, der Grund ist eher in meinem Anruf zu finden, oder?«

Die junge Frau nickte verdrossen und blickte nachdenklich über Hendricks Tisch.

»Suchen Sie meinen Bericht? Der liegt bereits bei Selzer. Ich habe mit Ihnen früher gerechnet.«

Mist. Da muss ich einmal zum Arzt und dann nimmt er mir die Überraschung vorweg. »Okay, da war ich noch nicht. Ich wollte erst zu Ihnen.«

»Tut mir leid, Frau Andres, ich hätte Ihnen gerne den Triumph gegönnt, zumal Sie den richtigen Riecher besaßen.«

Hendrick erhob sich und gab ihr einen wohlwollenden Klaps auf die Schulter.

Als Nadine in ihr Büro trat, standen die Kollegen beieinander und wirkten angespannt.

»Was ist passiert?«, erkundigte sie sich und entledigte sich ihrer Jacke.

»Man hat heute Morgen eine Tote am Bodenseeufer gefunden. Kannst dich wieder anziehen! Wir müssen los!«, unterrichtete Selzer sie und erwähnte beiläufig Hendricks Bericht.

»Könnte Sie als vermisst gemeldet worden sein?«, fragte Nadine sofort drauflos.

Selzer schaute kritisch. »Möglich!? Wieso fragst du?«

»Ach, nur weil ich gestern die Kollegen über eine Vermisste habe reden hören.« Nadine machte eine kurze Pause. »Wer gibt denn jetzt den Eltern des Jungen Bescheid?« Die Nachfrage hätte sie sich sparen können, da sie die Einzelheiten vom Fall Wendel besser kannte als jeder andere. »ICH?«

Ein einvernehmliches Nicken machte die Runde.

»Gut, dachte ich mir schon. Bleibt mir wohl nichts anderes übrig. Doch zuvor will ich noch die Tote sehen.« *Mist, vielleicht hätte ich gestern reagieren sollen.* »Kennt man bereits Einzelheiten?«

»Nein! Die Info kam gerade erst rein. Die Kollegen der SpuSi sind informiert, Hendrick auch.«

»Ausgerechnet eine Woche vor Ostern«, knurrte Hübner abfällig.

Niemand antwortete.

Stattdessen klopfte es an der Tür. Ein Handwerker, der nach der Heizung sehen wollte, hatte sich im Zimmer geirrt. Er entschuldigte sich und ging zum nächsten Büro.

Nadine beäugte Hübner von oben bis unten. »Spielt das eine Rolle? Schlimm genug, dass ein Mensch sterben musste. Wissen wir, ob sie ermordet wurde?«, fragte sie den Blick Selzer zugewandt.

»Ich gehe davon aus, zumal sie in irgendetwas eingewickelt war.«

»Wer hat sie gefunden?«

»Spielende Kinder«, bemerkte Hufnagel kritisch.

»Auch das noch«, schimpfte Nadine.

Als man den Fundort der Leiche unmittelbar am Bodenseeufer erreicht hatte, lag sie immer noch so da, wie die Kinder sie aufgefunden hatten. Niemand hatte sie berührt oder die Folie geöffnet. Ihr Körper war mit Ästen bedeckt, sodass sie keiner bemerkt haben konnte. Erst das Spiel der Knirpse hatte diese, auf der Suche nach Reisig, darüber stolpern lassen.

Doktor Ron Hendrick war bereits vor den anderen am Fundort eingetroffen und schaute über die Tote in gebeugter Haltung hinweg.

»Tag Herr Kollege. Haben Sie schon erste Erkenntnisse?«, fragte Nadine reserviert. Insgeheim war sie sauer, dass er ihr gegenüber nichts von einer Toten erwähnt hatte. Doch der Blick über den glitzernden See stimmte sie weniger missmutig.

Hendrick blickte hoch. »Kann ich noch nicht sagen. Bin auch gerade gekommen.«

»Machen Sie es doch nicht so spannend«, drängte sie ungehalten.

»Nun, da kommt Arbeit auf Sie zu. Ich denke Selbstmord können wir ausschließen. Sehen Sie sich die Würgemale am Hals an. Hier hat jemand ganze Arbeit geleistet.«

Tja, wie hätte die Tote sich auch selbst einwickeln sollen?, dachte Nadine.

Wie lange ist sie denn tot?«, mischte sich Hufnagel ein.

»Schwer zu sagen«, meinte Hendrick leicht kopfschüttelnd. »Ein oder zwei Tage, länger nicht.«

»Also doch!«, sagte Nadine.

»Kollegin, klingt beinahe so, als hätten Sie es geahnt«, tat Hufnagel überrascht.

»Das eher weniger. Aber befürchtet.« Gleichzeitig griff sie zum Telefon und bat den Teilnehmer am anderen Ende der Leitung um eine kurze Beschreibung der Vermissten. Nickend hörte sie aufmerksam zu, bedankte sich und steckte das Handy wieder in ihrer Umhängetasche. »Laut den Kollegen der Vermisstenabteilung handelt es sich hierbei um Alessia Lederer. Der Schilderung nach könnte sie es sein. Ich fahre jetzt zu den Wendels und danach zur letzten Meldeadresse dieser Frau Lederer.« Nadine stockte.

»Was ist ...?«, fragte Hufnagel.

»Merkwürdig, die Tote wohnte in der gleichen Straße wie die Wendels. In der Radolfzeller.«

Die anderen schauten sie verwundert an.

»Ich begleite dich. Das kann kein Zufall sein«, erklärte Selzer. Doch das Schrillen des Telefons ließ ihn verstummen. »Entschuldige! Ist dringend.« Selzer drehte sich von den Leuten weg, lief ein paar Meter Richtung See und begann zu reden. Danach kehrte er mit einem Lächeln zurück und bat Nadine zur Eile.

»Was Wichtiges?«, bohrte diese gleich nach und ließ ihn nicht aus den Augen.

»Nein«, kam es von Selzer.

Komisch, ist doch sonst nicht seine Art. Ein paar Sätze gibt er immer preis. Und wie der vor sich hin lächelt. Wenn da mal keine Frau dahintersteckt. Währenddessen ließ sie ihn nicht aus den Augen. »Daniel, du kannst aufhören zu grinsen. Machst dich voll zum Affen. Man könnte meinen, du wärst verliebt.«

»Was redest du?«, tat er die Sache mit einem Handwinken ab.

Sie bestiegen Selzers Auto und fuhren Richtung Wollmatingen, jenem Konstanzer Stadtteil, in dem die Radolfzeller Straße lag.

Selzers Blick fiel auf Nadine.

»Wo sagtest du, sei die Straße?«

»Daniel, ich sagte gar nichts. Ich habe lediglich gemeint, dass diese Frau Lederer in derselben Straße wohne wie Familie Wendel. Wo bist du nur mit deinen Gedanken?«, ermahnte sie ihn.

Selzer fuhr langsam los und wirkte weiterhin abwesend. Als der voranfahrende Pkw unvermutet stoppte, konnte er gerade noch rechtzeitig bremsen. Nadine warf es nach vorne, genau wie ihn. »Willst du uns umbringen? Ich glaube, es ist besser, wenn ich fahre.«

Selzer besann sich. »Sorry! Ich musste gerade an was denken.«

»Jetzt?! Daniel, du bist im Dienst! Regle deine Privatangelegenheiten gefälligst daheim!« *Mann, so kenn ich den gar nicht. Scheiße und wenn er doch verliebt ist?*

»Welche Nummer?«

»Fünf!«

»Muss gleich kommen. Neun ... sieben ... fünf.« Selzer fuhr den Wagen rechts ran und parkte ihn in einer Haltebucht. Die beiden stiegen aus, schlugen die Türen zu und schauten sich neugierig um. Nadine schulterte ihre Tasche, verschanzte die Hände in der Jacke und lief langsam neben Selzer her.

»Hier muss es sein«, sagte sie und ging auf eine große Holztür zu. Als sie diese öffnete, quietschte sie. »Ist ja richtig unheimlich. Fast wie in einem Horrorfilm. Fehlt nur noch eine vorbeispringende Katze sowie ein muffliger Alter.« Nadine bemühte sich um Haltung.

Daniel folgte ihr nach drinnen. Es roch feucht und muffig, als schimmelte es irgendwo. Sie passierten den dunklen Flur. Das wenige Licht, das es hier gab, kam durch ein kleines Fenster an seinem Ende.

»Oh mein Gott. Hier wurde lange nichts mehr gemacht«,

stellte sie erschrocken fest. Plötzlich schlängelte sich eine Katze an ihren Beinen entlang, hob den Schwanz und schnurrte. Nadine erschrak und schrie kurz auf.

»Das ist nur eine Katze«, erklärte Daniel und suchte nach einem Lichtschalter. Im gleichen Moment raschelte es an der danebenliegenden Tür und ein Grauhaariger mit Vollbart postierte sich vor den beiden. Seine beigefarbene Cordhose wirkte verschlissen, zudem trug er ein Unterhemd. Er sah verlebt aus. Alkohol und Zigaretten hatten ihn deutlich gezeichnet.

»Was suchen Sie hier?«, motzte er sofort drauflos und kratzte über seinen Bart.

Selzer, der sich nicht auf unnötige Diskussionen einlassen wollte, zückte den Dienstausweis und hielt ihn vor die Augen des Mannes.

Der Bärtige beugte sich leicht nach vorne und begann zu schielen. »Kann ich nicht lesen. Meine Brille ist futsch. Mir doch scheißegal, wer Sie sind.« Gleichzeitig zog er seinen Rotz die Gurgel hoch.

Nadine ekelte sich und trat einen Schritt hinter Selzer.

»Na Fräulein, ich beiße nicht. Schon gar nicht so süße Dinger wie Sie. Wenn Sie mal abends nichts vorhaben, einfach beim ollen Tetzlaff klingeln.«

Selzer stellte sich breitbeinig vor den Mann und schaute ihn strafend an. »Wo wohnt Frau Lederer?«

»Ach, zu *der* wollen Sie? Gleich hier unten. Ist quasi meine Nachbarin. Die bemerkt man kaum, sag ich Ihnen. Nicht mal einen Freund hat die.« Tetzlaff räusperte sich und schluckte schwer.

»Wann haben Sie Frau Lederer das letzte Mal gesehen?«, mischte sich Nadine ein.

Tetzlaff steckte den Zeigefinger in sein Nasenloch, bohrte

darin herum und antwortete ungeniert: »Lassen Sie mich überlegen. Das muss am Sonntag gewesen sein.«

»Was macht Sie da so sicher?«, hinterfragte Nadine und zweifelte an der Glaubwürdigkeit.

»Fräulein, in meinem früheren Leben ging ich sogar mal arbeiten und stellen Sie sich vor, ich habe Kinder. Aber meine Olle musste mich ja verlassen nur wegen ein paar Bierchen. Und dann war auch noch der Job futsch. Tja, so ist das Leben eben.« Er machte eine Redepause und schien nachzudenken. »Woher ich das weiß? Die Lederer geht immer sonntags zu ihren Eltern Mittagessen. Sonst tut sie nicht viel. Sie hat mir mal erzählt, dass sie gerne liest. Wieso wollen Sie das überhaupt wissen?«

Selzer antwortete: »Frau Lederer ist als vermisst gemeldet worden.«

»Vermisst?« Tetzlaff schaute betroffen. »Glaube ich nicht. Ich habe schon oft gedacht, die Kleine würde hier gar nicht mehr wohnen. So ruhig war die. Aber vermisst? Nö. Vielleicht wollte sie nur ihre Ruhe haben. Die war so 'ne Intro ...«

»Sie meinen introvertiert«, bemerkte Nadine nachdenklich und musterte Tetzlaff von oben bis unten. Gleichzeitig hielt sie es für das Beste, dem Mann reinen Wein einzuschenken. Daher entnahm sie ihrer Tasche das Handy und zeigte Tetzlaff ein Foto der Toten.

Als er es sah, holte er tief Luft. Tetzlaff hatte die Verstorbene noch als Lebende vor seinem inneren Auge. Und jetzt das. »Sie ist tot??? Aber ...?« Damit hatte er wahrlich nicht gerechnet.

»Ich nehme an, Sie wohnen hier alleine? Und ich nehme weiterhin an, Sie sind die meiste Zeit daheim?«, äußerte sich Selzer skeptisch.

Tetzlaff wurde zornig und begann zu schreien. »Glauben Sie etwa, ich hätte was mit der Sache zu tun? Sie kommen hierher, stellen blöde Fragen und verdächtigen mich. So nicht!« Wutentbrannt schaute er Selzer mit kleinen Schlitzaugen an.

Nadine übergab Tetzlaff ihre Visitenkarte und beorderte ihn umgehend ins Polizeirevier, um seine Aussage zu protokollieren. Im Anschluss vernahm sie sein Fluchen sowie das Zuknallen der Wohnungstüre. »Den möchte ich nicht als Nachbarn haben«, bemerkte sie angewidert und fragte leise den Kollegen, ob dieser es für möglich halte, dass Tetzlaff der Mörder sei. Aber Selzer wollte nicht so recht daran glauben, da er Tetzlaff zwar als gewaltbereit einstufte, jedoch nicht als kriminell.

»Lass uns mal in der Wohnung von Frau Lederer umschauen«, sagte Selzer, ohne einen Wohnungsschlüssel zu besitzen noch eine richterliche Verfügung. Nadine widersprach ihm vehement. Doch Selzer schien fest entschlossen. Binnen kürzester Zeit hatte er mithilfe seiner EC-Karte das Schloss entriegelt, welches mit einem unmerklichen Knacken einherging. Glücklicherweise war die Tür nur herangezogen. *Wie leichtsinnig die Leute doch sind.*

Die beiden betraten die kleine Zweizimmerwohnung, die äußerst aufgeräumt wirkte. Das Wohnzimmer war voller Bücherregale und auch sonst fand man überall Literatur.

Nadine ging ins Schlafzimmer, in dessen Ende unterhalb des Fensters ein Schreibtisch stand. Obenauf lagen Bücher. Rechts ein Stapel mit Liebesromanen, links einer mit Kriminalromanen, dazwischen ein Brief sowie ein Notizblock.

Ahnend zog sie die Einsatzhandschuhe über, nahm die Nachricht und ließ den Block eingetütet in ihrer Tasche verschwinden. Die Worte auf dem Umschlag erweckten ihre Neugier. ABSCHIEDSBRIEF stand darauf in großen Lettern.

Nadine suchte nach einem Brieföffner, den sie in einem Behälter nebst Kugelschreibern und Stiften fand. Vorsichtig entnahm sie dem Kuvert eine DIN-A5-Seite.

»Liebe Eltern«, las Nadine leise vor sich hin, *»wenn Ihr diese Zeilen lest, bin ich längst tot. Ich war des Lebens überdrüssig. Jeder Tag war für mich eine Qual. Aufstehen, arbeiten, nach Hause gehen und alleine zu Abend essen. Niemals lernte ich einen Mann kennen. Sollte ich ein Leben lang auf ihn warten? Meine Geduld ist am Ende. Dort, wo ich jetzt bin, geht es mir besser. Kein Hoffen und kein Bangen mehr. Liebe Eltern, seid mir bitte nicht böse, wir sehen uns bald wieder.*

 Eure Alessia.«

Nadine schluckte schwer. Demnach hatte Alessia Lederer Selbstmord begangen, zumindest deutete der Brief einen solchen an. »Daniel, kommst du mal«, rief sie quer durch die Wohnung und übergab den Abschiedsbrief mit der Frage, was er davon hielte.

Indes Selzer ihn las, fasste er sich nachdenklich ans Kinn, rieb mit zwei Fingern darüber hinweg, als formte er einen Kegel. »Selbstmord? So ein Quatsch. Die hatte Würgemale am Hals. Entweder ein Dilettant oder ein Größenwahnsinniger. Wir überprüfen das. Da will uns jemand einen Suizid vormachen.«

»Angenommen du hast recht, wieso der Abschiedsbrief?«

»Vielleicht weil uns der Typ glauben lassen will, er sei ein Idiot und ...«

»... und du meinst, genau das ist er nicht, oder?«

»Genau das meine ich. Komm, lass uns gehen! Die SpuSi soll sich das hier ansehen. Irgendwie passt das nicht zusammen.«

»Und Tetzlaff?«

»Tetzlaff? Warum sollte der sich so viel Mühe machen? Für so klug halte ich den nun auch wieder nicht, dass er uns dermaßen an der Nase herumführt.«

12. SCHLECHTE NACHRICHTEN

Selzer und Andres verließen die Wohnung und hatten den wohl schlimmsten Weg noch vor sich. Nur ein paar Häuser weiter wartete seit Jahren Familie Wendel auf ein Lebenszeichen ihres vermissten Sohnes. Ausgerechnet heute am Freitag sollte man ihnen die Nachricht überbringen, die letztendlich unumstößlich war und keinerlei Hoffnung auf ein erfreuliches Ende zuließ. Zudem nahte Ostern, ein Fest der Freude, nicht der Trauer. Wäre es besser gewesen zu warten? Nein! Nadine hielt es für angebracht, sofort zu reagieren, zumal die Beweislage eindeutig war. Der Junge war tot, nicht einfach nur gestorben oder durch einen unsäglichen Unfall ums Leben gekommen. Nein. Jemand hatte ihn grausam sterben lassen. Erschlagen von hinten. Feige ohne jegliche Chance. Und diese wollte sie dem Mörder ebenso wenig zugestehen. Nadine war davon beseelt, das Schwein zu fassen, ihn zur Rede zu stellen und für unzählige Jahre hinter Gitter zu bringen. Kindsmord war, wenn man von einer Steigerung von positiv bis negativ bei einem Gewaltverbrechen sprechen konnte, das erbärmlichste und widerwärtigste überhaupt. Die Kollegen waren sich einig. Selzer stimmte Andres mit einem eindeutigen Kopfnicken zu, sofort zu den Wendels zu fahren.

Erst nach mehrmaligem Klingeln öffnete Frau Wendel, müde

und abgekämpft von der Schicht, die Tür. Es schien, als hätte sie noch geschlafen, und war erst durch das Schellen erwacht. Ihre Haare wirkten zerzaust und lagen wild durcheinander. Eine Sekunde lang verspürte Linda Wendel ein merkwürdiges Gefühl in der Magengegend, das sie nicht einzuschätzen vermochte. Sie schwieg und wartete auf eine Erklärung der Polizisten.

»Guten Tag, dürfen wir eintreten?«, begann Nadine freundlich.

»Sicher«, erwiderte Linda Wendel kühl. Dann verstummte sie wieder, bis Selzer sie entgegen seiner Art um einen Kaffee bat. Dem fragenden Gesicht der Kollegin wich er geschickt aus.

Frau Wendel ging in die Küche, setzte Wasser auf, löffelte Kaffeepulver in den Filter. Die Arbeit ließ sie kurz von ihrem Besuch ablenken und gleichfalls beruhigen. Andererseits ahnte sie, dass ihre langjährigen Fragen wohl bald ein Ende finden würden. Sie bot den beiden einen Stuhl im Essbereich an und goss mit zittriger Hand Kaffee in die Tassen. Danach setzte sie sich dazu, ohne selbst etwas zu trinken.

Selzer schaute sich kurz um und entdeckte auf dem Couchtisch eine halb leere Schnapsflasche.

»Frau Wendel«, begann Nadine mit belegter Stimme. Sie zögerte einen Moment und fuhr dann vorsichtig und etwas verlegen fort: »Wir haben nun die Gewissheit, was Tim damals zugestoßen ist.« Ganz bewusst wählte sie seinen Namen, um die Nachricht so persönlich wie möglich zu halten. Zumindest glaubte man, sie hatte den Jungen gekannt.

Linda Wendel schluckte. Einmal, ein zweites Mal. »Sie wollen sagen, er ist ...?«

Nadine presste die Lippen zusammen und bejahte mit einem eindeutigen Kopfnicken.

»Wie ist es passiert?«, würgte Frau Wendel ihren Satz heraus und bekam feuchte Augen.

»Dazu können wir noch nichts sagen. Nur so viel, vermutlich hat man ihn in jener Nacht aus seinem Zimmer entführt und kurz darauf ermordet.«

Linda Wendel murmelte etwas vor sich hin. »Wurde er ...?«

»Missbraucht?«, deutete Daniel Selzer ihre Frage. Danach hielt er es für angebracht, der Mutter sämtliche Details vom Knochenfund zu schildern.

Obwohl sie nach so vielen Jahren hätte wissen müssen, dass ihr Kind im Falle eines Todes längst skelettiert wäre, brachte sie die Tatsache weniger Knochen fast um den Verstand. Augenblicklich wurde ihr heiß, sie begann zu schreien. »Aber wieso? Wo ist der Rest meines Sohnes? Wo?«

Nadine stand auf, ging um den Tisch herum und versuchte, die Frau zu besänftigen. Doch sie wehrte sich mit Händen und Füßen. »Frau Wendel, beruhigen Sie sich bitte!«

»Hören Sie, wir werden alles Erdenkliche tun, um den Mörder Ihres Sohnes zu fassen. Ich verspreche es Ihnen.« Selzer wirkte streng, dennoch setzte er ein fürsorgliches Lächeln auf, welches Frau Wendel ein wenig durchatmen ließ. »Gibt es jemanden, der sich jetzt um Sie kümmern kann?«

»Ja, Christian, mein Ex«, antwortete Frau Wendel mit bebender Stimmfarbe.

»Rufen *Sie* ihn bitte an?«, meinte er. Gleichzeitig suchte Linda Wendel in ihrem Handy, das auf dem Tisch lag, nach dessen Nummer.

Nachdem Christian Wendel erschienen war, verabschiedeten sich die Kriminalisten und versprachen, sich unverzüglich zu melden, sobald man neue Erkenntnisse habe.

Inzwischen war es Spätnachmittag geworden.

Um keine Zeit zu verlieren, einigte man sich, noch einmal ins Büro zu fahren, zumal Selzer den Dienstwagen abstellen wollte. Da Schröder zweifelsohne noch arbeitete, entschied Nadine, ihn umgehend wegen des Abschiedsbriefes zu konsultieren. Auch Selzer hatte noch einiges zu erledigen und wenn es nur der Gang in die Rechtsmedizin war.

Bevor es die junge Polizistin direkt zu Schröder in die KTU führte, machte sie einen Abstecher in die Poststelle, um nachzusehen, ob noch etwas im Postfach lag. Das Regal war leer. Danach sprintete sie die Treppe hinauf und legte wenig später dem schlaksigen Kerl von der KTU das Beweisstück vor. Schröder, der solche Überfälle nicht mochte, schluckte den letzten Bissen herunter und schaute durch seine dunkel gerahmte Brille.

»Was ist das, Nadine?«

»Der Abschiedsbrief von Alessia Lederer. Die Ermordete von heute Morgen.«

»Selbstmord??? Und ich dachte ...«

»Find es heraus!«

Schröder nickte brummend und freute sich auf eine Herausforderung dieser Art. Zwar war er kein Schriftsachverständiger, aber seine forensischen Schriftgutachten gewannen von Mal zu Mal an Bedeutung. Mit einer ersten Einschätzung hatte er noch nie verkehrt gelegen.

»Mach ich dir. Für einen Schriftabgleich benötige ich aber ein Originalschreiben von der Toten.«

Nadine, die damit gerechnet hatte, rieb ihm den Notizblock unter die Nase, den sie aus der Wohnung hatte mitgehen lassen. »Reicht das fürs Erste?«, fragte sie provokant.

»Wenn's von der Toten stammt, ja.«

»Tut es, Schröder. Tut es.«

»Ich gebe dir Bescheid, sobald ich was habe.«

Schröder unterschied zwischen der strittigen Schrift, die er mit einem X versah und der Vergleichsschrift, der er den Buchstaben

V gab. Er ging davon aus, dass die Schrift im Notizblock erst kürzlich verfasst worden war und somit einem Vergleich standhielt. Je besser das Vergleichsmaterial war, umso sicherer konnte sein Endurteil ausfallen.

Der Mann von der KTU leitete die physikalisch-technische Untersuchung ein, bei welcher er mit bloßem Auge und ohne besondere Hilfsmittel zu prüfen begann. Zunächst achtete er auf Auffälligkeiten des Schriftträgers, des Schreibgerätes und des Schreibmittels. Allerdings fiel ihm nichts Ungewöhnliches auf. Ein erstes Fazit bezüglich einer eventuellen Fälschung war negativ.

Danach setzte er sich ans Stereomikroskop und untersuchte die strittige Schrift mit Auflicht, Durchlicht und Streiflicht sowie unterschiedlichen Filtern und Vergrößerungen auf Pausspuren als auch auf Feinheiten in den Schriftmerkmalen. Hier musste er dem Fälscher, sollte es einen geben, ein Lob aussprechen.

Zu guter Letzt machte sich Schröder an den Schriftvergleich, wobei er nicht auf Ähnlichkeiten achtete, sondern auf Übereinstimmungen und Unterschiede. Dabei konzentrierte er sich auf die Strichspannung, Strichsicherheit sowie auf die Schreibgeschwindigkeit und Verbundenheit der Schreibbewegung. Mit sehr hoher Wahrscheinlichkeit konnte er sagen, dass die vorliegenden Schriftstücke X als auch V von ein- und derselben Person stammten. Doch etwas machte ihn stutzig. Die Schreibgeschwindigkeit im Abschiedsbrief wirkte abgehackt und zeugte von einer großen Anspannung der Schreiberin, was er darauf zurückführte, dass sie zum Schreiben gezwungen worden war. Um sicherzugehen, dass er mit der Einschätzung richtig lag, telefonierte Schröder mit einem ihm bekannten Schriftsachverständigen aus der Gegend und verabredete sich mit ihm noch zu später Stunde. Die beiden kannten sich. Die Gelegenheit, bei einem Glas Wein und klassischer Musik fachsimpeln zu können, kam den zwei Einzelgängern geradewegs zu passe. Nach gut zwei Stunden und einer leeren Flasche Rotwein konnte der Sachverständige Schröders Einschätzung mit an Sicherheit grenzender Wahrscheinlichkeit bestätigen. Die Handschrift im Abschiedsbrief sowie im Notizblock stammten von Alessia Lederer.

Um Nadine die frohe Botschaft noch unterbreiten zu können, rief Schröder diese, wenn auch alkoholisiert, an. Schmunzelnd nahm sie den Anruf entgegen, bedankte sich und wünschte ihrem Kollegen eine gute Nacht. Danach wählte sie Selzers Nummer, wohl auch, um zu hören, was er am Freitagabend noch so trieb. Als er abnahm und Nadine eine weibliche Stimme im Hintergrund vernahm, die ihm etwas säuselte, legte sie nach den Worten »Alessia Lederer hat den Abschiedsbrief selbst verfasst« wütend auf. *Der kann sich am Montag warm anziehen. Vielleicht sollte ich mich auch nach einem Mann umschauen. So kann es nicht weitergehen! Nur Job, Job, Job. Als ob es nichts anderes gäbe. Aber woher nehmen, wenn nicht stehlen? Gute Typen wachsen nun mal nicht auf Bäumen oder sprechen mich auf der Straße an. Möchte bloß wissen, wo Daniel seine Flamme kennengelernt hat. Hoffe nur, dass ich die nicht kenne. Und nächste Woche ist auch noch Ostern. Vier Tage ohne Arbeit bedeuten vier Tage Langeweile.*

Wütend warf sich Nadine aufs Bett, leerte den übrig gebliebenen Wein vom Vortag und schlief wenig später ein. Am anderen Morgen war der Kummer verflogen. Die Aprilsonne strahlte in ihr Zimmer und ließ sie mit Vogelgezwitscher erwachen. Der Frühling zeigte sich von der besten Seite.

Die junge Frau haderte mit sich, was sie mit dem Samstag anstellen sollte. Es gab weder eine Verabredung noch hatte sie irgendetwas geplant. Ihre Mitbewohnerin Lea verbrachte wie so oft das Wochenende bei ihrem Freund. Für Nadine standen zwei qualvolle Tage ins Haus. Da der Kühlschrank leer war, beschloss sie, einkaufen zu gehen und sich etwas Gutes zu gönnen. Sie schulterte den Rucksack und begab sich ein paar Straßenzüge weiter ins LAGO, dem größten Einkaufscenter der Stadt.

Im Untergeschoss lag der Supermarkt, den sie gerade wieder verlassen wollte. Dabei entdeckte sie drei Schritte von sich entfernt einen Mann, dessen Erscheinung sie an jemanden erinnerte. Für einen Moment glaubte sie zu träumen. Doch der Wunschtraum entwickelte sich schnell zur Realität, als der Mann sich umdrehte und Nadine mit einem breiten Lächeln zunickte.

Das glaub ich nicht. Was macht der hier?, grübelte sie und gab das Nicken verstohlen zurück. *Der Cowboy mit der Kuhfell-Latzhose. Ich dachte ...* Doch zum Denken kam sie nicht, da das Prachtstück von Mann direkt vor ihr stand und sie von oben herab musterte. *Erde verschlinge mich! Mann, wie der riecht. Das passiert jetzt nicht mir? Hätte ich die Haare nur offen getragen. Sehe aus wie Lieschen Müller. Ich bin nicht mal geschminkt.*

»Hallo, was für ein Zufall«, gab der Cowboy mit einem wiederholten Grinsen von sich. »Am Einkaufen?«

Scheiße, ausgerechnet wenn ich Tampons kaufen muss. Hoffe bloß, dass er die nicht gesehen hat. Wären es Kondome gewesen, könnte man glauben, ich hätte heute noch was vor. Voll peinlich das Ganze. Kann auch nur mir passieren. »Jaja ...«, begann Nadine zu stottern, »... Zufall? Was machst du denn hier? Ich dachte ...«

»Was dachtest du? Dass ich ein Urlauber wäre und mir reihenweise die Mädels während der Fastnacht aufs Zimmer hole?« Sein Blick war durchdringend und sein Adamsapfel bewegte sich leicht auf und ab.

Erst jetzt bemerkte Nadine die dunkelbraune Bomberjacke, die seinen breiten Schultern schmeichelte. Sie würgte. *Klar, was denkst du denn? Bei deinem Aussehen.* »Ähm, na ja«, setzte sie ihr Stottern fort. *Wenn das so weitergeht, hält der mich noch für einen Volltrottel und geht. Ich sollte versuchen, in ganzen Sätzen zu sprechen.*

»Wie wär's mit einer Latte?«

Nadine schluckte erneut. »Ähm, bitte was? Iiich höre wohl nicht richtig.« *Es hat keinen Sinn, du machst dich voll zum Klops.*

Die beiden liefen während des Gesprächs langsam nebeneinander her und verließen den Supermarkt.

»War nett mit dir«, sprach sie endlich und pustete eine Haarsträhne von der Stirn.

»Schade, ich hätte dich gerne noch auf einen Latte macchiato eingeladen.«

Latte Macchiatoooo? Jetzt sag schon Ja. »Ach so, klar, warum nicht. Sorry«, meinte sie schuldbewusst und zeigte die Rolltreppe hinauf, in deren Nähe ein Restaurant lag.

Eine halbe Stunde später saßen sie sich angeregt unterhaltend am Tisch.

Der Mann, der sich inzwischen als Florian Selin vorgestellt hatte, wurde unruhig. »Macht es dir was aus, wenn ich zahle? Mit dir hatte ich weiß Gott nicht gerechnet. Ich sollte noch ein paar Erledigungen machen.«

Na klar. War ja auch nur ein One-Night-Stand, das erledigt sich gleich von selbst. »Nein, wo denkst du hin?«, log sie. »Ich habe gleichfalls was vor.«

»Sehen wir uns heute Abend? Was meinst du zu Kino?«

Sag Ja, hast eh nichts Besseres vor! Und wenn der was von mir will? Dafür ist es längst zu spät. »Gerne. Wann und wo?«

»Ich hole dich gegen neunzehn Uhr ab. Bräuchte nur noch deine Adresse.«

Nachdem die Formalitäten ausgetauscht waren, verabschiedete man sich mit einem dezenten Kuss auf die Wange und verließ das Shoppingcenter, während er in Richtung Bahnhof lief und sie die entgegengesetzte einschlug. Nachdenklich zum einen und erfreut zum anderen schlenderte Nadine nach Hause. Das Unbehagen, ob sie das Richtige tun würde, blieb.

Der Abend entwickelte sich entgegen Nadines Befürchtungen als ausgesprochen nett. Florian zeigte sich von seiner besten Seite, bezahlte das Kino sowie das anschließende Abendessen im Deli Sushi, einem nach japanischer Tradition arbeitenden Lokal. Während man gemütlich aß, musste Nadine nun endlich mit der Sprache herausrücken. Sie wollte nachvollziehen, warum er als Konstanzer in einem Hotelzimmer in der Zeit der Fastnacht genächtigt hatte.

»Um die Frauen gleich ins Bett zu bekommen«, meinte er und schaute erwartungsvoll in das Gesicht seiner Begleiterin, deren Ausdruck wie versteinert wirkte. »Und das glaubst du jetzt?«

Nadine wusste nicht, was sie denken sollte, und zuckte mit den Achseln.

»Blödsinn. Ich tue das seit Jahren. Buche ein Zimmer für eine Nacht, zumal ich den Inhaber bestens kenne und er mir einen anständigen Preis macht. Das erspart mir das Lästige Auf-die-Uhr-Schauen, wann der letzte Zug fährt.«

»Demnach wohnst du nicht in Konstanz?«, wollte Nadine wissen.

»Nein, in Allensbach. Dort ist es gemütlicher. Die vielen Touristen gehen mir auf die Nerven. Und du? Was machst du so? Eigentlich weiß ich nichts von dir«, fragte er den Ellenbogen auf den Tisch gestellt und sein Kinn mit der rechten Hand haltend.

»Ich? Ach, über mich gibt es nicht viel zu erzählen. Ich wohne in einer WG und arbeite bei der Polizei.« *Mist, wieso verrate ich dem das überhaupt? Beim Wort Polizei bekommen die Männer doch weiche Knie und glauben, dass ich die Moral stets mit mir führe. Der winzigste Alkoholexzess verbreitet bei ihnen Angst.*

»Klingt aufregend. Bei der Streife oder im Innendienst?«

»Mhm, na ja, mal drinnen und mal draußen. Je nachdem, was ich für einen Fall auf dem Tisch liegen habe.«

»Sag bloß, du bist bei der Kripo?«, fragte er mit riesigen Augen und setzte sich aufrecht.

»Jaaaa«, hauchte sie tief durchatmend aus.

»Wow. Das hätte ich nicht gedacht. Dann bleibt nicht viel Zeit für Privates, oder?«

»Privatleben? Was ist das? Also wenn du es genau wissen willst, nein. Ich bin Single und werde es wohl auch bleiben.«

»Gibt es keinen Mann in deinem Leben, bei dem Aussehen?«

Doch Daniel, aber der Idiot macht keine Anstalten mehr. »Nein. Und selbst?«

»Ich? Ach, das ist nicht so leicht. Mein Job führt mich in derart viele Länder, da bleibt wenig Zeit für Familie. Wobei ich gerne Kinder hätte. Die Frau an meiner Seite würde da schon einiges mitmachen müssen«, erklärte Florian wohl durchdacht.

»Wieso was schaffst du?«

»Ich bin Gastronom«, antwortete er und hielt es für das Beste, Nadine vorerst nicht mit den Einzelheiten seines Lebens vertraut zu machen. Die Erfahrungen, die er diesbezüglich gemacht hatte, ließen ihn derart handeln. Der junge Mann schaute auf die Uhr. »Was hältst du vom Gehen?«

Nadine willigte ein, zumal sie müde war.

»Okay, ich zahle und bringe dich dann heim.«

Genau und dann landen wir wieder im Bett. Will ich das? »Sehr gerne!«

Nach einer halben Stunde langsamen Gehens standen die beiden vor Nadines Haus. Jetzt lag es an ihr, wie der Abend weiter verlaufen würde. Zwei Dinge sprachen dafür, ihn noch auf einen Espresso einzuladen. Zum einen war sie sauer auf Daniel und zum anderen war ihre Mitbewohnerin Lea außer Haus. Sie hatte die Wohnung für sich. Daher lud sie Florian ungeniert ein, der wiederum sofort annahm.

Geschickt hantierte Nadine mit der Kaffeemaschine in der Küche und ließ zwei Tassen Espresso heraus, dann folgte noch eine Flasche Wein. Wenig später spürte sie auch schon Florians weiche Lippen auf den ihren und fühlte sich sanft gegen die Küchenzeile gepresst. Im Anschluss nahm er sie bei der Hand und fragte mit süßlicher Stimme nach ihrem Zimmer.

Minuten des Begehrens folgten.

Dezent warf er sie aufs Bett, glitt mit der Hand unter ihre Bluse, was sie mit einem Zittern genoss. Die junge Frau sah sich bereits im siebten Himmel schweben und hoffte auf eine aufregende Zeit.

Als sie am anderen Morgen erwachte und sich nackt liegend im Bett vorfand, war ihr sofort bewusst, was sich in der Nacht zuvor ereignet hatte. Nadine setzte sich aufrecht, klemmte die Decke über ihre Brust und schaute sich mit großen Augen um. Das Bett neben ihr war leer. *Träume ich oder wache ich? Da war doch gestern noch dieser ...*

Unvermutet vernahm sie ein blechernes Rascheln, das aus der Küche kam. Jemand hantierte dort mit Geschirr.

Nadine stand auf, stolperte zum Kleiderschrank und zog eines ihrer größten T-Shirts hervor. Danach tappte sie schlaftrunken in die Küche und roch den angenehmen Duft von Kaffee.

»Guten Morgen«, nuschelte sie und ging auf ihren Schönling zu, der ihr den Rücken zugewandt hatte und an der Spüle stand.

Er drehte sich Nadine zu und fragte kess: »Wunderbar geschlafen, meine Schöne?« Er gab ihr einen Kuss. »Kaffee?« Gleichzeitig überreichte er ihr eine bauchige Tasse gefüllt mit Kaffee und Milch. »Ich hoffe, du magst ihn so.«

Sie nickte und nahm ihm die Porzellantasse ab. »Haben wir gestern? Du weißt schon. Ich kann mich an gar nichts erinnern.« Verlegen schaute sie ihn an.

Florian setzte sich auf den Küchentisch und presste Nadine zwischen seine Schenkel. »Ja, wir haben uns geküsst.« Er lächelte, zeigte die ebenmäßigen Zähne, indes sie seinen feinherben Duft gepaart aus Schweiß und restlichem Aftershave vom Vortag in sich aufsog.

»Aber nicht *nur*, oder? Ich war doch nackt«, entgegnete sie empört, schaute überrascht zu ihm auf.

»Zugegeben *nur*!« Er lachte. »Ganz ehrlich, mir ist schon allerhand unter die Hände gekommen, aber so eine wie du noch nie.« Florian stockte kurz und sagte dann: »Trotzdem hat mir die Nacht sehr gut gefallen. Sie war gänzlich neu für mich.«

Nadine schnürte es den Hals zu. *Was denkt der jetzt von mir? Dass ich ein Arbeitstier bin und am Abend müde ins Bett falle.* Sie schluckte. »Demnach hatten wir *keinen* Sex?«

»Nein, hatten wir nicht. Mach dir keinen Kopf. Ist schon okay. Ich kann auch neben einer Frau liegen, ohne.«

Oh Gott! Erde verschlinge mich. Mann, ist mir das peinlich. Wie komme ich denn aus dieser Nummer wieder raus? Fakt ist, den siehst du nie wieder. Ich habe versagt. »Aha, ist das so?«, sagte sie stockend und hoffte auf ein Wunder, das sich in Form von Telefonklingeln tatsächlich ereignete. Geschickt entzog sie sich der Umklammerung und lief hinüber zum Handy, das auf dem Küchentisch lag. Das Display zeigte den Namen ihrer Mitbewohnerin Lea.

Nadine entsperrte das Telefon und presste es den Blick gerichtet auf Florian ans Ohr. »Hallo Chef!« Danach hörte sie dem Teilnehmer zu und antwortete von Zeit zu Zeit mit einem »Jaja« sowie »Kann man das nicht auf die nächste Woche verschieben?« Lea, die nichts von alledem verstand, legte kurzerhand auf und wählte erneut die Nummer der Freundin.

Nadine hatte erreicht, was sie wollte. Da sie Florian wohl nicht mehr zu Gesicht bekommen würde, war jetzt auch alles egal. Hauptsache, er verschwand und mit ihm die peinliche Situation.

13. KURZ VOR OSTERN

Nachdem Nadine das Wochenende entgegen ihren Erwartungen gut verlebt hatte, war sie gewillt, Daniel in den Wind zu schießen. *Andere Mütter haben auch schöne Söhne.* Er sollte büßen. Aber wie? Die Augen auskratzen, war eine Möglichkeit, ihn mit Missachtung zu strafen eine weitere, eher wahrscheinlichere. *Oder soll ich ihm die Mähne heimlich abschneiden? Was das nur soll? Der Mann arbeitet in der Öffentlichkeit und trägt die Haare wie ein Hippie.* Sie haderte mit sich. *Benimmst dich wie ein Mädchen. Mann, du dumme Kuh, da überbringst du einer Mutter die Nachricht über den grausamen Tod ihres Sohnes und machst dir Sorgen wegen deines Liebeslebens. Wir haben zwei Mordfälle auf dem Tisch liegen und sind noch keinen Deut weiter.*

Der Montagmorgen lief nur mühsam an. Man spürte ein Unbehagen, noch immer nicht weitergekommen zu sein.

Nadine musterte Selzer, der ihr bei der montäglichen Dienstbesprechung gegenübersaß. Sie meinte, in seinen Augen das gewisse Etwas zu sehen, ein Funkeln, als hätte er das tollste Wochenende hinter sich gebracht.

Inzwischen lag der Bericht der Spurensicherung vor, den Selzer in einem kurzen Statement an die Kollegen weitergab. »Der Täter hat keinerlei Fingerabdrücke hinterlassen. Er war verdammt clever und trug immer Handschuhe. Außer vom Opfer fand man keine weiteren Abdrücke vor.«

»Also ein Profi«, erklärte Nadine und schaute Selzer dabei nicht einmal an.

»Davon ist auszugehen. Er muss das Todesopfer entweder gekannt oder es genauestens studiert haben.« Selzer blickte in die Runde sah Hübners unterdrücktes Gähnen, das er ebenso ignorierte wie Nadines grimmigen Blick.

»Gibt es Spuren von Sperma?«, erkundigte sich Hufnagel, der von allen Kollegen am bestausgeruhtesten wirkte und dazu ausgesprochen nett.

Selzer blätterte durch den Bericht der Spurensicherung. »Nein. Alessia Lederer wurde weder vergewaltigt noch hatte sie freiwilligen Sex. Dennoch ist anzunehmen, dass der Täter sich sexuell befriedigte, indes er sie quälte.« Selzer atmete tief durch.

Eine Weile schwiegen alle, bis Nadine die Ruhe störte. »Warum tut dieser Mann so etwas?«, fragte sie erregt.

»Sie meinen, Gefallen daran zu finden, eine Frau zu quälen und zu töten?«, resümierte Hufnagel sein Kinn kratzend.

»Macht, Hass. Suchen Sie sich was aus!«, klärte Selzer dessen Frage auf. »Er hasst Frauen aus tiefster Seele. Er fühlt sich sexuell stimuliert, wenn er eine Frau erniedrigt, sie sich ihm sprichwörtlich unterwirft.«

Obwohl es im Büro warm war, fror Nadine. Der Gedanke, einem solchen Scheusal gegenüberzustehen, ließ sie erschaudern. Sie spürte, wie sich langsam die Härchen auf ihrem Arm aufrichteten und eine Gänsehaut hervorrief.

»Siehst du einen Zusammenhang zwischen dem Mord an Tim Wendel und Alessia Lederer?«, überlegte sie laut und sah Daniel erstmalig an diesem Vormittag an. Inzwischen, zumindest für kurze Zeit, schien ihr die Arbeit wichtiger als das Privatleben. »Immerhin wohnten sie in der gleichen Straße.«

Selzer, dem der kurze Blick Nadines nicht entgangen war, schaute zunächst auf seinen Block und hob erst dann zögernd den Kopf, gerichtet auf Nadine.

»Davon ist auszugehen. An derartige Zufälle glaube ich nicht. Dieselbe Straße, die gleiche Vorgehensweise und dazu ein Mord«, dabei schüttelte er energisch den Kopf, »sind für mich der Beweis für ein und denselben Kerl. Und jetzt bitte keine Andeutungen, dass es auch eine Frau gewesen sein könnte. Klar töten Frauen auch Männer. Aber das Opfer ist dann immer ein bestimmter Mann, einer aus deren Umfeld. Mit einem nachvollziehbaren Motiv wie Angst, Hass, Eifersucht, Geldgier oder der Kinder wegen. Aber keine Frau tötet infolge ihrer sexuellen Neigung wahllos einen Mann. Zumindest ist mir das in meiner langjährigen Laufbahn noch nicht untergekommen.«

»Konzentrieren wir uns also auf einen Mann zwischen vierzig und sechzig, der möglicherweise Kontakt zu den Opfern hatte, ein Einbruchsprofi ist und …«

»Mit dieser Einschätzung, Nadine, kommen wir nicht sehr weit.« Selzer erhob sich, ging zur Glaswand, an der alle Fotos der Mordopfer hingen. »Genau wie bei dem Jungen hat man am Fensterrahmen keinerlei Fingerabdrücke gefunden. Irgendeinen Fehler macht jeder und wenn es nur eine winzige Faserspur ist. Da hat sich jemand ungeheure Mühe gegeben, sämtliche Beweise verschwinden zu lassen. Konzentrieren wir uns auf das Leben der Alessia Lederer. Mit wem hatte sie zuletzt Kontakt? Freunde, Bekannte, Arbeitskollegen. Ich will alles von ihr wissen.«

Nadine richtete sich auf. »Geht klar, Chef, dem gehe ich nach. Ich schaue mich mal in der Buchhandlung um, in der sie gearbeitet hat und …«

Hufnagel schnitt ihr das Wort ab. »Ich begleite Sie!«

Selzer setzte sich und stimmte den beiden mit einem Kopfnicken zu. »Gut, dann schauen *Sie* sich in ihrer Nachbarschaft um!«, forderte er von Hübner, den Blick gerichtet auf ihn. Kurzerhand stand er wieder auf, was wiederum als Aufforderung für ein sofortiges Handeln zu verstehen war. Zumindest tat man es ihm gleich.

Hübner nickte abgehackt. »Danke«, sagte er, obwohl es nicht so gemeint war, nahm seine Jacke und verschwand ohne eine Verabschiedung durch die Tür.

»Was ist denn in den gefahren?«, wollte Hufnagel wissen. Gleichfalls nahm auch er den Anorak und wartete auf die Kollegin.

Hübner fuhr zunächst zum Wohnhaus der Ermordeten, einem Vierfamilienhaus mit grauer Fassade, das unmittelbar an der Hauptstraße gelegen war. Es wirkte durch die gealterten doppelverglasten Fenster marode. Der Kripobeamte parkte den Dienstwagen abseits der Straße, stieg aus und lief in die entgegengesetzte Richtung, um sich im Lokal an der Ecke umzusehen. Manchmal besuchten Anwohner gerne das nächstgelegene Restaurant in der Nähe. Vielleicht hatte er Glück und man kannte dort Alessia Lederer.

Die Tür zum *Heuboden,* einem traditionsreichen Grillrestaurant, stand sperrangelweit offen, davor war eine Frau in Rock und Bluse gerade dabei, den herumliegenden Müll zusammenzukehren.

»Guten Tag«, störte Hübner sie und stellte sich breitbeinig vor die in seinen Augen ungepflegte Frau.

»Heute ist geschlossen«, kam es abfällig zurück.

Hübner ging darauf nicht ein und fragte stattdessen: »Zu Ihnen kommen doch sicher viele Leute aus der Gegend? Haben Sie diese Frau hier schon mal gesehen?«, erkundigte er sich und zeigte ein Foto der jungen Brünetten aus besseren Zeiten.

Die andere hörte mit dem Kehren auf, stellte den Besen an die Hausfront und schaute zunächst auf Hübner, dann auf das Foto. »Wozu wollen Sie das wissen?«

Hübner streckte den Ausweis vor, wies sich aus und blickte die Frau lauernd an.

Die Unbekannte stierte unentschlossen auf das Bild und zog die Augenbrauen hoch. »Noch nie gesehen. Kenne ich nicht. Ich bin nur die Putzfrau. Fragen Sie den Boss!«, bemerkte sie knurrend. Sie griff erneut zum Besen und ignorierte den mittelgroßen Mann mit dunkelgekräuseltem Haar, der seinerseits vor der Glasvitrine stand und die Speisekarte studierte. *Nicht gerade billig.* Kurz darauf kam Hübner ihrer Aufforderung nach und erkundigte sich beim Betreiber des Lokals, der Alessia Lederer ebenso wenig kannte wie sie.

Enttäuscht zog Hübner ab und fragte weitere Passanten nach der Ermordeten. Doch niemand wusste etwas über sie.

Etwa zur gleichen Zeit standen Nadine Andres und Rudolf Hufnagel in der Buchhandlung *Osiander*, einer der größten Konstanz, in welcher Alessia Lederer als Buchhändlerin tätig gewesen war. Die befragten Kolleginnen beschrieben sie als äußerst ruhig, zuvorkommend und stets hilfsbereit. Auf die Frage hin, ob sie einen Freund gehabt habe, verneinte man und erklärte, kaum mit ihr private Gespräche geführt zu haben. Man vermittelte das Bild einer Einzelgängerin. Nadine hinterlegte ihre Visitenkarte an der Kasse und bat die Verkäuferin, sich zu melden, sobald jemandem noch etwas einfallen sollte.

»Kiecken Sie mal! Zu meiner Zeit gab es so etwas noch nicht«, hörte Rudolf Hufnagel plötzlich eine ihm bekannte Stimme hinter seinem Rücken. Ahnend drehte er sich um und entdeckte über einen Stapel Bücher gebeugt Maria Schulz, die

Vertraute seiner Mutter. Er näherte sich ihr und sah ebenfalls Charlotte.

»Freut mich, dich zu sehen.« Gleichzeitig gab er ihr einen herzlichen Kuss auf die Wange.

»Ach Rudi«, tat sie überrascht. »Hast du bereits Feierabend?« Prüfend schaute sie auf ihre Armbanduhr und fügte an: »Oh Nadine, dich habe ich gar nicht gesehen. Seid ihr hier, um Ostergeschenke zu kaufen?«

Andres und Hufnagel blickten einander an, lächelten und verneinten synchron.

»Nicht? Aber für einen Kaffee habt ihr doch sicher fünf Minuten? In der Ecke«, die Seniorin zeigte mit ihren faltigen Fingern nach rechts hinten, »befindet sich ein gemütliches Café.«

Charlotte hatte mit ihren Worten den Nerv der beiden getroffen. Immerhin hatten sie auf die Mittagspause verzichtet und eine kurze Unterbrechung kam ihnen gelegen.

Die alte Dame legte das Buch, in dem sie soeben geblättert hatte, zu den anderen und schritt bedächtig voran. Aber Rudolf wäre nicht ihr Sohn, wenn er nicht einen verstohlenen Blick auf die Lektüre geworfen hätte, die sie eben noch in den Händen gehalten hatte. Rasch überflog er den Titel, den er als *Shades of...* entzifferte, bis ihn die Mutter mit einem lang gezogenen »Rudiiii, kommst du?« zu sich rief. Hufnagel war nicht gerade eine Leseratte, aber von diesem Buch hatte er bereits des Öfteren gehört und wusste um dessen erotischen Inhalt. Kopfschüttelnd folgte er der Rentnerin.

Man bestellte an der Theke, setzte sich, kam ins Plaudern.

»Na, Junge, erzähl, was führt euch hierher?« Charlotte hatte ihre Tasse in der Hand und blickte erwartungsvoll hinüber zu ihrem Sohn.

»Mutter! Wie oft soll ich dir noch sagen, dass ich im Dienst bin und dir nichts berichten darf?« Andererseits war die Ausbeute der beiden Kripobeamten dürftig, sodass Rudi es für angebracht hielt, ihr ein paar Häppchen zu offerieren. Und so erzählte er von der niederschmetternden Information bezüglich der verstorbenen Buchhändlerin, die er gerade erhalten hatte.

Charlotte bekam, was sie wollte. Endlich konnte sie wieder ihre Nase in Dinge stecken, die sie nichts angingen. Zum Leidwesen von Maria. Denn die Arme strebte es an, die Bücherei zu verlassen, und sah sich längst auf ihrem Sofa sitzen.

Rudolf, dem nach Gehen war, gab der Kollegin ein deutliches Zeichen, in dem er sie dezent unter dem Tisch mit dem Fuß antippte, unterdessen seine Mutter ihre Freundin verheißungsvoll ansah. Die Arbeit verlangte nach ihr.

Nachdem die Seniorinnen sich ihrem Aufpasser entledigt hatten, ging Charlotte zielgerichtet auf eine der Buchhändlerinnen zu. Sie verwickelte sie in ein Gespräch und kam geschickt auf Alessia Lederer zu sprechen, die sie, wie sie sagte, gekannt hatte. Da sie der Polizei nicht traute, wollte sie auf eigene Faust dem schrecklichen Verbrechen nachgehen. Sie fragte das junge Mädel nach einem möglichen Verehrer, den doch wohl jedes hübsche Fräulein, so doch aus sie, haben sollte. Die Buchhändlerin fühlte sich geschmeichelt. Sie stieg im Geiste in ihren Liebesroman ein, in dem eine Verkäuferin, namens Eleonora Windges, von ihrem Chef und Inhaber einer Kaufhauskette jahrelang unbeachtet blieb und nur durch ein Missverständnis für eine der leitenden Angestellten gehalten wurde. Aufgrund ihrer wunderbar witzigen Art verliebte er sich schließlich in sie. Er heiratete die junge Frau und sie schenkte ihm zwei süße Kinder. Und Charlotte erhielt eine Antwort auf die gestellte Frage.

Das, was die Damen soeben gehört hatten, sollte Rudolf sofort erfahren. »Rudi?«, quäkte seine Mutter in ihr Handy, der wiederum nickte und den Hörer fest gegen sein Ohr presste. Charlotte klang schärfer, anders als sonst.

»Ist was passiert, Mutter?«

»Rudi«, wiederholte sie, »diese Alessia Lederer hatte doch einen Verehrer.«

Hufnagel sprang den Hörer haltend von seinem Platz hoch und rief überrascht: »Was? Aber woher ...?«

»Frag nicht, ich habe da meine Quellen«, unterdessen sie sprach, zwinkerte sie Maria mit einem diebischen Lächeln zu. Danach unterwies sie ihren Sohn in das soeben Erfahrene.

Hufnagel setzte sich, notierte alles und gab es den Kollegen kund. Andererseits fragte er sich, woher sie das wusste. Einen Moment lang herrschte eine erdrückende Stille im Büro, bis es aus Nadine herausbrach: »Dann sollten wir diesen Vollbärtigen finden. Der Schilderung nach dürfte das nicht schwer sein. Die Buchhändlerin soll den Mann beschreiben. Wir lassen am besten ein Phantombild von ihm anfertigen. Laden wir sie vor.«

Man stimmte Nadine gemeinschaftlich zu.

»Angenommen, es gab einen Freund, würde es die Hypothese stützen, die besagt, dass er sich bestens in der Wohnung ausgekannt haben muss«, erklärte Selzer und meinte, dass er sich noch einmal die Nachbarn von Alessia Lederer zu Gemüte führen würde. Er entschied, alleine zu fahren.

Zwei Stunden später lag das Bild vor und zeigte einen Mann um die fünfzig mit silbergrauem, schulterlangem Haar sowie Vollbart. Sein Blick war listig.

Nadine, die die ganze Zeit an der Seite der Buchhändlerin geblieben war, während ein Profi das Phantombild nach ihren Angaben fertigte, machte sich Gedanken. Der Mann darauf hatte nichts Auffälliges, weder eine Narbe noch eine markante Nase oder Tätowierung. Die Polizistin blickte auf ein Allerweltsgesicht, dennoch meinte sie, es bereits gesehen zu haben.

Oder sollte sie sich irren? Unsicher schüttelte sie den Kopf und wurde, je länger sie auf das Bild sah, unschlüssiger.

Mit ihrem Handy schoss sie ein Foto und schickte es per WhatsApp an Daniel, der gerade in der verdreckten Wohnung von Tetzlaff stand. Als er das Piepen vernahm, öffnete er die Nachricht und hielt sie dem ruppigen Nachbarn unter die Nase. Dessen Rausch verzog sich nur langsam, und sein Körper fühlte sich derart schwer an, dass er sich setzen musste. Er hatte bereits am Vormittag begonnen zu trinken, um seinen Pegel zu erreichen.

Selzer nahm sich Zeit. »Kennen Sie diesen Mann?« Der Geruch von abgestandener Luft kroch in seine Nase.

Tetzlaff schaute kritisch auf das Foto und schien nicht zu bemerken, wie aus seinem Mundwinkel Speichel trat. »Wer soll das sein?«, lallte er und zog den Rotz in der Nase hoch.

»Der Freund Ihrer Nachbarin.«

»DER? Derrrr ist doch viellll su alt für sie. Nö, den habe ich hier nieeee gesehen«, kämpfte er mit den Worten. »Die hatte keinen Frrrreund, die nüsch.«

Selzer begriff, bei Tetzlaff biss er sich die Zähne aus. So betrunken wie der jetzt war, genauso wenig traute er ihm zu. Kurz entschlossen rief Selzer seine Kollegin zurück und meinte, dass man auf eine Aussage des Nachbarn wohl verzichten müsse, während Tetzlaff nach einer Zigarettenpackung tastete. Er fischte zitternd eine Zigarette heraus, zündete sie an und atmete tief. Die Lunge schmerzte, dennoch inhalierte er ein weiteres Mal.

Der Kripobeamte beschloss zu gehen, jedoch nicht ohne dem Alkoholiker wenigstens gesagt zu haben, dass er sich im Falle einer Entziehungskur gerne bei ihm melden könne. Er habe genügend Anlaufstellen, die für solche Fälle gerüstet seien. Gleichzeitig zweifelte er an seinem Wort. *Armes Schwein.*

Der weiß von nichts, tippte er in sein Handy und schickte die Nachricht an die Kollegin.

Der angebliche Freund von Alessia Lederer war wie ein Phantom. Daher beschloss Nadine, die Eltern der Verstorbenen zu kontaktieren. Sie ging davon aus, dass man diese bereits über den Tod ihrer Tochter informiert hatte. Dementsprechend nüchtern verfasste sie das Gespräch und fiel aus allen Wolken, als man am anderen Ende der Leitung von alledem nichts zu wissen schien. Über einen Freund ihrer Tochter war man nicht im Bilde, was jedoch nichts zu sagen hatte. Erwachsene Kinder führten fernab der Eltern gerne ihr eigenes Leben.

Nadine kochte vor Wut. Warum hatte man sie nicht informiert, zumal sie die einzigen Angehörigen waren? »Wir kommen sofort« teilte man Nadine mit, die ihrerseits mit dem Eintreffen der Eltern nicht vor vier Stunden rechnete. Sie lebten im Frankfurter Raum.

Nachdenklich nahm sich Nadine noch einmal die Akte von Alessia Lederer vor. Vielleicht hatte sie ein wichtiges Detail übersehen. Ihr fiel auf, dass der Mörder genau wie bei Tim Wendel das Fliegengitter ausgehebelt hatte und sich so Zutritt in die Wohnungen verschafft haben musste. Zufall oder Absicht?

Den Tatbestand des Zufalls schloss sie eindeutig aus. Wenn es ein Wiederholungstäter war, war es möglich, dass sich die erste Tat noch unabsichtlich ereignet hatte, wohingegen ihr die zweite vorsätzlich erschien. *Geplant und kaltblütig ausgeführt,* war das Resümee der Polizistin. Nadine kam aus dem Grübeln nicht mehr heraus. Plötzlich häuften sich die Fügungen. Als Erstes Tim Wendel, dessen Mord eindeutig war, dann Charlotte mit ihrer Geschichte von einem vermissten Mädchen aus der Nachbarschaft sowie der Mord an Alessia Lederer. *Das kann alles kein Zufall gewesen sein! Oder etwa doch?* Nadine fühlte sich hundeelend. Außer einem Phantombild vom mutmaßlichen Freund Alessia Lederers hatte man nichts Brauchbares in der Hand.

In ihrer Not beschloss sie, erneut Kontakt mit der Freiburger Polizei aufzunehmen und Helmut Richter zu kontaktieren. Vielleicht hatte er inzwischen mehr in Erfahrung gebracht.

Richter, der sich sofort an die Kollegin aus Konstanz erinnerte, nahm sich dieses Mal mehr Zeit. Zumal er sich wiederholt Gedanken über den Verbleib von Irina Koslowska, der Studentin aus seinem Umfeld, gemacht hatte. Er glaubte wohl nicht mehr so ganz an die Theorie ihres Verschwindens.

Nadine erzählte Richter sämtliche Details, der seinerseits bereits Einzelheiten kannte. »Oh wie ich höre, sind Sie bestens informiert«, meinte sie erfreut.

»Ja, nach unserem letzten Anruf ging mir die Sache nicht mehr aus dem Kopf. Sind Sie inzwischen weitergekommen?«

»Nein. Daher mein Anruf. Wir haben nur ein Phantombild vom möglichen Täter. Sonst nichts.«

»Gut, ich lasse Ihnen gerne die Datei der Akte von Irina Koslowska zukommen.« Richter, der für den Fall Koslowska einen Unterordner für *vor dem Verschwinden* und *nach dem Verschwinden* im Computer angelegt hatte, fand im zweiten eine Zeugenaussage vor, die er bislang nicht erwähnt hatte. Möglicherweise war sie von Interesse. »Es gibt eine Zeugenaussage von einem Bernd Schlegel, der wohl ein Gespräch zwischen Opfer und Täter mitangehört haben will.«

Nadine wurde hellhörig. »Einen Augenzeugen? Aber wieso erwähnten Sie das nicht schon früher? Hat er den Täter beschreiben können?«, fragte sie.

»Tja, ein Zeuge, nur ohne Augenlicht.«

»Blind??? Blinde hören ausgezeichnet. Ist ihm da irgendetwas aufgefallen?«

Richter verstummte. Das Tippen auf der Tastatur verriet, dass er am PC zugange war. »Warten Sie! Ja, hier steht etwas.« Er stockte kurz. »Die Person beschrieb seinerzeit dessen Aussprache als undeutlich, gleich einem Lispeln.«

»Na bitte, das ist doch was. Zwar nicht viel, aber immerhin haben wir einen Anhaltspunkt. Ich faxe Ihnen das Phantombild zu, vielleicht hilft es.«

»Gut. Viel Glück auch weiterhin!«

Die beiden legten auf.

Es ist also möglich, dass es weitere Opfer gibt, grübelte Nadine. Hätte man wenigstens einen genetischen Fingerabdruck, der mit den Abdrücken am Tatort übereinstimmte, dann hätte man einen Tatverdächtigen festnehmen können. Doch ein schneller Ermittlungserfolg war den Beamten der Konstanzer Mordkommission nicht beschieden. Die Genspuren waren nicht eindeutig vorhanden, weil die Leiche von Alessia Lederer der schlechten Witterung ausgesetzt gewesen war. Wenn es gelänge, einen Zusammenhang zwischen dem Mord an Alessia Lederer und dem Verschwinden von Irina Koslowska herzustellen, ließen umfangreiche Tatort- und mögliche Verhaltensanalysen den Schluss zu, dass es sich bei dem Täter mit hoher Wahrscheinlichkeit um ein und denselben handeln könnte.

14. Sumpf von Verstrickungen

Nachdem die Eltern von Alessia Lederer noch am gleichen Tag eingetroffen waren, entschied Nadine in Anbetracht der späten Stunde, die Unterredung Selzer zu überlassen. Immerhin hatte sie Vater und Mutter des kleinen Tim Wendel informiert. Und zwei schreckliche Nachrichten in kürzester Zeit war selbst ihr zu viel.

Schockiert blieben Herr und Frau Lederer vor der Glaswand in Selzers Büro stehen, gelähmt vom Anblick der Fotos der toten Tochter.

Selzer bot den beiden einen Stuhl an. Inzwischen war es finster geworden und das Bürolicht strahlte kalt und unwirklich, genau wie es den Eheleuten wohl zu dieser Stunde vorgekommen sein mochte.

Frau Lederer, eine zierliche Frau mit Rehaugen, blickte hinüber zum Kripobeamten mit Rastamähne. Sie hoffte, jetzt noch eine andere Antwort zu erhalten als die, dass die Tochter ermordet worden war. Ihr Mann unscheinbar, blass mit Glatze, saß daneben und starrte aus wässrigblauen Augen ins Leere.

Doch ihre Hoffnung schwand dahin.

Selzer versuchte, den beiden so schonend wie möglich alle Details der Ermordung ihrer Tochter zu vermitteln. Derweil die Ehefrau mit ihm sprach, blieb ihr Mann weiterhin teilnahmslos sitzen.

Der Kriminalist bemühte sich, ihm wenigstens eine Geste zu entlocken. Es gelang ihm nicht. Erneut übernahm Frau Lederer das Gespräch und erklärte, dass ihr Mann vor einiger Zeit einen Schlaganfall erlitten habe und sich seither so verhielte. Ihre Stimme war abgehackt und ihr Unbehagen wuchs. Dennoch nahm sie sich zusammen und versuchte zu lächeln.

***

Nadine hörte, wie die Zimmertüre ihrer Mitbewohnerin Lea auf- und zuging. Sie hatte gedacht, dass Lea mit ihrem Freund darin zugange war. Doch sie hatte nur noch einen Gedanken im Kopf, nein, eigentlich waren es zwei. Den einen widmete sie ihrer Fastnachtsbekanntschaft Florian und der unerträglichen Situation des Scheiterns und den anderen Tim Wendel, Alessia Lederer sowie der vermissten Studentin und der Kleinen aus Charlottes Nachbarschaft. Immer wieder erschien ein Bild vor ihrem geistigen Auge. Ein heller Schweif, als gehörten alle in irgendeiner Weise zusammen. Wie das Bindeglied einer Kette. Doch wo war es zu finden? In der Art des Tötens? Das eher nicht. Tim Wendel war hinterrücks erschlagen worden. Alessia Lederer erdrosselt und von den beiden anderen fehlte jede Spur, sodass ein Gewaltverbrechen nicht in Betracht gezogen werden konnte. Und dennoch war es da. Nur wo?

Sie schaute sich in ihrem Zimmer um. Es kam ihr leer vor und sie wünschte sich einen Menschen um sich herum. Einen, mit dem sie ihre Gedanken teilen konnte. Angespannt saß sie auf ihrem geblümt cremefarbenen Ohrensessel, hatte die Beine auf das Polster gestellt und fest mit den Armen umschlungen. Sie sah aus dem Fenster, auf den knochigen Baum und erfreute sich an dessen aufgehenden Knospen, die man jetzt in der Dunkelheit kaum mehr sah. Der Frühling hatte endlich Einzug gehalten.

Nadines Handy schrillte und rutschte auf dem Tisch umher. Zunächst erschrak sie, weil sie glaubte, jemand hatte sich in ihr Zimmer geschlichen. Geistig abwesend stand sie auf und drückte auf den Button mit dem grünen Telefon.

Aufgeregt meldete sich Selzer und erzählte, dass die Eltern von Alessia Lederer einen Selbstmord ihrer Tochter einvernehmlich ausgeschlossen hatten. Sie war eine gläubige Christin und eine Selbsttötung zählte nicht zu ihrem Gedankengut. Die Tatsache, dass es einen heimlichen Verehrer gegeben haben musste, war ihnen fremd. Das Verhältnis zwischen Mutter und Tochter sei von einer tiefen Freundschaft geprägt gewesen, sodass man einander vertraut hatte.

Nadine musste gähnen und war froh, es unsichtbar vor Daniel rauslassen zu können. Er ahnte es und wünschte ihr eine »Gute Nacht«, die sie wiederum mit einer zusammenhanglosen Frage beantwortete: »Was hat die Handyauswertung von Frau Lederer ergeben?«

Selzer schluckte, wirkte irritiert und starrte an die weiß getünchte Decke im Büro, auf der die Schatten zweier Autolichter miteinander zu kämpfen schienen.

»Mann, du machst Sprünge. Vom Hundertsten ins Tausendste. Eben noch hier und schon wieder dort.« Er nahm einen Schluck aus der Kaffeetasse und verabscheute gleichzeitig das abgestandene Getränk. »Gut, dass du fragst. Werde gleich morgen noch mal nachhaken. Ich muss jetzt auflegen. Schau mal auf die Uhr!«

Nadine nahm das Handy vom Ohr und las die Ziffernfolge 22:12. *Oh, Daniel leistet Überstunden* und ein gehässiges Lächeln entsprang ihrem Mund.

Kurz darauf beendeten sie das Gespräch, wohingegen er noch einen Abstecher in ein Pub tat und sie ihren Wein alleine trank. Doch eines hatte beide gemein. Ein jeder kritzelte die Gedanken auf einen Zettel, zog Verbindungslinien zwischen Opfern und mutmaßlichem Täter, strich alles durch und begann erneut. Unterdessen es bei Selzer ein Fragezeichen gab, hatte Nadine eine, wenn auch verschwommene Richtung. Zumindest konnte sie sie noch nicht fassen wie etwa einen Fisch, der ihr beim Danachschnappen immerfort entwich.

Nadines Nacht war unruhig und von negativen Träumen geprägt. Dass sie im Schlaf schrie, wusste sie nicht. Als sie erwachte, setzte sie sich aufrecht ins Bett, nahm einen Schluck aus ihrer Mineralwasserflasche und schlief kurz darauf wieder ein. Der Rest der Nacht verlief ruhig, nur ihre Gedanken wollten nicht weichen. Immerzu sah sie einen dunkelgekleideten Mann, der mit einer tief sitzenden Kapuze einem Mönch glich und sich in ihre Vorstellungen schlich. Gesichtslos wie ein Phantom.

Endlich war die Finsternis vorbei. Könnte man doch nur die Träume daraus verbannen oder sie in den hellsten Farben und entzückendsten Erinnerungen erscheinen lassen. Doch die Utopien unterlagen nur bedingt der Steuerung ihres Ichs und waren mit dem starken emotionalen Erleben verbunden. Geblieben von ihnen war nichts, außer einer Gestalt, die Nadine mit in den Tag nahm.

Noch drei Tage bis Karfreitag

Selzers erstes Telefonat galt der IT-Forensik. Die Kollegen, die beauftragt worden waren, das Handy von Alessia Lederer auszuwerten, brachten ihn nicht weiter. Die junge Frau hatte kein Smartphone besessen, sondern ein Funktelefon bevorzugt. Ihre Kontakte darin wirkten spärlich. Eltern, ein paar Freundinnen sowie der Arbeitgeber. Jedoch einen männlichen Adressaten, der auf einen Freund hätte schließen können, suchte man vergebens. Auch die Auslesung der SMS-Nachrichten ergab nichts.

Doch Nadine wollte sich damit nicht begnügen. Irgendwie musste Alessia Lederer Kontakt zu ihrem Freund aufgenommen haben. »Jetzt überlegt mal, Leute«, rief sie in die Runde der Kollegen, die an den Schreibtischen saßen und dem beginnenden Arbeitstag entgegensahen. »Wie hat man früher miteinander korrespondiert, noch bevor das Handy begonnen hat, uns die Zeit zu diktieren?«

Hübner, der sich gelangweilt an die Stuhllehne drückte und die Arme vor der Brust verschränkt hatte, summte mit einem kurzen »Mhm?«, während Hufnagel wie ein Musterschüler zu seiner Kollegin starrte. »Per Brief.«

»Ganz genau. Schriftlich! Hat man irgendwelche Korrespondenz bei der Toten gefunden?«

»Nö, hat man nicht«, bemerkte Hübner und kratzte sich am linken Ohr.

Nadine, die sich die Nase rieb, meinte: »Aber irgendeinen Hinweis muss es doch geben. Ich schau mich noch mal in der Wohnung um. Vielleicht haben wir etwas übersehen.«

Selzer stimmte ihr zu.

»Gut, dann begleite ich Sie, Frau Andres«, entschied Hufnagel. Insgeheim war er froh, an die frische Luft zu kommen, denn der Tag begann, sich von der besten Seite zu zeigen. Die Sonne strahlte ins Zimmer und erhellte sein Gemüt. Letzten Endes konnte man sie wieder genießen. Zudem hatte der lange Winter ihm zugesetzt. Rückenschmerzen erschwerten sein Leben.

Nadine schritt behandschuht durch das Wohnzimmer von Frau Lederer und spähte danach in die Küche. Noch immer stand dort das gespülte Geschirr im Abtropfgitter, als wäre die Wohnungsinhaberin nur einkaufen gegangen. Auf dem Küchentisch lag ein Buch.

Die Kripobeamtin verließ den Raum, ging ins Bad und besah sich die kleinen Dinge, die eine Frau regelmäßig brauchte. Zahnbürste, Hautcreme, Haarbürste, einen Gummi. Alles lag ordentlich sortiert auf dem Regal, als käme die Bewohnerin gleich zurück.

Auch im Schlafzimmer bot sich ein ähnliches Bild, nur dass es dort von Büchern wimmelte. Der Kleiderschrank war aufgeräumt. Blusen, Hosen und Röcke penibel sortiert. Selbst das Bett war gemacht.

Nadine betrachtete das Foto auf dem Nachttisch, nahm es an sich und schaute auf eine lächelnde, sympathische Frau mit Grübchen in den Wangen. Als sie es jedoch zurückstellen wollte, verrutschte das Bild und ließ ein weiteres hervorblitzen. Neugierig schob sie die Rückwand aus der Verankerung und zog das zweite heraus. Nadine blickte auf Alessia Lederer sowie eine andere Person, die ihren Arm auf die Schulter der jungen Frau gelegt hatte. Da das Foto genau an dieser Stelle durchtrennt worden war, konnte man nicht erkennen, wer es war. Der dunklen Armbehaarung nach gehörte der Rest vermutlich zu einem Mann.

Sie rief Hufnagel, der sich in Küche und Flur umsah, herbei und zeigte das Foto. Er teilte ihre Meinung. Endlich gab es einen, wenn auch winzigen Hinweis auf einen Liebhaber des Opfers. Vielleicht gelang es Schröder, etwas auf dem Foto sicherzustellen, was mit bloßem Auge nicht erkennbar war.

Nadine war mit sich zufrieden. Sie verstaute das Asservat in einer Plastiktüte und konnte es kaum erwarten, Schröder das Bild unter die Nase zu reiben.

Schröder, der den Posteingang im Computer sichtete, ein Brötchen und eine Tasse Kaffee neben sich stehen hatte, war dermaßen in die Arbeit vertieft, dass er ihr Hereinkommen überhört hatte und erschrocken rief: »Kannst du nicht normal reinkommen?«

»Was ist in deinen Augen normal?«, widersprach sie kess und lief auf den Sitzenden zu, dem Brotkrumen auf die Schreibtischunterlage gefallen waren, die er mit einem Händewischen beiseiteschob. »Essen am Arbeitsplatz. Ist das erlaubt?«

Schröder rückte die Brille zurecht und starrte auf Nadine.

»Was kann ich für dich tun?«, fragte er genervt und rümpfte die Nase.

Die Kollegin schaute unterdessen in ihre geschulterte Tasche, öffnete sie und holte die Asservatentüte heraus. »Kannst du mir das untersuchen?«

Er nickte, nahm ihr die Tüte ab. »Bis wann brauchst du das Ergebnis?« Doch auf eine Antwort wartete er gar nicht erst, stattdessen gab er sie sich selbst. »Ich weiß, am besten sofort.«

Nadine, die im Begriff war zu gehen, rief Schröder ein kurzes »Danke schön« entgegen und verschwand durch die Tür.

Dass die Frau auch nie Zeit hat, zudem schaute er auf das vor ihm liegende Foto. Auf den ersten Blick konnte er nichts Auffälliges darauf entdecken, was für einen Mann mit seinen Fähigkeiten wenig zu sagen hatte. Ein *Nichts* war für Schröder gleichbedeutend mit einem *Schau genauer hin!* Daher griff er zur Lupe und konzentrierte sich auf den Teil des Fotos, der einen nackten Arm, vermutlich den einer männlichen Person, zeigte. Zwei Ideen kamen dem Mann von der KTU in den Sinn. Zum einen musste die Aufnahme in einer eher warmen Jahreszeit gemacht worden sein und zum anderen schien der leichte Schatten am Handgelenk auf ein Armband oder eine Uhr schließen.

Unter dem Mikroskop erwies es sich als Armbanduhr. Aber Schröder wäre nicht Schröder, wenn er allzu schnell aufgegeben hätte. Ihm war bekannt, dass man eine Uhr nicht nur trug, um im Bilde zu sein, welche Stunde geschlagen hatte, vielmehr zeugte sie von einem Statussymbol. Die Marke einer Uhr präsentierte den gesellschaftlichen Stand des Inhabers. Ihm eingeschlossen. Diese Uhr gehörte für ihn eindeutig zu den Luxusuhren. Galt zu klären, um welche es sich dabei handelte. Aufgrund der vorhandenen Krone sowie deren Größe stufte er sie in die Kategorie Chronometer ein. Und als solchen durfte man nur Armbanduhren bezeichnen, die einen Test bei einer offiziellen Prüfstelle für eine festgelegte Genauigkeit bewiesen hatten.

Schröder drückte sein Auge auf das Okular und stellte die Schärfe erneut ein. Die Armbanduhr erschien ihm silbrig schwarz. Weiterhin glaubte er, darauf Flügel zu erkennen, die er sich als Label erklärte. Den Namen darunter entzifferte er mit einem A oder B beginnend. Aufgrund der Stellung des kleinen Zeigers war dieser schlecht lesbar. Danach gab er die Begriffe *Logo, Flügel* und *Uhr* in die Suchmaske seines Computers ein und wurde sofort fündig. Es war sich sicher, eine Uhr der Marke *Breitling* vor sich zu sehen und die Vermutung einer Luxusuhr bestätigt zu wissen. Nachdem er ein paar Modelle des Herstellers miteinander verglichen hatte, ging er von einem Exemplar der Größenordnung etwa um 3.000 Euro aus.

Schröder rief Nadine zurück. »Also«, begann er, »wir haben es mit großer Wahrscheinlichkeit mit einem wohlsituierten, man könnte fast sagen, reichen Mann zu tun.«

Nadine stutzte am anderen Ende der Leitung. »Hä, wie kommst du da drauf?«

»Nun«, sprach Schröder, »die Uhr auf dem Foto kostet locker dreitausend Flocken.«

»Wie bitte? Was?« *Aber der Typ auf dem Phantombild sah nicht*

gerade nach Geld aus. Verdammter Mist. Suchen wir etwa nach
dem Falschen oder hatte die Lederer zwei Verehrer?

Selzer hatte die Nase gestrichen voll. Wie konnte es sein, dass man sich in einem Mordfall dermaßen verrannte, dass es weder einen Hinweis auf einen Täter gab noch irgendein Beweismaterial. Das Phantombild des Gesuchten ließ auf einen eher ungepflegten Mann schließen jedoch auf keinen Luxusuhrenträger. Die Sache stank buchstäblich zum Himmel oder man hatte es mit einem ausgekochten Halunken zu tun. Einem, der der Polizei immer eine Nasenlänge voraus schien.

Selzer forderte die Kollegen zum Nachdenken auf und bat alle zur Wand mit sämtlichen Beweisfotos.

»Was haben wir übersehen?«, fragte er, die Hände in den Hosentaschen verschanzt und auf die Bilder starrend. »Gehen wir noch mal alles durch!«

Nadine rechts stehend von ihm begann: »Zwei Opfer wohnhaft in der gleichen Straße.« Sie zeigte auf die Fotos.

Hübner blickte sie von der Seite an und führte ihren Gedankengang fort: »Nur dazwischen liegen ein paar Jahre.« In seinem Gesicht lag Skepsis.

»Und wieso?«, unterbrach ihn Nadine herausfordernd. »Der Täter muss sich inzwischen sicher gefühlt haben.«

»Nur warum wählte er für die abscheulichen Verbrechen dieselbe Wohngegend?«, hinterfragte Hufnagel nachdenklich.

»Weil er sich bestens dort auskennt!?«, bemerkte Selzer mit einer Mischung aus Zweifeln und Sichersein.

»Mhm, das würde die Sache zumindest erklären helfen«, grübelte seine Kollegin, sich auf die Lippe beißend. »Wir können doch nicht alle Anwohner der Straße verhören.« Während sie sprach, wuchs das Unbehagen, dazu mischte sich das Bild ihres vorangegangenen Traumes. Blass zwar, aber es war vorhanden. Ein gesichtsloser Mann, in dessen Augen sie bereits gesehen haben wollte. »Moment mal!«, schrie sie auf. »Ich habe eine Idee.«

»Und die wäre?«, forderte Selzer.

»Kann ich dir nicht sagen. Noch nicht.« Nadine hatte ihre Gründe, wenngleich sie den Zorn des Chefs auf sich zog.

Diese Kröte geht mir allmählich auf die Nerven, ging es Hübner durch den Kopf, derweil Selzer ähnlich, aber weniger abwertend dachte. Nur Hufnagel brachte sie nicht aus der Ruhe.

»Gib mir fünf Minuten«, sprach sie Selzer zugewandt und drehte sich dann nach rechts zu Hufnagel. »Könnte ich Sie kurz sprechen?«

Hufnagel verstand nicht gleich, wollte sie aber nicht bloßstellen. »Gerne.«

Man verließ das Büro und ging ein paar Schritte über den Flur.

»Also, Frau Andres, was gibt es denn so Geheimnisvolles? Ich nehme nicht an, dass Sie mit mir flirten wollen, oder etwa doch?«, fragte er kess.

»Nein, wo denken Sie hin? Aber bevor ich mich in irgendetwas verrenne und wieder zum Hanswurst mache, wollte ich vorab mit Ihnen reden.« Sie winkte ihren Kollegen in eine Ecke und machte es spannend. »Ich habe Sie vor ein paar Tagen nach Maurus gefragt. Können Sie sich noch erinnern, wo der früher gewohnt hat?«

Hufnagel legte die Stirn in tiefe Falten. »Was hat der denn jetzt mit unseren Ermittlungen zu tun?«

»Biittte, denken Sie nach. Es ist wichtig.«

Hufnagel zog die Luft hörbar durch die Nase. »Lassen Sie mich nachdenken ... Mhm ... wenn ich mich recht entsinne, spielte er in einem Wollmatinger Fußballverein. Kann mich aber auch irren.«

»Geht's nicht ein bisschen genauer?«

»Frau Andres, das ist Jahre her.«

»Können Sie sagen, wo er aufgewachsen ist?«

Hufnagel verneinte, versprach aber, sich mit einem Kollegen in Verbindung zu setzen, der jahrelang mit Maurus zusammengearbeitet hatte. Kurz darauf verschwand er und kam nachdenklich zurück, derweil Nadine am Telefonieren war. Als sie ihn erblickte, beendete sie sofort das Gespräch und schaute ihn mit großen Augen an.

»Frau Andres, mir ist zwar nicht bewusst, was das soll, aber Maurus ist tatsächlich nur ein paar Straßenzüge von der Radolfzeller Straße entfernt aufgewachsen. Bloß woher ...?«

Nadine stieß einen Schrei aus. »Ich habe es befürchtet ... Nennen wir es weibliche Intuition. Kommen Sie, wir dürfen keine Zeit verlieren!« Sie lief voran und rief über ihre Schulter hinweg: »Teilen wir es den anderen mit.«

Hufnagel schritt kopfschüttelnd hinterher und konnte noch immer keinen Bezug zu den Ermordungen herstellen. Die Tatsache, dass Maurus in der Nähe gewohnt haben sollte, machte ihn noch lange nicht zu einem Mörder. Hufnagel war entsetzt.

Nachdem Nadine den Kollegen von Maurus erzählt hatte und die aus allen Wolken fielen, war die Stimmung gänzlich dahin. Ein ehemaliger Polizist ein mehrfacher Mörder?

»Sag, spinnst du jetzt total? Du hast keinerlei Beweise und schüttelst uns hier einen früheren Kollegen leichtsinnig aus dem Ärmel? Der Mann ist mir nicht mal bekannt.« Selzer schlug die Arme vor der Brust ineinander und lehnte sich empört gegen die Stuhllehne.

Hufnagel mischte sich ein: »Aber mir.« Auch Hübner kannte ihn.

»Daniel, entspann dich. Keiner schüttelt hier jemanden aus

dem Ärmel. Ich habe meine Gründe. Zumindest sollten wir der Spur nachgehen. Jetzt überleg doch mal!« Danach begann sie, alles der Reihe nach zu erzählen, wie sie Maurus kennengelernt hatte, und erwähnte dessen Interesse an den Konstanzer Fällen wie auch den Freiburgern.

»Der Mann hat nur seine Arbeit gemacht. Und dass er suspendiert wurde, macht ihn noch lange nicht zu einem Mörder«, meinte Selzer mit strafendem Blick.

Nadine ließ nicht locker. »Und die braune Gesinnung?«

»Auch die nicht. Dass man ihn aus dem Staatsdienst entlassen hat, ist okay.«

Hübner stand auf, lief in die Mitte des Raumes und stellte sich, als wollte er eine Rede halten, vor die Kollegen.

»Hören Sie!« Er sah zu Selzer. »Angenommen, Frau Andres hat recht, dann wäre es zumindest einen Versuch wert. Ich kannte Maurus nur kurz. Wie ich hörte, war er korrupt und ließ sich von ein paar zwielichtigen Gestalten schmieren. Fragen Sie die Kollegen, wer sich von denen die Malediven in einem Luxusresort gleich zweimal im Jahr leisten konnte! Ich habe mich damals oft gefragt, wie er das macht. Und kommen Sie mir jetzt nicht mit einer Erbschaft. Der Typ stammt aus bescheidenen Verhältnissen und reich geheiratet hat der ebenso wenig.«

»Was Sie alles wissen«, bemerkte Selzer und kehrte kurz in sich. »Okay, es wird schwer sein, ihm etwas nachzuweisen. Erledigen wir unsere Arbeit und rollen die Fälle erneut auf. Du, Nadine«, er blickte zu ihr, »sprichst aufs Neue mit den Freiburger Kollegen. Eventuell kann uns ihr Zeuge weiterhelfen. Und Sie«, er schaute Hübner an, dann Hufnagel, »machen sich schlau über Maurus und seine Detektei.«

Nadine stöhnte. »Da gibt es nur ein Problem. Der Mann, der das Gespräch zwischen dem Gesuchten und der vermissten Studentin mit angehört haben will, ist blind.«

15. Blind, nicht stumm

Blind, dachte Nadine, *nicht stumm*. Erneut rief sie in Freiburg an. Ihr Gespräch mit Helmut Richter war nicht von Dauer. Schnell einigten sich beide auf eine gemeinsame Vorgehensweise, um Volker Maurus habhaft zu werden. Ihre Idee schien möglich. Der Mann war schlau wie ein Fuchs. Man musste ihn überlisten und dort packen, wo er am empfindlichsten wirkte. Bei der Eitelkeit. Da er nichts von einem blinden Zeugen ahnte, weil Richter ihn in keiner Weise darüber informiert hatte, sah man hier eine Chance. Wenn auch eine kleine. Nun galt es, die beiden zusammenzubringen. Die Frage war nur, wie.

»Und was hat er gesagt?«, wollte Selzer wissen.

»Nicht so viel«, entgegnete sie geistesabwesend. Nadine stand auf, sah ihren Kollegen kurz an und nahm sich vor, ihn alsbald in ihre Gedankengänge einzuweihen.

»Wie, nicht viel? Ich verstehe dich nicht. Du warst doch diejenige, die uns erst auf Maurus gebracht hat. Und jetzt ziehst du den Schwanz ein.« Selzer schüttelte den Kopf und bat Nadine umgehend nach draußen.

Wortlos folgte sie ihm in den Flur, blieb jedoch ein paar Meter hinter ihm.

Selzer drehte sich nach ihr um. »Was ist los? So kenne ich

dich gar nicht. Wir sind deine Kollegen. Vertraust du uns nicht?«, rief er ihr zornig entgegen und stemmte die Hände in die Hüften.

Sie näherte sich ihm.

»Doch. Daniel. Aber irgendwoher musste Maurus die Informationen haben. Hier gibt es einen Maulwurf oder zumindest jemanden, der ihm alles brühwarm erzählt hat«, sprach sie leise.

Er sah zu ihr hinab, ihre Blicke begegneten sich.

»Vielleicht hast du recht. Aber ich glaube nicht, dass es mit Absicht geschehen ist. Durch die Tätigkeit des Detektivs und ehemaligen Polizisten wirkt er für andere wie einer von ihnen.« Selzer überlegte. »Du meinst, je weniger davon Kenntnis haben, desto besser ist es?«

Nadine nickte. »Genau!«

»Okay, ich verlass mich auf dich. Mach, was du für richtig hältst. Aber keine Alleingänge, die dein Leben gefährden könnten, hörst du! Ich gebe dir vierundzwanzig Stunden! Wenn du Maurus bis dahin nichts nachweisen kannst, machen wir es auf meine Weise.«

»Danke, Daniel.« Gleichzeitig drückte sie ihm einen sanften Kuss auf die Wange, den er mit einer prompten Umarmung beantwortete. »Du bist ein Schatz. Schade, dass wir ...« Sie unterbrach sich und schob ihn von sich weg.

Das *Schade, dass wir* stand Selzer sprichwörtlich wie ins Gesicht gemeißelt. Kein Mann, auch nicht er, konnte mit einer derart vagen Andeutung etwas anfangen. Ein gut verständlicher Satz wirkte mehr als jener Wortfetzen.

Daniel kehrte ihr den Rücken zu und ließ sie stehen. Er brauchte frische Luft.

Hufnagel, der alleine im Büro war, machte sich an die Überprüfung der Detektei. Augenscheinlich wirkte sie seriös. Auf der Homepage warb man mit dem Siegel der ersten sowie einzigen Auskunftei Deutschlands, die mit TÜV-zertifiziertem Qualitätsmanagement und TÜV-überprüfter Servicequalität arbeitete. Zudem mit dem Slogan des Vertrauens und der absoluten Diskretion.

Er trank einen Schluck aus dem Glas, welches er zuvor mit Mineralwasser befüllt hatte.

Draußen auf dem Flur war lautes Stimmengewirr zu hören. Im Nachbarbüro klingelte ein Telefon und es begann zu regnen.

Mhm, die Arbeitsweise der Detektei hat nichts zu sagen, grübelte er. *Dennoch kann es sein, dass deren Inhaber kein unbescholtener Mitbürger ist, wie die es einen glauben lassen wollen. Wie komme ich nur an Maurus ran? Jeder hier im Revier kennt ihn ... Und Selzer?* Hufnagel starrte an die Decke ... *Ne, geht auch nicht, mit der Mähne wirkt er eher unseriös. Wenn der dort aufkreuzt, denken die, er wäre ein armer Hund. Und Mutter? ... Geht gar nicht, die kennt Maurus unter Umständen noch aus Vaters Amtszeit. Was mach ich nur?* Er kratzte sich an der Nase, die plötzlich angefangen hatte zu jucken.

Die Tür ging auf und Nadine trat ein.

»Na, so nachdenklich, Herr Kollege?«

Hufnagel weihte sie in seine Gedankengänge ein, was Nadine wiederum nur mit einem Namen ergänzte.

»Und das soll klappen?«, hinterfragte er skeptisch.

Sie setzte sich. Auch sie feilte an einer Strategie, welche sich wunderbar mit seiner zu ergänzen schien.

»Also gut, ich rufe sie an«, gab sich Hufnagel geschlagen.

***

»Wat soll ick? Sind Sie von allen juten Geistern verlassen? Wie stellen Sie sich dit vor? Einfach hinjehen, dem Mann verträumte Augen machen und mit ihm flirten. Ne, meine Jute, beim besten Willen. Ohne mich.« Maria war außer sich.

Charlotte bettelte sie mit gutmütigem Blick an. »Maria! Sie sollen dem nur eine winzige Lüge auftischen, hat Rudi gesagt. Maurus soll Ihnen glauben.«

Wieso immer ick? Eine verrückte Geschichte jagt die andere. Andererseits macht dit Spaß. Na ja und so bisgen lügen, kann och nicht schaden. »Also jut, ick mach mit. Aber nur weil Sie es sind«, tat Maria Schulz ihrer Bekannten gegenüber gönnerhaft.

Kurz darauf wählte Charlotte die Nummer der Detektei.

Eine nette Frauenstimme meldete sich dort und fragte nach ihrem Wunsch. Gleichzeitig übergab Charlotte Maria den Hörer, die ihrerseits wie wild mit den Armen gestikulierte und sich nicht imstande sah, etwas zu sagen.

»Hallo???«, erkundigte sich die Telefonstimme freundlich.

Maria schluckte und versuchte, sich zu konzentrieren. »Ähm ... mein Name ist Hannelore von Hohenstetten«, begann sie zu lügen und bemühte sich um eine gewählte Ausdrucksweise. »Wie ich hörte, sind Sie die beste Detektei der Stadt. Ich habe einen, sagen wir mal *sehr* delikaten Fall, den ich nur und ich meine *nur* mit Ihrem Vorgesetzten persönlich besprechen will.« Sie machte eine kurze Pause und fügte dem ein »Geld spielt keine Rolle« an. Ihr tiefes Durchatmen im Anschluss vernahm man nicht.

Auf der anderen Leitung wurde es augenblicklich still. »Kleinen Moment bitte!« Die Dame schien mit jemandem zu reden und antwortete sodann: »Ich verbinde Sie mit Herrn Maurus.«

Charlotte schaute Maria mit einem diebischen Lächeln an, das gleichzeitig ihren Triumph signalisierte.

»Maurus«, kam es kurz angebunden.

»Sind Sie der Chef? Wenn nicht, hat sich unser Gespräch sofort erledigt.«

»Ja, so ist es. Wie kann ich Ihnen behilflich sein?«, sprach er ein wenig unverständlich, was Maria auf ihr nachlassendes Hörvermögen schob.

»Mein Mann verstarb kürzlich und hat mir und meinem Neffen ein beachtliches Vermögen hinterlassen. Und auf einmal taucht ein Fremder bei mir auf und behauptet, er sei der Sohn meines Mannes. Stellen Sie sich dit mal vor! Ein Sohn? Dieser Mann hat überhaupt keine Ähnlichkeit mit meinem verstorbenen Gatten.« Ihren bescheidenen Berliner Versprecher hatte der Detektiv nicht bemerkt.

»Aha und wie kann ich Ihnen dabei helfen?«, fragte Maurus interessiert nach.

»Nun, wenn Sie den Erbschleicher dingfest machen könnten, wäre mir das eine Million Euro wert. Beweisen Sie, dass er nicht der Sohn meines Mannes ist.« Maria holte tief Luft und wischte sich die Schweißperlen vom Gesicht. Die gewählte Ausdrucksweise lag ihr nicht.

Maurus biss an und vereinbarte mit der Seniorin ein sofortiges Treffen. Die Gelegenheit wollte er sich nicht entgehen lassen. Zudem konnte er das Geld gut gebrauchen. Wer es besaß, diktierte die Welt.

Da der Termin zwischen Maria und ihm in etwa einer Stunde stattfinden sollte, blieb Charlotte nicht viel Zeit, um aus Maria eine vornehm gekleidete Adlige zu machen. Die Seniorin sah sich vor einem riesigen Problem. Aber auch das sollte sie lösen. Mit schwarzer Hose, türkisfarbener Bluse und ordentlich gekämmtem Haar stand Maria nun vor ihr. Und es stimmte: *Kleider machten Leute.*

»Mhm, irgendetwas fehlt noch«, grübelte Charlotte und musterte Maria von oben bis unten. Nachdenklich ging sie ins Schlafzimmer und holte aus ihrer Schmuckschatulle eine lange

Perlenkette hervor. Danach legte sie diese um Marias Hals. »Et voilà. Fertig!«

Maria starrte in Charlottes Standspiegel und war ebenso verblüfft wie sie.

Eine halbe Stunde später saß sie in der Detektei und tischte Maurus ihre Erbschaftsstory auf, mit der sie sich sichtlich unwohl fühlte. Das nervöse Zupfen an ihrer Bluse blieb unbeachtet. Doch was machte man nicht alles für die beste Freundin.

***

Der Telefonanruf, der Hufnagel soeben ereilte, stimmte ihn versöhnlich. Gleichfalls unterrichtete er die Kollegin mit einem »Der Fisch ist am Haken«, als arbeitete man an einer geheimen Mission.

Nadine bedankte sich und spann den Faden weiter. Jetzt lag es an ihr, den blinden Zeugen mit Maurus zusammenzubringen. Auch hier kam ihr eine Idee, für die sie erneut die Hilfe der Rentnerinnen benötigte. Daher bat sie beide am anderen Morgen ins Büro.

Noch am gleichen Abend

Um Nadines Idee zu bekräftigen, musste sie sich erneut mit Helmut Richter in Verbindung setzen. Zum wiederholten Male ließ sie sich alles über das Verschwinden der Studentin Irina Koslowska berichten.

»Wo sagten Sie, fand man ihr Handy?«, bohrte Nadine nach.

»Das habe ich Ihnen bereits gesagt, Frau Andres. Ich sollte dann jetzt ...«, tat Richter unruhig und wirkte genervt. Er wollte gehen. »Im Park.«

»*Im Park?* Wo da genau?«

»An der Dreisam.« *Na endlich.* »Park ist ein dehnbarer Begriff, finden Sie nicht? Und die Dreisam ist ein Fluss.« Nadine ließ nicht locker.

Richter atmete tief durch. »Hören Sie, wir mussten aus Sicherheitsgründen den genauen Fundort des Handys geheim halten. Offiziell wurde es im Eschholzpark gefunden, dort, wo Irina zum letzten Mal telefoniert hat. Vielleicht habe ich vergessen, Ihnen das zu sagen.«

»Das haben Sie!«, entgegnete Nadine gereizt. »Danke und einen schönen Abend«, motzte sie ins Handy und war stinksauer über die unzureichende Information.

Es war Zeit zum Gehen. Die 24 Stunden, die ihr Selzer gegeben hatte, schritten unaufhörlich voran. Wenn der morgige Tag nicht vielversprechender verlief, würde sich ihr Verhältnis nicht nur beruflich ändern, sondern auch privat.

Zum wiederholten Male wurde Nadine des nächtens von Albträumen geplagt. Immerzu erschien ihr der Kapuzenmann, dessen Gesicht sie nicht zu erkennen vermochte. Als wollte er mit ihr reden, sich aber nicht zeigen. Schweißgebadet erwachte sie gegen Mitternacht und konnte nicht mehr in den Schlaf finden, stattdessen reflektierte sie das Gespräch mit Helmut Richter. *Dreisam – Eschholzpark – Dreisam. Moment mal, erwähnte nicht auch ...? Aber wenn Richter den genauen Fundort des Handys nicht nannte, dann kann nur, vorausgesetzt Irina Koslowska wurde ebenfalls ermordet, ihr Mörder den exakten Ort des Funktelefons gekannt haben ... Ich werd verrückt. Dann läge ich richtig mit meiner Vermutung ... Ich muss Daniel anrufen! Spinnst du jetzt total!,* führte Nadine mit sich ein Zwiegespräch. Sie blinzelte zum Wecker, der neben ihr auf dem Nachttisch stand. *Halb eins. Ne.* Gähnend schlief sie ein und erwachte wie gerädert am anderen Morgen. Der Vorahnung, die sie hegte, musste sie heute nachgehen. Ansonsten hätte sie nicht nur

Hübner künftig gegen sich, sondern auch Selzer. Entweder würde ihre Glaubwürdigkeit auf eine harte Probe gestellt werden oder sie schritt erhobenen Hauptes durch das Büro. Entweder – oder! Ein dazwischen gab es nicht.

Da Nadine einen klaren Kopf benötigte, ging sie noch vor dem Duschen joggen. Zumindest machte ihr das Wetter mal keinen Strich durch die Rechnung. Der Blick zum Himmel stimmte sie erfreut, genau wie sein flächendeckendes Blau. Zudem kamen ihr dabei die besten Ideen, wie die, dass sie die alten Damen besser nicht ins Revier einladen sollte, sondern einen Treffpunkt auswärts bevorzugte. Bekanntlich hatten im Fall Maurus die Wände Ohren und noch immer wusste man nicht, mit wem er in Verbindung stand. Vorsorglich schickte sie Selzer eine WhatsApp, teilte ihm mit, dass sie noch etwas zu erledigen hatte und daher später ins Büro käme. Seine Antwort diesbezüglich war eindeutig: *Denk an die Zeit!*

Im Anschluss machte sie sich in Richtung Konstanzer Hörnle auf. Ein Spaziergang, der unter anderen Umständen reizvoll gewesen wäre und sie am Bodensee-Ufer entlang zum Strandbad Hörnle führte. Mit seinen ausgedehnten Liegewiesen und dem weiten Blick über den See war es ein beliebter Treffpunkt der Städter. Nur jetzt im April und das zu früher Stunde nicht.

Bereits von Weitem sah die Kriminalistin Charlotte und Maria auf der Bank sitzen und sich unterhalten.

»Es freut mich, dass ihr beziehungsweise Sie gekommen seid«, sprach Nadine zu den Rentnerinnen und schenkte ihnen ein aufgesetztes Lächeln. »Der Grund des Zusammentreffens soll bitte unter uns bleiben, deshalb die Wahl einer Parkbank. Solange ich nicht weiß, ob ich mit meiner Vermutung richtig liege, halte ich es für das Beste.« Konspirativ schaute sie hinüber zum Bodensee, der ruhig und friedlich vor ihr lag. Danach zu Charlotte, die links von ihr saß, und dann zu Maria auf der anderen Seite. »Vielen Dank für gestern. Hat der Detektiv angebissen?«

Maria, die ihre braune Tasche auf ihren Schoß gestellt hatte, nickte. »Und wat sollte die Nummer?«, fragte sie entsetzt nach und starrte die junge Frau erwartungsvoll an.

Nadine fuhr sich mit der Hand durch ihr blondes Haar und streifte eine vom Wind freigelegte Strähne hinters Ohr. Danach stellte sie den Kragen ihrer Steppjacke aufrecht und begann zu reden: »Maria, wir müssen bei Maurus vorsichtig sein. Sie sind anscheinend die einzig Unbekannte für ihn. Charlotte kennt er noch von früher, und uns«, damit meinte sie ihre Kollegen, »ebenso. Wir mussten seine Neugierde wecken und das haben Sie mit Ihrem Schauspiel vortrefflich getan. Er glaubt Ihnen wohl. Einen Millionendeal lässt er sich nicht entgehen. Zwar läuft die Detektei gut, aber wer weiß, eventuell will er den zu erwartenden Gewinn am Fiskus vorbeilaufen lassen. Maurus ist ein schlauer Hund.«

Maria fühlte sich geschmeichelt. Endlich war sie am Zuge und konnte vor Charlotte brillieren. »Und kann ick noch wat für Sie tun?«

Nadine bejahte und bat die Seniorin, sich den heutigen Tag freizunehmen, weil man sie noch benötigte.

Als ob ick so ville vorhätte. Bin doch froh, wenn man mich braucht. Charlotte hing einem ähnlichen Gedankengang nach.

Jetzt hatte man, wie Hufnagel es netterweise ausgedrückt hatte, Maurus am Haken. Damit er sich am Köder festbeißen konnte, bedurfte es einer zusätzlichen Aktion.

Nadine rief erneut bei der Freiburger Polizei an und bat Richter um den Kontakt zu seinem blinden Zeugen. Den Grund verschwieg sie, um den Kreis der Mitwissenden so klein wie möglich zu halten. Wenig später setzte sie sich mit dem Mann telefonisch in Verbindung, erklärte, warum seine Hilfe vonnöten war und bat ihn, sich Zeit zu nehmen. Schlegel, der als Radiomoderator in einem Lokalsender arbeitete, war zu allem bereit und meinte, dass er den Dienst ohnehin erst gegen Mitternacht antreten werde.

Jetzt saßen alle Mitwirkenden in einem Boot. Nun galt es, das Netz auszulegen und den Fisch darin zu fangen.

Als Nadine am Vormittag ins Büro trat, erntete sie zunächst von Hübner einen strafenden Blick. Nur Hufnagel blieb wie immer freundlich und ahnte bereits, dass ihr Späterkommen etwas mit seiner Mutter zu tun haben musste. Aus Rücksicht schwieg er. Hufnagel glaubte nicht an einen Maulwurf in den eigenen Reihen, wobei er vorrangig an Selzer und Hübner dachte. Selzer schied für ihn aus, da sich Maurus und er nie kennengelernt hatten. Nur bei Hübner war er sich nicht sicher. Die beiden kannten sich, nicht gut, aber sie taten es. Und in einen Menschen hineinsehen konnte man nicht. Die Redensart *Vorsicht ist die Mutter der Porzellankiste* hielt er in diesem Punkt für angebracht. Dass er selbst mit Maurus niemals über den Fall Tim Wendel geredet hatte, dessen war er sich hundertprozentig sicher. Auch sonst hatten die beiden keinerlei Berührungspunkte gehabt. Als Maurus bei der Kriminalpolizei tätig gewesen war, leistete Hufnagel noch Dienst in einer anderen Abteilung.

»Na ausgeschlafen?«, unkte Hübner und tat geschäftig.

»Kann man so sagen. Ich muss auch gleich wieder weg. Weißt du, Hübi, als Single muss man auf niemanden Rücksicht nehmen. Da kann man sich die ganze Nacht rumtreiben. Den Rest kannst du dir ja denken«, entgegnete Nadine schnippisch und besann sich auf Daniel, der links von ihr am Schreibtisch saß und sich glücklicherweise mit jemandem angeregt unterhielt. Allerdings hörte dieser zu und begann noch während des

Telefonats, eine WhatsApp an seine Kollegin zu verfassen. Danach drückte er auf Senden.

So kann es nicht weitergehen!, sollte sie etwa fünf Minuten später lesen. Was sie wiederum mit einem *Wie bitte?* beantwortete und ihm einen traurigen Smiley hinterherschickte. Zu allem Überfluss fehlte ihr die Zeit für Gefühlsduseleien, denn für Nadine stand einiges auf dem Spiel. Zunächst wollte sie Maria kontaktieren und sie in ihr Vorhaben einweihen. Aber der schwierigste Teil war Maurus selbst. Ihn musste sie zu einem Telefonat bewegen.

Erneut verließ Nadine das Büro und machte sich zur Seniorenresidenz auf.

Um ungestört mit Maurus telefonieren zu können, hatte sie vorsorglich ein Besprechungszimmer in der Residenz reserviert, von dem Maria Schulz nichts wusste. Nachdem Nadine sie angerufen hatte, ahnte diese immer noch nicht, worum es ging.

»Setzen Sie sich bitte und hören Sie mir genau zu! Wir machen jetzt eine Konferenzschaltung mit Ihnen, dem Detektiv und Ihrem Neffen.«

Maria folgte ihr mit den Augen wie ein artiges Kind und verstand kein einziges Wort. »Neffen? Ick habe keenen Neffen.«

»Doch den haben Sie jetzt für etwa dreißig Minuten! Tischen Sie dem Mann noch einmal Ihre Geschichte auf und erzählen Sie, dass der junge Mann, welcher nun mit Ihnen beiden telefonieren wird, Ihr Neffe sei. Sollte Maurus Ihnen den Erbschleicher vom Hals halten, verzichtet er auf den Firmenanteil. Somit könnten Sie über das gesamte Vermögen Ihres Gatten verfügen.«

»Blödsinn! Würden Sie bei sowat mitmachen? Die Kohle ausschlagen? Ick nicht.«

»Frau Schulz, da stimme ich Ihnen zu. Wir lassen Maurus

glauben, dass Ihr Neffe unheilbar krank ist und nicht mehr lange zu leben hat«, meinte Nadine.

Maria wirkte nachdenklich. »Dit wäre dann wohl wat anderet. Und dieser Neffe, is wer? Wes der Bescheid?«

»Überlassen Sie das mir! Sie plappern einfach drauflos. Ihr Verwandter heißt übrigens Klaus von Hohenstetten. Ich habe ihn vorab informiert.« Danach wählte sie die Nummer von Bernd Schlegel und ließ Maria für ein paar Minuten mit ihm reden, bis sie endgültig zu einer Dreierkonferenz überleitete. Nadine drückte die Konferenz-Taste des Telefons mit dem Wortlaut *Anruf hinzufügen* und tat es mit der Nummer der Detektei. Maurus, der auf einem anderen Apparat telefonierte, beendete sofort sein Gespräch. Des Weiteren waren die Informationen, die Nadine ihm geschickterweise zugespielt hatte, eindeutig. Den Unterlagen nach verfügte Hannelore von Hohenstetten über ein beachtliches Privatvermögen in der Schweiz. Nachdem die Kriminalistin die Stimme von Volker Maurus vernahm, drückte sie auf die Taste *Konferenz* und ließ den Dingen ihren Lauf.

16. Kein Mord verjährt

Die Hypothese, dass sich blinde Menschen deutlich besser an Geräuschen orientieren können als Sehende, stand in medizinischen Fachkreisen außer Frage.

Da Bernd Schlegel von Geburt an blind war, war er in der Lage, eine Geräuschquelle genau zu lokalisieren. Seine Hirnaktivitäten im visuellen Kortex – einem üblicherweise für das Sehen zuständigen Bereich im hinteren Teil des Gehirns – waren aktiver als bei Sehenden. Was zu bedeuten hatte, dass die Sehrinde bei ihm nicht brachlag, sondern nur verlagert worden war und der Reizverarbeitung nutzte. Er war imstande als Früherblindeter mehr Informationen aus Hördaten zu gewinnen als Sehende.

Zunächst konzentrierte sich Schlegel auf das Gespräch zwischen Maria Schulz und Volker Maurus. Er selbst sagte nichts. Vielmehr nahm er die Geräusche, die in Maurus' Büro klangen, in sich auf. Er vernahm das Echo, das die Autos von der Fahrbahn ins Gebäude zurückwarfen und vermutete die Detektei unmittelbar an einer gut befahrenen Straße mit Bäumen. Weiterhin konzentrierte er sich auf die Aussprache von Maurus, die Stimmfarbe und die Wahl der Worte. Da er zum besagten Zeitpunkt der Letzte gewesen war, der Irina Koslowska an der Dreisam lebend wahrgenommen hatte, wusste er um den Wahrheitsgehalt der Aussage. Lag er damit verkehrt, konnte er einen Unschuldigen hinter Gitter bringen. Nur wenn er sich hundertprozentig sicher war, wollte er sich äußern.

Doch das Gespräch verlief für Schlegel zu seiner vollen Zufriedenheit. Zwar musste auch er ein paar Sätze mit Maurus sprechen, um die Glaubwürdigkeit von Maria Schulz und ihrer Geschichte zu untermalen, aber seine Einschätzung bezüglich Volker Maurus war eindeutig.

»Und?«, fragte ihn Nadine am Ende des Telefonats.

Schlegel räusperte sich hörbar am anderen Ende der Leitung. »Ich vernahm diesen Mann schon einmal sprechen. Es war derselbe, der Frau Koslowska um Feuer bat und sie gegen ihren Willen fortzerrte, während ich mich in der Dunkelheit versteckt hielt.«

Nadine schaute Maria erstaunt an, die zwischenzeitig aufgestanden war, um ein Fenster zu öffnen.

»Was macht Sie da so sicher? Mittlerweile sind zehn Jahre vergangen«, wollte die Polizistin wissen.

»Sein rollendes R ist auch nach all der Zeit unverkennbar. Stammt der Mann etwa aus Franken?«, erkundigte sich Schlegel interessiert.

»Nein, tut er nicht. Er ist in Konstanz aufgewachsen, allerdings stammen die Eltern aus dem ehemaligen Jugoslawien.«

»Aha, das ist ebenso möglich. Oft lernen die Kinder von Migranten kein tadelloses Deutsch, wenn man nicht darauf aufpasst. Sie sprechen zwar unsere Sprache, aber machen viele Fehler in der Wortwahl. Selbst bis ins hohe Alter.« Schlegel machte eine kurze Redepause. »Gleich nach dem Vorfall rief ich die Polizei an.«

Maurus war am Haken, aber nicht nur das, Schlegel konnte ihn aufgrund der Fähigkeit als Blinder sogar beschreiben. Anhand der Klangfarbe der Stimme schätzte er den Mann auf Mitte bis Ende fünfzig sowie als ausgesprochen sportlich ein, was er dem raschen Handeln von Maurus am Tatort zuzuschreiben vermochte. Seine Einschätzung deckte sich mit der von Nadine Andres, die Maurus persönlich kannte und ihn nicht besser hätte wiedergeben können.

Nachdem sich Nadine von Maria Schulz und Bernd Schlegel verabschiedet hatte, fuhr sie umgehend in die Dienststelle, um die nächsten Schritte mit Selzer zu besprechen. Man musste schleunigst handeln.

Noch am gleichen Tag wurde das Anwesen von Volker Maurus, der in einem modernisierten Einfamilienhaus aus den Fünfzigerjahren lebte, durchsucht. Er selbst wurde in U-Haft gebracht und von Daniel Selzer und seiner Kollegin Stunden später verhört.

Maurus hatte ihnen gegenüber Platz genommen, die Beine ausgestreckt und die Hände auf dem Tisch ineinandergefaltet. Hochnäsig starrte er die beiden an.

»Und jetzt? Was soll ich hier?«, fragte er trotzig nach.

»Einen Mord gestehen«, erklärte Nadine.

»Sind Sie wahnsinnig. Ich bin Detektiv und ehemaliger Polizist. Wieso sollte ich einen Mord zugeben?«

»Weil Sie der Einzige sind, der wusste, wo sich Irina Koslowska zuletzt aufgehalten hat«, führte Selzer das Gespräch weiter.

»Ich? Diese Infos habe ich von der Freiburger Polizei im Rahmen meiner Nachforschungen erhalten.«

Nadine schnaufte hörbar durch. »Das stimmt, aber man hat Ihnen lediglich mitgeteilt, dass Frau Koslowska im Eschholzpark war, während Sie mir erzählten, sie sei an der Dreisam gewesen.«

»Ich? Ich habe Ihnen gar nichts gesagt«, wehrte Maurus ab.

Nadine nahm ihr Handy zur Hand, das sie wohlweislich neben sich auf dem Tisch liegen hatte. Sie betätigte die Taste für aufgenommene Videos und spielte Maurus einen Mitschnitt vor.

»... *Wir haben Millionen Handydaten ausgewertet, die Aufschluss darüber gaben, wer sich in der Zeit vom 20. Oktober bis Ende Oktober 2007 im Bereich der Seestraße in Konstanz sowie entlang der Dreisam in Freiburg aufgehalten hat. Wäre dabei herausgekommen, dass eine Person zu den fraglichen Zeiten sowohl in Konstanz als auch in Freiburg war, dann hätten wir den Sechser im Lotto gehabt ...«*

Maurus begann zu schwitzen und bekam feuchte Hände.

»Das dürfen Sie vor Gericht nicht verwenden.« Maurus fühlte sich stark. »Oder haben Sie mich um Erlaubnis gebeten?«

»Das ist mir bekannt«, tat Nadine gelangweilt. »Es gibt einen Zeugen, der sie am besagten 27. Oktober 2007 gesehen beziehungsweise gehört hat.«

»Was jetzt? Gesehen oder gehört?«, widersprach Maurus patzig.

»Beides«, entgegnete sie entschlossen.

»Das ist eine Ewigkeit her. Und ausgerechnet heute wollen Sie einen Zeugen präsentieren? Wo war der denn all die Jahre? Hat der sich etwa versteckt? Oder ...?«

Im gleichen Moment klopfte Hufnagel an die Tür und bat Nadine um eine kurze Unterredung auf dem Flur. Er wirkte wie erstarrt und war bleich im Gesicht. Derart aufgebracht hatte sie ihn noch nie erlebt.

Hufnagel musste sich sammeln und suchte nach Worten. »Wir haben bei Maurus Plastikschachteln mit abgeschnittenen Gliedmaßen, vermutlich kleinen Fingern, gefunden. Anscheinend war er gerade dabei, sie zu entsorgen. Ist jetzt alles in der

Gerichtsmedizin.« Er schluckte. »Frau Andres, mir wird speiübel, wenn ich daran denke, wen dieser Typ auf dem Gewissen hat.«

Kurz darauf brachte man Maurus in die Zelle.

Am nächsten Vormittag wurde Maurus mit einer Gruppe anderer Männer in einen Dienstraum der Polizei geführt, wohingegen für ihn unsichtbar die Buchhändlerin, und Freundin von Alessia Lederer, ihm gegenüberstand. Ihr oblag es nun, Maurus zu identifizieren, was aufgrund der damaligen Verkleidung nicht ganz einfach war.

Da der Beschuldigte sein Äußeres zwischenzeitlich verändert hatte, war es zulässig, durch Modifizierung des Aussehens dafür zu sorgen, dass es dem Erscheinungsbild entsprach, das zum Tatzeitpunkt vorhanden gewesen war. Mit Vollbart wirkte Maurus älter und zugleich ungepflegt, aber dennoch tippte die Buchhändlerin auf die Nummer 4, die nur er in den Händen hielt.

»Der Zweite von links!«, sagte sie, ohne nachzudenken.

»Die vier«, bekräftigte Nadine, die dicht bei ihr stand, die Aussage. Danach wandte sie sich dem Lautsprecher zu und sprach für alle verständlich, sie mögen abtreten bis auf den Mann mit der Ziffer 4.

Die Zeugin nickte und begann zu weinen. »Das ist also das Schwein, das Alessia ermordet hat?«

Nadine antwortete nicht und bat sie zu gehen, derweil die Männer rechts aus dem Zimmer schritten.

Man hatte Maurus im Fall Alessia Lederer und Irina Koslowska in der Mangel. Nun galt es, ihm den Mord an Alessia Lederer nachzuweisen und die Leiche von Irina Koslowska zu finden. Ohne Tote gab es keinen Mord. Und noch eine schwierige Aufgabe hatten die Kollegen der Konstanzer Mordkommission zu lösen. Handelte es sich bei Volker Maurus auch um den Mörder von Tim Wendel? Und wenn ja, wo waren die Beweise?

Wochenlange Sisyphusarbeit stand ihnen bevor.

Würde man die Morde überhaupt aufklären können?

Fünf Wochen später

Maurus machte sich keine Illusionen. Er würde nie mehr in die Freiheit zurückkehren können. Doch das war nicht das Problem. Viel schlimmer war die Vorstellung, die Mutter nicht mehr sehen zu dürfen und sie durch den Alltag zu begleiten. Immerhin hing alles an ihm, während sich die Geschwister kaum mehr um sie kümmerten. Wer sollte die alte Dame jetzt pflegen? Mutter und Tochter, mehr gab es für Maurus nicht. Alle anderen empfand er als wertlos genau wie seine Opfer. Glaubte er doch, der Tod sei besser als eine unglückliche Beziehung.

Zum ersten Mal im Leben packte ihn die Angst. Er warf all seine Prinzipien über Bord und entschloss sich, zumindest einen Teil seiner grausamen Taten preiszugeben.

Da er mit Nadine Andres bereits schon einmal unter besseren Voraussetzungen gesprochen hatte, bat er sie zu einem Vieraugengespräch, mit der Bedingung keine Aufzeichnungen zu machen. Man ließ sich darauf ein, zumal man mit den Untersuchungen der Gliedmaßen nur bruchstückhaft weitergekommen war. Die Theorie, dass Maurus ein Serienmörder war, bestärkte sich durch die abgetrennten kleinen Finger. Inzwischen konnte man acht der Körperteile eindeutig als solche identifizieren, ohne dazu die Leichen gefunden zu haben. Sollte Maurus jetzt nicht mit der Polizei kooperieren, würde es Jahre dauern, bis man die dazugehörigen Toten fand.

Es herrschte eine frostige Stimmung an diesem kalten Morgen im Mai. Nadine wusste nicht, wie sie dem Scheusal gegenübertreten sollte. Mit Vorsicht auf jeden Fall. Sie setzte sich Maurus gegenüber, legte ihre verschwitzten Hände auf den Besprechungstisch und faltete sie gleich einem Gebet ineinander. Vorsorglich hatte man dem Mann Handschellen angelegt. Ein Glas Wasser stand auf dem Tisch und sprudelte unmerklich vor sich hin. Niemals zuvor hatte Nadine dem Geräusch derart gelauscht wie in diesem Moment. Doch wie sollte sie anfangen? Einfach drauflos fragen? Oder Maurus erzählen lassen?

Gespenstisch war die Stille, zwischenzeitlich Maurus die junge Frau mit wachen Augen taxierte.

»Sie sind gut, Frau Andres. Respekt! Wäre mir die Sache mit der Dreisam nicht passiert, hätten Sie nie herausgefunden, wer ich bin. Habe ich recht?« Listig schaute er sie an.

Gut, spielen wir nach deinen Vorgaben. Du bekommst, was du willst. Sehnst dich also nach Anerkennung? »Das ist wahr. Wäre Ihnen dieser Fehler nicht unterlaufen, dann wären Sie wohl der meistgesuchteste Mörder der Nation.«

Maurus setzte sich aufrecht. Stolz zeichnete sein Gesicht.

»Frau Andres, ich gehörte seinerzeit zu den Besten. Aber man musste mich ja wie einen räudigen Hund suspendieren, nur wegen ein paar Verfehlungen. Lassen wir das! Mit Sicherheit haben Sie eine Menge Fragen an mich und wenn Sie lieb darum bitten, beantworte ich sie«, sagte er arrogant und voller Abscheu.

Nadine überlegte. *Wo soll ich anfangen? Ich darf ihn auf keinen Fall reizen.* »Sagen Sie mir, was Sie mögen. Immerhin haben Sie zu dieser Unterredung gebeten. Ich lasse Ihnen den Vortritt.«

»Touché!« Der Beschuldigte rückte an den Tisch heran und beugte sich ihr entgegen. »Fangen wir dort an, was Sie am meisten interessiert. Beim Fall Tim Wendel.«

Er? Hat Maurus etwa den Jungen auf dem Gewissen?

»Ich kann es an Ihren Augen erkennen. Sie fragen sich, ob

ich ihn ermordet habe. ... Ja, ich habe. Kinder gehörten nie zu meiner Zielgruppe. Aber wie der Zufall so spielte, stand in jener Nacht das Fenster des Kleinen offen. Ich brauchte nur das Fliegengitter auszuhebeln und befand mich in seinem Zimmer. Eigentlich wollte ich mich nur in der Wohnung umsehen. Nur gab es dort nichts zu holen. Als plötzlich der Junge erwachte und sich mir in den Weg stellte, musste ich handeln. Sein Schimpfen hätte man sonst gehört. Daher griff ich mir etwas, wohl einen Pokal, und schlug den Burschen damit auf den Kopf. Dass er gleich starb, tut mir bis heute schrecklich leid. Da ich ihn nicht liegen lassen konnte, warf ich ihn mir über die Schulter und verließ die Wohnung.« Maurus stoppte, nahm einen Schluck aus dem Wasserglas. »Noch in derselben Nacht brachte ich den Kleinen zur Kiesgrube und verbuddelte ihn. Den Rest kennen Sie.«

Nadine war speiübel. *Das war ein Kind, du Arsch! Vermutlich hat man den Pokal nie auf Fingerabdrücke untersucht.* Am liebsten wäre sie aufgestanden und hätte Maurus mit der Faust ins Gesicht geschlagen. Stattdessen blieb sie regungslos sitzen, blinzelte kurz und bat ihn, weiterzuerzählen.

Maurus, der mit ihrem Verhalten nicht gerechnet hatte, strafte sie mit einem durchdringenden Blick und bewegte den Kopf leicht nach rechts, so als erwartete er eine Reaktion. Da nichts dergleichen geschah, sprach er unverfroren weiter. »Was interessiert Sie noch?«

Nadine, die inzwischen die Hände gelöst hatte und einen inneren Drang verspürte, rauszurennen, um sich zu übergeben, atmete tief durch, als suchte sie nach dem letzten bisschen frische Luft. Das Gefühl zu ersticken, brachte sie fast zum Schreien.

»Was haben Sie mit Irina Koslowska gemacht?«

»Sie meinen die Kleine aus Freiburg?«

Nadine nickte stumm. *Ja, du Schwein.*

»So viele Schmerzen, so viel Einsamkeit und so viel Schuld«, begann Maurus fast lautlos zu umschreiben.

Nadine unterbrach ihn. »Bitte reden Sie lauter. Ich verstehe Sie kaum.«

»Kann ich noch ein Glas Wasser haben?«

Sie schenkte ihm nach.

Nachdem Maurus getrunken hatte, versank er in Gedanken, in düstere, wie es schien. Er furchte die Stirn und sein Gesicht verriet eine gewisse Anspannung.

»Herr Maurus?«, fragte Nadine nach.

Er zuckte zusammen und war tatsächlich seinen Vorstellungen erlegen.

»Entschuldigung. Wo waren wir stehen geblieben?«

»Sie wollten mir gerade etwas über den Verbleib von Irina Koslowska sagen.«

»Wollte ich das? Dann wird's wohl stimmen. Die Kleine hat mich durch ihre Kleidung provoziert. Kurzer Rock, Sie verstehen schon. In diesem Aufzug rennt doch keine Studentin rum. Wie ein Flittchen kam die mir vor. Sie hat mich ausgelacht und meinte, ich solle verschwinden. Daraufhin wurde ich wütend und habe sie erschlagen. Die Leiche verstaute ich dann im Auto und bin zurück nach Konstanz gefahren.«

»Wieso waren Sie überhaupt in Freiburg?«

»Ich fahre ab und an zum IKEA, weil Konstanz keinen hat.«

»Und wo ist die Leiche jetzt? Auch in der Kiesgrube?«

»Nein, in meinem Haus bei den anderen«, erklärte Maurus gelangweilt.

»Bitte was? Wie viele gibt es außer ihr?« Nadine war schockiert und starrte ihn erbost an.

»Keine Ahnung, ich habe aufgehört zu zählen. Deshalb trennte ich ihnen die Finger ab, um den Überblick zu behalten.«

Wie pervers ist das denn? Die junge Polizistin konnte nicht

mehr. »Eine letzte Frage noch. Wo befinden sich die Leichen?«
Sie unterdrückte ihre Tränen.

Maurus holte tief aus seinem Inneren Luft, als wollte er zum letzten Aufbegehren ausholen. »Sie liegen unter dem Fundament meines Anbaus. Dort ruhen sie in Frieden. Ohne Leid, nur mit meiner Liebe. Jetzt kann ihnen niemand mehr wehtun. Kein Mann. Denn es gibt nur mich.«

Der ist krank. Total krank. Nadine stand abrupt auf. »Liebe? Die *Sie* ihnen gegeben haben?«, begann sie zu schreien. »Was ist denn das für eine gequirlte Scheiße?«

Maurus schaute sie mit einer Mischung aus Arroganz und dem Blick für »Ich habe gewusst, dass sie nicht standhält« an. In seinen Augen zeichnete sich Hass.

Nadine musste raus. Sollte jemand anderer doch das Gespräch führen. Für heute reichte es ihr. Sie klopfte gegen die Tür und konnte es nicht erwarten, dieses Drecksstück hinter sich zu lassen. Nur raus. Einfach raus.

Das geringe Selbstwertgefühl, was sich bei Maurus mit zunehmendem Alter in einer völligen Ichbezogenheit ausgedrückt hatte, hatte ihn zum Mörder gemacht.

Die Tötung des Opfers selbst sei nicht das Berauschende gewesen, erzählte er später den Herren Selzer und Hufnagel, sondern der Moment zwischen Leben und Tod. Zudem hatte er niemals Angst verspürt, dass man sein Treiben irgendwann entdecken würde. Maurus war bewusst, dass man ihm eines Tages auf die Schliche kommen und seiner Besessenheit eine Ende setzen würde. Instinktiv sehnte er sich danach.

Bei der Suche in Maurus' Keller förderte man zwei Notizblätter zutage, aus denen hervorging, dass der ehemalige Polizist mindestens seit zehn Jahren Frauen unterschiedlichen Alters getötet hatte. Von fünf fanden sie sogar Ausweispapiere vor, die er ihnen im guten Glauben, dass die Leichen nie entdeckt werden würden, entwendet hatte. Darunter die von Ivonne Faeller, der Zwanzigjährigen, die letztmalig am Abend des 20.10.2007 in der Konstanzer Seestraße gesehen worden war, sowie die von Irina Koslowska, der Freiburger Studentin, die kurz danach spurlos verschwunden war. Zumindest diese Morde schienen gelöst, blieb nun die Identität der anderen zu klären.

Und noch eine vorletzte Frage geisterte Nadine Andres durch den Kopf. Hatte Maurus auch etwas mit dem Verschwinden des kleinen Mädchens aus Charlotte Kaufmanns ehemaliger Nachbarschaft zu tun? Denkbar war es. Aber wäre er so weit gegangen, sie zu töten? Immerhin hatte er selbst eine Tochter, zu der er im Geiste täglich sprach. Vermutlich mit einer Stimme halb lächelnd, halb traurig, jedoch ohne Hoffnung, sie je wiederzusehen. Inzwischen hatten sie sich längst aus den Augen verloren. Doch sie zu beschützen wie all die anderen, das hatte er nie vermocht.

Die letzte Frage allerdings war die nach dem Maulwurf in der Dienststelle. Wer war es, der Maurus alles mitgeteilt hatte, als säße er noch heute inmitten der Kollegen? Die Antwort blieb er jedoch den Beamten schuldig, bis sich die Sache per Zufall klären sollte. Frau Kleinschmidt, die liebenswürdige Büroperle, hatte ein schlechtes Gewissen bekommen und den anderen von ihrem Flirt mit Volker Maurus berichtet. Die beiden trafen sich hin und wieder zum Kaffee, bei dem die Endvierzigerin wohl ins Plaudern geraten war. Völlig aufgelöst war diese nun bereit, ihren sprichwörtlichen Hut zu nehmen und die Behörde zu verlassen, was man ihr schleunigst wieder ausreden konnte.

Es gab Tage, an denen man näher am Wasser gebaut hatte, so wie an diesem. Nadine war zum Heulen zumute. Die Tatsache, dass man Maurus des mehrfachen Mordes überführen konnte, stimmte sie nicht froh. Endlich konnten unzählige Vermisstenmeldungen geklärt und den Verwandten ihre Liebsten zurückgebracht werden. Nur waren sie nicht mehr am Leben. Was war besser? Das Wissen um sie? Oder das Hoffen, dass sie eines Tages vor ihren Familien stünden?

Die Stimmung der vier Kollegen an diesem Donnerstagabend war wie das Wetter. Wechselhaft, tränenreich und aus allen Wolken fallend. Irgendwie lag Melancholie in der Luft, als führe ein jeder ein Zwiegespräch, wie etwa, ob man die Arbeit richtig gemacht hatte oder dass es Zeit war, den Job an den Nagel zu hängen. Und da waren sie wieder diese Selbstzweifel, dass es was Besseres gäbe als den Beruf bei der Kriminalpolizei.

Aber als dann die letzte Stunde bis zum Feierabend vergangen war und Hufnagel wie auch Hübner ihre Computer heruntergefahren hatten, Nadine von der Toilette zurückgekehrt war, sprach Selzer den erlösenden Satz, den alle in sich aufnahmen und der sie durch den Rest des Tages tragen sollte. »Kein Mord verjährt.«

Gleichzeitig kämpfte sich die Sonne durch das Dunkel der Wolken, ließ ein paar Strahlen auf die Erde hinab und erwärmte das Kalte in den Menschen. Es verblasste und das Warme rückte unausweichlich voran. Was blieb, war die Hoffnung auf einen ungetrübten Sommer, den Linda Wendel ebenso in den Himmel schauend herbeisehnte und mit einem von Herzen kommenden Seufzer bekundete.

ENDE

NACHWORT

Erfahrungsgemäß erledigen sich etwa 50 % der Vermissten-Fälle innerhalb der ersten Woche. Binnen Monatsfrist liegt die *Erledigungs-Quote* bereits bei über 80 %. Der Anteil der Personen, die länger als ein Jahr vermisst werden, bewegt sich bei nur etwa 3 %.

Knapp zwei Drittel aller Vermissten sind männlich. Etwa die Hälfte Kinder und Jugendliche. Für ihr Verschwinden gibt es die unterschiedlichsten Gründe (Probleme in der Schule oder mit den Eltern, Liebeskummer etc.).

Falls eine Vermisstensache nicht aufgeklärt wird, bleibt die Personenfahndung bis zu 30 Jahren bestehen.

(Quelle: www.bka.de – *Wie viele Personen werden in Deutschland vermisst?*)

Das Buch ist für all jene, die einen geliebten Menschen vermissen.

Angenommen **DEIN** Kind verschwindet spurlos.
Und Tag für Tag verfolgen **DICH** die gleichen Fragen.
Wo ist es? Geht es ihm gut?
Würdest **DU** daran zugrunde gehen?

**Das ist eine schwierige Frage,
auf die es wohl keine Antwort gibt.**

Liebe Leserin, lieber Leser,

herzlichen Dank, dass Sie dieses Buch gekauft haben. Ich hoffe, dass Sie beim Lesen genauso viel Spaß hatten wie ich beim Schreiben. Zu jeder Jahreszeit hat ein Urlaub am Bodensee seinen eigenen Charme – erleben Sie es selbst!

Wenn Ihnen meine Krimis gefallen, habe ich noch eine Bitte an Sie. Als verlagsunabhängige Autorin kümmere ich mich auch um das Marketing meiner Bücher. Daher bin ich auf Ihre Unterstützung angewiesen. Sie helfen mir, wenn Sie meine Bücher bei Amazon bewerten, über sie sprechen und sie weiterempfehlen. Twittern Sie über das Buch, erwähnen Sie es auf Facebook, Google+ oder anderen Plattformen.

Ich belohne meine treuen Leserinnen und Leser bei jeder Neuerscheinung, indem sie das E-Book für einige Zeit zu einem sehr günstigen Preis erwerben können. Sie erfahren von diesen Aktionen auf meinen Seiten im Internet.

Wünschen Sie weitere Informationen über mich und meine Bücher? Besuchen Sie mich doch einmal unter:

Kontakt
janette.john@web.de
Facebook
www.facebook.com/Janette-John-KrimiAutorin
Twitter
www.twitter.com/Janette_John
Homepage
www.janettejohn.de

In jedem Fall freue ich mich und wünsche Ihnen alles Gute!

Herzliche Grüße vom Bodensee

Ihre Janette John

Über die Autorin

Janette John, ein Kind der Endsechziger, ist in Berlin aufgewachsen, hat dort studiert und ging danach beruflich ins Ausland. Nach ihrer Rückkehr war sie für ein paar Jahre in der Werbebranche tätig und etablierte sich schließlich im Vertriebswesen. Heute lebt sie mit ihrer Familie in Süddeutschland und verschwindet von Zeit zu Zeit in den Großstadttrubel ihrer Kindheit.

Fasziniert von spektakulären Kunstrauben, verzwickten Morden und interessant inszenierten Filmen präsentierte sie erfolgreich mit Mit mörderischem Kalkül ihren Thriller-Auftakt und ging mit den darauffolgenden Büchern weiter ihrer kriminellen Fantasie nach, die schon in frühester Jugend begonnen hat.

ZEIT VOLLER ZORN
(KRIPO BODENSEE 5)

KURZ VOR WEIHNACHTEN – KONSTANZ

Nadine und Daniel gingen noch einmal in den Keller und durchsuchten ihn gründlich. Irgendetwas hatten sie übersehen. Ein Gedanke durchzuckte Nadine, dass es vielleicht nicht Moser gewesen war, der den Mord begangen hatte. Doch wem war ein derart brutaler Mord zuzutrauen? Jemanden zu erstechen, war eine Sache. Ihn wie ein Tier ausbluten zu lassen, eine andere. Hatte man es womöglich mit einem Ritualmord mit religiös angehauchtem Hintergrund zu tun? Oder wollte der Mörder die junge Frau nur langsam sterben lassen? War es Hass, und wenn ja, warum?

»Ich komme mir wie ein Idiot vor«, sagte Nadine, als die beiden den Keller verließen.

»Das Gefühl kenne ich«, erwiderte Selzer resigniert.

»Das kann doch kein Zufall sein, dass Mannteufel über jeden Schritt, den Moser an jenem Abend tat, Bescheid wusste. Eigentlich hatte ich gehofft, hier eine Kamera vorzufinden«, meinte Nadine enttäuscht.

»Ich weiß, aber ich nehme an, man darf das aus daten-schutzrechtlichen Gründen nicht.« Selzer schloss langsam die

Metalltür und ließ seine Augen auf ihr wandern. »Seltsam!«, bemerkte er, als er darauf einen Spion entdeckte. Normalerweise kannte Daniel sie aus Wohnhäusern, nicht aber in einem Keller. Wortlos zog der junge Mann Nadine am Ärmel und wies auf das zehn Cent große Teil in Augenhöhe.

»Ein Spion?«, hinterfragte Nadine.

Selzer schüttelte den Kopf und formte mit Daumen und Zeigefinger beider Hände ein Rechteck, welches Nadine als Symbol deutete. »Eine Kamera?«, fügte sie flüsternd an.

Ihr Kollege nickte, ballte eine Faust mit aufgerichtetem Daumen und zeigte sie Nadine.

»Ich fühle mich irgendwie beobachtet. Lass uns gehen!«, forderte Nadine ihren Kollegen auf, der seinerseits den Blick gen Decke schweifen ließ, um nach weiteren Kameras Ausschau zu halten. Doch vergeblich. Erst über dem Haupteingang der Hochschule wurde er fündig und blickte hinauf zu einer Videokamera, die hier wohl offiziell installiert worden war.

Die beiden verließen das Gelände.

Unterdessen verschanzten sich Hübner und Hufnagel hinter ihren Computern und recherchierten alles, was es über den Studenten David Moser zu lesen gab. Zum Glück war das Internet ein fleißiger Diener. Dank Facebook und Instagram kamen sie schnell hinter einige pikante Details des jungen Mannes.

Moser liebte ausschweifende Feste. Postete regelmäßige Schnappschüsse auf seinem Facebook-Account und kommentierte sie. Er gehörte nicht gerade zur Sorte *everybody's darling*. Einige seiner Exfreundinnen, die es wohl zu Hauf gab, beschwerten sich dort. Immer wieder wurde der Student als Hallodri oder Frauenheld betitelt, was er sogleich mit *freiheitsliebend* abschmetterte.

Hübner scrollte über die Fotos und entdeckte schließlich ein

Bild aufgenommen im Februar, auf dem Moser inmitten einer kleinen Gruppe weiß gekleideter sowie geschminkter Personen stand.

»Kommen Sie bitte mal!«, forderte Hübner seinen Kollegen auf, der seinerseits in seinen Computer vertieft war und zunächst irritiert zusammenzuckte. »Oh sorry, habe ich Sie etwa gestört?«, klang es entschuldigend.

Tatsächlich, das hatte er. Hufnagel war in Anbetracht der vorangeschrittenen Zeit nicht mehr so aufnahmefähig wie Hübner. Um sich die Zeit zu vertreiben, hatte er sich im Internet das Weihnachtsfernsehprogramm angeschaut. Schnell schloss Hufnagel die Seite, erhob sich behäbig vom Stuhl und ging zu Hübner.

»Schauen Sie! Ich würde sagen, das Nachthemd unserer Toten. Nur dass diese Nachthemdenträger *hier* noch leben.« Hübner wies mit dem Finger auf seinen Bildschirm.

»Gut möglich, Herr Kollege«, entgegnete Hufnagel.

Im gleichen Moment ertönte das laute Klingeln von Hübners Telefon mit einer für ihn unbekannten Nummer.

Hübner nahm ab.

»Herr Hübner?«, ertönte die Stimme einer älteren Frau.

»Ja, mit wem spreche ich?«, entgegnete der Polizist schroff. Achselzuckend blickte er seinen Kollegen an.

»Na, mit Frau Paul. Mir ist da noch etwas eingefallen. Sie wollten doch wissen, wie der junge Mann hieß.«

Langsam wusste Hübner, wer sie war. *Die Dame aus Radolfzell.*

»Ach, Sie sind es! Wie ist denn sein Name?«

»David Moser. Er hat damals bei mir zwölf Nachthemden gekauft und wollte dafür eine Quittung. Natürlich bewahre ich so etwas immer auf. Sie wissen ja, das Finanzamt ...«

Hübner nickte. »Ja, ich weiß. Die Quittung, kann ich die haben?«, fragte er nach.

Frau Paul verstummte für ein paar Sekunden und ließ sich mit der Antwort Zeit. »Ja, warum eigentlich nicht. Wenn Sie sie mir wiederbringen, gerne.«

»Gut, dann hole ich sie mir gleich ab«, entgegnete Hübner entschlossen und setzte vorsorglich nach: »Nur wenn's Ihnen recht ist.«

»Jetzt noch? Junger Mann, morgen ist Weihnachten, eigentlich wollte ich ...«, sie stockte, »... na gut, wenn's denn hilft. Aber dann kommen Sie bitte sofort!«

Hübner versprach es, druckte das Foto von Mosers Gruppe aus und verschwand mit einem raschen »Dann bis später« aus dem Büro.

Hufnagel schaute ihm böse nach. *Dann bis später.* »Wohl kaum. Irgendwann ist Feierabend. Ich rufe jetzt Selzer an und sag es ihm«, sprach er entschlossen zu sich. Andererseits übermannte Hufnagel das schlechte Gewissen, jetzt, wo jede Hand gebraucht wurde.

Etwa eine halbe Stunde später klopfte Hübner an die Glastür des kleinen Spielwarengeschäftes von Frau Paul.

Leicht gekrümmt, sich am Gehstock stützend, kam die alte Dame aus einem der Nebenzimmer heraus. Langsam näherte sie sich der Eingangstür, öffnete sie und begrüßte den Polizisten mit einem Händedruck. »Treten Sie ein!«

Hübner schaute sich im Geschäft um. Anscheinend war sie gerade dabei, das Inventar aufzulösen. Überall standen Kisten. Einige waren offen, andere geschlossen. Die Wände säumten leere Regale, davor standen Kisten mit Bekleidung sowie Wäschekörbe voll mit Plüschtieren.

»Jaja«, hauchte die alte Dame, »so ist das nach vierzig Jahren.

Meine Kinder wollten kein Spielwarengeschäft und so musste ich alles für kleines Geld verkaufen. All die vielen schönen Sachen. All die schönen Sachen ... Ich bin zu alt, kann nicht mehr. Glauben Sie mir, das hat wehgetan.« Sie lief zu einem längeren Holztisch, holte aus einer der Schubladen ein schwarzes Lederbuch heraus und zog den Quittungsblock hervor. »Hier steht sein Name! Er hat damals je drei Hemden in S, M, L und XL gekauft. Die waren sooo billig. Ein richtiges Schnäppchen, sag ich Ihnen. Ein richtiges Schnäppchen.«

Hübner seinerseits reichte Frau Paul das Foto von Moser. »Ist das der junge Mann?«

Frau Paul nahm es an sich, blinzelte, als hätte sie Probleme mit dem Sehen und hielt es dicht vor die Augen.

»Ja, das ist er. Kann mich noch gut an ihn erinnern, der sah aus wie ein Riese. Schauen Sie mal, er trägt sogar das Nachthemd!«, sagte sie erfreut und fügte an: »Die anderen auch.« Sie meinte die Leute um Moser herum.

»Sind Sie sicher?«

»Ja, sehen Sie doch, die kleinen Biesen entlang der Knopfleiste! Die gab's nur bei mir. Die Hemdglonkerhemden von heute sind nicht mehr so aufwendig verarbeitet. Sonst wären sie zu teuer.«

»Biesen?«

»Kennen Sie nicht? Das sind die kleinen Fältchen hier«, die alte Dame zeigte stolz auf die zierlichen Nähte seitlich der Knopfleiste, welche deutlich auf dem Foto zu sehen waren. Ihr Händezittern ließ sich nicht mehr vermeiden.

»Danke, Frau Paul. Sie haben mir sehr geholfen. Ich bringe Ihnen die Quittung nach den Feiertagen zurück. Frohes Fest.«

»Das wünsche ich Ihnen auch«, antwortete die Seniorin, schloss tief seufzend die Ladentür und schritt bedächtig zurück in ihr Geschäft.

Nach einer weiteren halben Stunde stand Hübner wieder im Büro. Inzwischen hatten sich dort auch die anderen eingefunden. Sie saßen an ihren Schreibtischen.

»Guten Abend«, knurrte Hübner.

»Guten Abend«, wiederholten die anderen im Chor.

Um keine Zeit zu verlieren, legte Hübner sofort los und erzählte von der alten Dame mit den Nachthemden. Nadine wähnte sich aufgrund seiner Informationen bereits daheim. Sie war müde, erschöpft und hatte den ganzen Tag kaum etwas gegessen. Außerdem plagte sie ein latentes Schwindelgefühl, das einfach nicht weichen wollte. Sie schob es auf den Stress der letzten Tage, die Übermüdung und fortwährende Unzufriedenheit mit ihrem Liebesleben. Einen Arzt aufzusuchen, dafür blieb keine Zeit. Und eine Krankschreibung, jetzt vor Weihnachten, ging schon mal gar nicht. Also hieß es durchhalten, die Zähne zusammenbeißen und die Stunde X für den Urlaub herbeisehnen.

»Angenommen, er hat die Nachthemden gekauft, wovon wir ausgehen können, sollten wir ihn danach befragen. Vielleicht legt er jetzt ein Geständnis ab«, murmelte die Polizistin erschöpft und stützte den Kopf in die rechte Hand. Es sah beinahe so aus, als wollte sie jeden Moment einschlafen.

»Müde?«, fragte Selzer.

»Geht so. Lange halte ich das nicht mehr aus. Habt ihr mal auf die Uhr geschaut?«, meinte Nadine.

Selzers Uhr zeigte ein paar Minuten nach acht. »Passt auf, wir holen uns Moser noch mal zum Gespräch und gehen dann heim. Für heute habe ich die Nase voll. Einverstanden?«

Alle stimmten ihrem Chef mit einem Kopfnicken zu.

»Also, Herr Moser, jetzt wäre wohl die Wahrheit angebracht«, stocherte Nadine. »Laut dieser Quittung haben Sie am achtundzwanzigsten Januar zwölf Nachthemden in Radolfzell erworben. Die Verkäuferin hat Sie wiedererkannt. Außerdem steht zweifelsfrei fest, dass die Tote eines dieser Nachthemden in Größe S getragen hat. Die KTU hat's bestätigt.«

Moser sah auf die Quittung, die ihm Frau Andres zittrig vor die Augen hielt.

»Sie zittern«, meinte er und schaute der jungen Frau in die Augen, die ihrerseits auf ihre Hand starrte. »Aber das macht mich noch lange nicht zum Mörder. Es gibt viele Nachthemden, warum soll sie ausgerechnet eins von meinen getragen haben? Ich habe zwar zwölf gekauft, aber drei wurden gestohlen.«

»*Geklaut!?*«, wiederholte Nadine ungläubig. »Was Besseres fällt Ihnen wohl nicht ein? Wem haben Sie die Nachthemden gegeben? Name, Anschrift!« Ihr Ton klang zunehmend gereizter und verschärfte sich.

Moser schlug die Arme ineinander und presste sich gegen die Stuhllehne.

»Das ist ein knappes Jahr her. Ich weiß es nicht mehr. Es waren Leute aus der Uni. Aber keiner von denen trug S, das waren alles Männer etwa so groß wie ich. Mir ist das erst gar nicht aufgefallen. Erst als mich eine Bekannte fragte, ob sie mir ein Hemd leihen könne, bemerkte ich den Verlust. Letztendlich war es mir egal«, tat er den Diebstahl ab.

Nach dem Verhör führte man Moser wieder in die Zelle.

»So Herrschaften«, resümierte Nadine, »wir haben einen Tag vor Heiligabend. Jeder hat noch etwas vor. Andererseits haben wir einen ungeklärten Mord. Wenn ihr mich fragt, sprechen alle Indizien gegen Moser. Und die Sache mit den Nachthemden stinkt nun wirklich zum Himmel. Das mit dem untergeschobenen Messer klingt ebenfalls unglaubwürdig. Daher schlage ich einen Cut vor.« Für einen kurzen Moment genoss sie die fragenden Blicke ihrer Kollegen, die wohl auf eine Erklärung hofften.

Nadine ging zur Miniküche, entnahm dem Kühlschrank eine Flasche Sekt, die dort schon seit Längerem gestanden hatte. Wortlos stellte sie die Flasche auf den Besprechungstisch und holte Gläser aus dem Schrank. »Wir gönnen uns jetzt ein Gläschen zum Jahresausklang!«

Selzer lächelte und öffnete den Verschluss mit einem hörbaren Plopp.

Kurz darauf prostete man sich im Stehen zu und genoss die kleine Unterbrechung.

»Was wäre, wenn Moser den Mord nicht begangen hat?«, sinnierte Hufnagel. »Mhm, wenn ich so darüber nachdenke, würde ich meinen, dass wir uns mit dem Opfer zu wenig auseinandergesetzt haben. Gut, ihren Freund Sebastian können wir als Tatverdächtigen ausschließen. Aber wir sollten uns noch mal mit dieser Vanessa unterhalten, die weiß ganz sicher mehr, als sie uns bisher hat glauben lassen. Beste Freundinnen erzählen sich doch sonst alles. Wenn ich an meinen gestrigen Besuch im Müller-Drogeriemarkt zurückdenke, was gab es da nicht alles für Mädchen zu kaufen. Beste Freundinnen-Hefte, Poesiealben und Tassen. Alles in Pink und Rosa. Mit Sicherheit wussten die beiden Mädels alles voneinander und das seit ihrer Kindheit.« Hufnagel nahm einen Schluck Sekt und ließ seine Gedanken in die Vergangenheit schweifen. *Wo ist eigentlich Danielas Poesiealbum? Sie war immer so stolz auf das kleine Büchlein mit dem Pferd obendrauf. Es war ihr Heiligtum. Keiner durfte darin blättern. Nur sie.* Hufnagel bekam ein versöhnliches Gesicht. Der Gedanke an seine Tochter stimmte ihn milde.

Seine Kollegin konnte sich ein Schmunzeln nicht verkneifen. *Hufnagel und stöbern?*

»Okay, was soll's, schlagen wir uns eben die Nacht um

die Ohren«, bemerkte Nadine. »Wer begleitet mich?« Ein prüfender Blick machte die Runde.

»Ich komme mit«, meinte Selzer und erklärte: »Vorschlag: Da wir beide morgen verreisen wollen, übernehmen wir das jetzt, während Sie beide«, seine Augen wanderten zu Hübner, dann zu Hufnagel, »nach Hause gehen können und morgen dafür Bereitschaft schieben. Sollten wir die Sache heute noch klären können, haben Sie morgen frei! Wenn nicht, werden Sie Ihren Beruf verfluchen. DEAL?«

»Deal!«, ertönte es gemeinschaftlich.

»Gut, wir halten Sie auf dem Laufenden«, versprach Selzer sichtlich zufrieden und machte sich mit Nadine zur besten Freundin von Carmen Sauer, Vanessa Kübel, auf. Die Tatsache, dass sie in der Nähe wohnte, machte es einfacher.

»Darf ich Ihnen meinen Kollegen vorstellen?« Nadine Andres deutete auf Selzer, der von ihr abgewandt aus dem Flurfenster schaute. Er mochte diese alten Häuser aus der Jahrhundertwende ihrer Geschichte wegen und gönnte sich einen Blick hinaus auf den Innenhof. Ein großer Kastanienbaum stand in dessen Mitte. Um ihn herum eine Reihe Plastikcontainer, für Rest- und Biomüll sowie Papier. Etwas weiter hinten, auf einem Stück Wiese, befand sich ein winziger Spielplatz. »Daniel Selzer, mein Chef und leitender Ermittler der Mordkommission.« Selzer drehte sich den Frauen zu und begrüßte Frau Kübel. »Wir hätten noch ein paar Fragen an Sie. Dürfen wir hereinkommen?«

Frau Kübel hatte zu dieser späten Stunde anscheinend nicht mehr mit Besuch gerechnet und zeigte sich in Wohlfühlkleidung. Ein bequemes Shirt samt legerer Hose war die Antwort der OP-Schwester auf einen stressigen Tag.

Ungern ließ die junge Frau die Beamten in die Wohnung.

Kurz darauf ging man ins modern eingerichtete Wohnzimmer und setzte sich auf die bequeme Sitzgruppe. Daniel Selzer und Nadine Andres auf das Sofa. Vanessa Kübel ihnen gegenüber auf den Sessel.

Selzer musterte die junge Frau und fand sie sympathisch. An ihrem schlanken Körper wirkte die lässige Kleidung geradewegs schick. Sie verlieh ihr eine gewisse Sportlichkeit, die der athletische Selzer bei einer Frau durchaus zu schätzen wusste.

Nadine entging der genüssliche Blick Selzers nicht. Sie ignorierte ihn.

»Bei unserem letzten Besuch erwähnten Sie, dass Ihre Freundin keinen Liebhaber hätte. Inzwischen hat sich das Gegenteil herausgestellt. Wieso lügen Sie uns an?«, konfrontierte die Kripobeamtin Frau Kübel.

Die junge Frau fühlte sich sichtlich unwohl und schob sich unruhig auf dem Sessel umher.

»Carmen ist ... ähm ... war meine beste Freundin. Hätten Sie Ihre Freundin mit so etwas angeschwärzt?«, entgegnete sie und schaute Nadine fragend an.

»Nein, hätte ich nicht. Aber meine Freundin ist auch nicht ermordet worden«, gab Nadine barsch den Schlag zurück.

»Hören Sie, Frau Kübel, Ihre Freundin wurde grausam getötet. Ihr Mörder hat sie bewusst verbluten lassen und wollte mit der Zurschaustellung eines Engels ein Zeichen setzen. Unsere Aufgabe ist es, herauszufinden, warum. Ich schließe einen nächsten Mord nicht aus, es sei denn, wir kennen das Motiv.«

Nächster Mord, na ja, eine kleine Notlüge wird sie hoffentlich zum Reden bringen. Und die Polizistin sollte recht behalten.

Selzer übernahm das Gespräch. »Denken Sie nach! Ist Ihnen in letzter Zeit etwas Ungewöhnliches an Ihrer Freundin aufgefallen?«

Frau Kübel verlagerte ihr Gewicht und setzte sich gerade in den Sessel.

»*Aufgefallen?* Das eher nicht. Aber sie war nicht die, für die man sie hielt. Früher oder später werden Sie es sowieso herausfinden«, begann Vanessa und schien nachzudenken. »Carmen war kein Unschuldslamm, wie alle glaubten. Von Treue hielt sie eher wenig, meinte, sie wäre nicht mehr zeitgemäß, und prahlte ständig mit ihren Bettgeschichten. Sebastian war für sie nur noch ein Alibi, mehr nicht. Manchmal nahm sie sogar Geld für Sex. Wissen Sie, die Eltern waren nicht gerade wohlhabend. Und ihre Mutter hatte selbst kaum Bares.«

»Na ja, aber deshalb die Freundin ermorden?«, überlegte Nadine. »Dann wären aber eine Menge Leute tot.« Sie blickte erwartungsvoll auf Vanessa und hob die Augenbrauen.

»Und sonst, was fällt Ihnen sonst noch ein?«, bohrte Selzer weiter.

»Ich kenne Carmen, seit wir Kinder waren. Nein, einfach war sie nie. Selbst im Kindergarten musste sie die Kinder piesacken und hänseln. Carmen war ein süßes Ding mit ihren großen Locken und den dunklen Augen. Schon damals waren die Jungen hinter ihr her. Irgendwie gab es wegen ihr immer Stress. Aber mir gegenüber war sie stets liebevoll«, erzählte die junge Frau traurig. Frau Kübel wirkte mit dem, was sie sagte, glaubhaft und man sah ihr den Verlust ihrer Freundin an.

»Was fällt Ihnen zu David Moser ein?«, fragte Selzer ruhig.

»David? David war einer ihrer Liebhaber. Die zwei trafen sich in letzter Zeit häufig. Aber selbst den konnte sie nicht in Ruhe lassen. Nannte ihn immer Popeye, seiner großen Muskeln wegen. Carmen fand ihn doof ...«

Nadine unterbrach die junge Frau. »*Popeye?* Die Comicfigur?«

»Ja DIE!«

»Und wie reagierte er?«, stocherte Nadine nach.

»*Wie?* Keine Ahnung. Aber ich glaube, der hat ihr wohl manchmal eine gescheuert. Aber gesagt hat sie nichts. Als Krankenschwester bin ich einiges gewöhnt und ungewöhnliche blaue Flecken erkenne ich sofort.«

»Würden Sie Herrn Moser einen Mord zutrauen?«, hinterfragte Selzer und blickte auf seine Uhr. Inzwischen war es 21.30 Uhr.

»Ja, dem schon. Wissen Sie, Carmen und er nahmen sich nicht viel. Waren beide vom gleichen Kaliber. David zettelte immer mal wieder eine Schlägerei im Studentenwohnheim an, die dann aber vertuscht wurde. Die Eltern regelten das jedes Mal mit Geld. Reiches Elternhaus. Sie wissen schon!«

Die beiden Polizisten gaben sich mit Frau Kübels Aussage zufrieden und verabschiedeten sich.

»Was hältst du von einem Absacker?«, fragte Nadine ihren Kollegen und stellte vor Kälte den Kragen ihrer Jacke aufrecht. Mit einer leichten Kopfbewegung schmiegte sie sich in das warme Material.

Selzer schaute erschrocken.

»Geht's dir nicht gut, Nadine? Seit wann willst du mit mir was trinken gehen?«

»Willst du oder willst du nicht? Ich frage nur einmal, Daniel.«

Selzer willigte ein, und die beiden begaben sich in Richtung Hieronymusgasse, um im K9, einem alt eingesessenen Konstanzer In-Lokal, den erwähnten Absacker zu nehmen.

»Das heißt, wir sind am Ziel angekommen und Moser ist unser Täter«, erklärte Nadine den Mord an Carmen Sauer für gelöst.

Selzer nickte. Falls er tatsächlich der Schlüssel zu allem war, hatte Moser die Studentin getötet und sie im Stadtgarten zur

Schau gestellt. Die Indizien sprachen eindeutig dafür. Das Katz-und-Maus-Spiel hatte ein Ende. Womöglich hatten die reichen Eltern Mosers einen Verteidigungsplan erarbeitet und mögliche Antworten dem Sohn zurechtgelegt.

Die Faktenlage jedoch sprach eindeutig gegen den Studenten.

Erstens: Das Nachthemd, das die Tote getragen hatte, stammte zweifelsohne aus dem Radolfzeller Verkauf.

Zweitens: Die Fingerabdrücke auf der Tatwaffe waren ebenfalls von David Moser.

Selzer und Andres einigten sich, Hübner und Hufnagel sogleich in Kenntnis zu setzen. Sie schickten ihnen eine WhatsApp, statt zu telefonieren, um die Leute im Lokal nicht unnötig zu beunruhigen. Danach machten sich die beiden das letzte Mal für dieses Jahr ins Büro auf, ordneten ihre Unterlagen, sichteten die angekommenen Mails und erklärten David Moser vorerst zum mutmaßlichen Mörder. Aufgrund des dringenden Tatverdachts behielt man den Verdächtigen weiterhin in U-Haft. Alles Weitere folgte dann im nächsten Jahr.

Nachdem die zwei Kripobeamten alles zu ihrer Zufriedenheit erledigt hatten, schnappten sie die Jacken und verließen raschen Schrittes das Polizeirevier. Vor dem Haus schenkte Nadine ihrem Kollegen noch eine flüchtige Umarmung, wünschte ihm einen schönen Urlaub und presste einen sanften Kuss auf seine rechte Wange. Selzers männlich herber Duft blieb wie eine Klette an ihr kleben und begleitete sie bis zum Parkplatz.

Der Geruch verschwand, genau wie Selzer, während Nadine mit einem unguten Gefühl ihren Roller startete. *Und wenn? ... Ach was, Moser ist der Mörder ...!?*

1. IRGENDWO IN DER STADT

Das ständige Dunkel eines Wintermorgens, die Tristesse machten Herrn Tal auch noch nach Jahren zu schaffen. Er litt unter der Finsternis, benötigte Zeit, um sich an sie zu gewöhnen. Mit müden Augen presste er die flache Hand gegen die Schlafzimmerfensterscheibe, sinnierte in die Schwärze, die sich davonschlich und das spärliche Licht des aufkommenden Tages hindurchließ.

Ein paar glückliche Gedanken schwirrten ihm durch den Kopf. Er dachte an die letzten Monate, als Katharina und er ihrer beinahe vierzigjährigen Ehe Auftrieb verschafft hatten, indem sie sich dem Schwarzwaldverein e. V. Konstanz anschlossen. Früher waren sie oftmals wandern gewesen. Doch Familie und Beruf ließen ihr Hobby allmählich einschlafen. Unzufriedenheit machte sich in ihm breit. Seit der Pensionierung wurde er zerstreuter, langweilte sich und wusste nicht, wie er den Tag herumbringen sollte, während seine Frau ihre Zeit als Seniorin genoss. So hatte er sich das Rentnerdasein nicht ausgemalt. Bis zu seinem Bandscheibenvorfall hatte er aktiv Fußball gespielt. Danach war es damit vorbei. Was hatte er für Pläne gehabt. Mit Katharina die Welt ansehen und mehr Zeit mit ihr verbringen. Genauso hatte er sich die Rente vorgestellt und jetzt herrschte nur Langeweile.

Katharina, seine Frau, stand unterdessen auf und wusste, dass er in diesen Minuten für sich sein wollte. Lautlos huschte sie ins Bad. Mit müden Augen schaute sie in den Spiegel, zog ein paar Grimassen und bändigte ihr strubblig silbergraues Haar. Sie streifte ihre Kittelschürze über und ging in die Küche, um die Kaffeemaschine anzustellen. Den ersten Kaffee trank sie für gewöhnlich ohne Partner und kritzelte ein paar Notizen mit Dingen, die sie erledigen wollte, auf einen Block.

»Oh, heute ist Nikolaus!«, stellte sie erschrocken fest. Sie besann sich jener Zeit, in der die Töchter Kinder waren und gleich nach dem Aufstehen zu ihren Stiefelchen gerannt kamen, um nachzusehen, was der Nikolaus gebracht hatte. Ein Lächeln legte sich auf ihre Lippen. Für Sekunden war sie glücklich und seufzte vor sich hin, derweil sie ihren beleibten Mann den Flur entlangschlurfen hörte.

Der Blick durch die Küchentür mit dem alltäglichen »Guten Morgen« läutete für das Rentnerpaar einen neuen Tag ein.

Kurz darauf vernahm Frau Tal ein ihr bekanntes Geräusch. Die Wohnungstür fiel ins Schloss und sie wusste, dass Wolfgang im Begriff war, die Tageszeitung aus dem Briefkasten zu holen.

Im Anschluss setzte er sich im Jogginganzug zu ihr, schnaufte hörbar durch, um zu signalisieren, dass das Treppensteigen anstrengend gewesen war. Jetzt konnte der Tag für ihn beginnen. Den Politikteil der Zeitung blätterte er für gewöhnlich durch. Auch der Rest interessierte ihn nur wenig und verhalf zu keiner Besserung seiner ohnehin angespannten Laune. Erst beim Lokalteil begann Herr Tal akribisch zu lesen. Entweder weil ihm die Personen geläufig waren oder weil er zumindest schon einmal von ihnen gehört hatte.

»Hase, heute ist Nikolaus! Weißt du noch, wie sich die Mädels immer darauf gefreut haben?«, fragte Katharina und wollte losplaudern.

Wolfgang war jedoch ein Morgenmuffel und nicht aufgelegt

zum Reden. Er senkte den Blick auf den Küchentisch und beobachtete lieber die Fliege, anstelle mit ihr zu reden. *Nikolaus,
Kinderkram. Wie kommt sie jetzt darauf? Na ja, sich eine Kleinig-
keit schenken, ist nicht verkehrt.* »Jaja, die Kinder. Das war eine
besondere Zeit und anstrengend«, gab er fast zwanghaft von
sich, nur damit er etwas sagte.

Viel Gesprächsstoff hatten die beiden ohnehin nicht mehr.
Lediglich die Frage des wöchentlichen Einkaufens gehörte zu
den Highlights ihrer Gesprächskultur. Doch Wolfgang mochte
Katharina wie eh und je. Nach all den Jahren hatte sie nicht
an Attraktivität verloren. Ihre burschikose, selbstsichere Art,
die sie in ihrem Beruf als Erzieherin täglich unter Beweis zu
stellen hatte, waren der Auslöser gewesen, um sich in die zierliche Frau mit Bubikopf zu verlieben. Böse Zungen jedoch
dichteten ihr die berühmten Haare auf den Zähnen an. Im
Kindergarten, in dem sie über zwanzig Jahre tätig gewesen war,
führte sie ein hartes Regime. Nicht nur Lob, sondern auch
Tadel hatte ihr die Arbeit eingebracht. Katharina Tal beharrte
auf ihre Meinung, ließ sich durch nichts beirren. Ihrer Ansicht
nach brauchte es eine strenge Hand. Disziplin war die Lösung
aller Erziehungsprobleme. Selbst die eigenen Kinder konnten
davon ein Lied singen. Wolfgang, der sich aus der Kindererzie-
hung herausgehalten hatte, bereute heute diesen Schritt. Die
Töchter besuchten sie nur noch selten, weil ihnen das ständige
Maßregeln der Mutter missfiel.

»Wolfgang!«, hörte er seine Frau rufen und war gedanklich
sofort bei ihr. Frau Tal hasste es, wenn man ihr keine Beachtung
schenkte. »Hörst du mir überhaupt zu?«, setzte sie fordernd
nach.

Tal nickte und schenkte der Gattin ein aufgesetztes Lächeln,
wie er es kürzlich in einer Fernsehsendung gesehen hatte. Man

befeuchtete die oberen Zähne mit der Zunge und präsentierte das Gebiss. *Was will sie denn schon wieder?*

»Heute ist heiliger Nikolaus«, erklärte Katharina schulmeisterhaft.

Wolfgang schaute sie fragend an. *Na und? Was geht das mich an?*

»Ach Wolfi. Du wirst vergesslich. Hast du etwa die Lesung in Sankt Gebhard verschwitzt? Das hatten wir alles besprochen. Erinnerst du dich?«

Wie Tal ihre Schuldzuweisungen hasste. Klar erinnerte er sich. Das ständige In-die-Kirche-Gehen mochte er ohnehin nicht. Sonn- und Feiertags erschienen ihm ausreichend. Und jetzt auch noch dienstags, einem stinknormalen Wochentag.

»Muss ich da mit?«, fragte er trotzig nach. »Das schaffst du doch ohne mich.« Für gewöhnlich lenkte sie jetzt ein.

Frau Tal schaute ihren Mann aus schmalen Augen an, gab ihm zu verstehen, dass sie dessen Wunsch missbilligte. Andererseits sah sie ihre Vorteile. So konnte sie nach dem Gottesdienst einen Spaziergang tätigen, ohne das ständige Gemaule des Gatten ertragen zu müssen.

»Bleib daheim!«, knurrte sie. »Nur glaub nicht, dass ich sofort nach Hause komme. Frau Maier hat mich zu einem Glas Sekt eingeladen«, flunkerte sie und tat beleidigt.

Wolfgang gab sich geschlagen, drückte sich gegen die Stuhllehne und blätterte erneut in der Zeitung, unterdessen er sich mit der flachen Hand über die verschwitzte Stirn fuhr. *Soll sie gehen. Kann ich mir in Ruhe das Fußballspiel anschauen.*

Den Rest des Tages sprachen die Eheleute kaum ein Wort miteinander. Katharina erledigte ihre täglichen Kleinigkeiten im Haushalt, wusch Wäsche oder telefonierte ausgiebig mit ihrer Freundin Hella, die es vor ein paar Jahren nach Köln der Liebe wegen verschlagen hatte. Sie konnte sich wahrlich nicht beklagen. Ihr Leben als Rentnerin war ausgefüllt. Hatte sie nichts zu tun, ging sie ins Fitnessstudio. Ihr Mann verspürte dazu keine Lust. Der saß daheim, trotzte vor sich hin.

Gegen Abend verabschiedeten sich die Eheleute mit einem lieblos flüchtigen Kuss und der aufgesetzten Floskel: »Viel Spaß! Komm nicht zu spät.«

Frau Tal verschwand in die Dunkelheit der Stadt und Herr Tal ließ sich bedächtig auf dem Sofa nieder. Erst nach Stunden bemerkte er ihr Fernbleiben. Nachdem er das Warten gegen 22.00 Uhr nicht mehr ausgehalten hatte, telefonierte er mit allen Bekannten sowie Verwandten. Mit dem Ergebnis, kein Mensch hatte seine Frau gesehen und niemand ahnte, wo sie war. Katharina Tal blieb wie vom Erdboden verschluckt.

Nach einer schlaflosen Nacht beschloss Wolfgang Tal, die Polizei zu verständigen. Er hatte gehofft, dass die Gattin entgegen ihrer Art bei einer Freundin übernachtet hätte. Tal schloss nicht aus, dass sie ihm nur eins auswischen wollte, weil er sie nicht begleitet hatte. Die Hoffnung schmolz jedoch wie ein Eiswürfel in der Sonne dahin.

Weitere Bodenseekrimis

Mit mörderischem Kalkül (Kripo Bodensee 1)

Mit mörderischem Kalkül ist der erste Bodenseethriller von Janette John und bildet den Auftakt zur Serie *Kripo Bodensee*. Lassen Sie sich mit Spannung und Humor an den Bodensee entführen. Viel Spaß beim Lesen wünscht Ihnen Janette John!

Wenn du glaubst, du könntest deine Vergangenheit einfach so hinter dir lassen, dann hast du dich geirrt!
Sie ist wie ein Geschwür, entweder sie frisst dich auf oder du lernst, mit ihr zu leben.
Janette John

Was würdest **DU** tun,
wenn man **DIR** sagt, dein Kind sei nach der Geburt
verstorben,
aber **IHM** sagt, du wärst nach der Geburt verstorben,
und man der **WELT** sagt, du hättest dein Kind ermordet?
Würdest **DU** kämpfen?

Westberlin 1966. Die tragischen Ereignisse einer jungen Frau, die ihr Kind bei der Geburt unter mysteriösen Umständen verloren hat, erschüttern die Stadt. Doch die Dinge überschlagen sich und mit ihnen die Nachrichten in den Zeitungen. Während die einen von einem verhängnisvollen Unfalltod sprechen, zerreißen sich die anderen die Mäuler und schreien Mord. Doch nichts ist so, wie es scheint!

Konstanz heute. In einem luxuriösen Seniorenstift wird einer der Heiminsassen tot aufgefunden. Das Alter des Mannes sowie die äußeren Umstände sprechen für Herzversagen. Sein Tod jedoch, ausgelöst durch Schlangengift, entpuppt sich als perfider Plan. Berlin heute. Auf offener Straße wird ein alter Mann kaltblütig überfahren, nur vom Täter fehlt jede Spur.

Die junge Konstanzer Polizistin Nadine Andres und ihr neuer, etwas unfreiwillig ermittelnder Chef Rudolf Hufnagel geraten in einen Strudel dunkler Geheimnisse mit Wurzeln, die bis zurück in die Sechzigerjahre reichen. Bei ihren Ermittlungen decken sie düstere Familienzerwürfnisse auf: Mord und Korruption sind hier keine Tabus.

Per Deadline Mord (Kripo Bodensee 2)

Per Deadline Mord ist der zweite Bodenseethriller von Janette John. Lassen Sie sich mit Spannung und Humor an den Bodensee entführen. Viel Spaß beim Lesen wünscht Ihnen Janette John!

Das Leben ist wie die Tastatur eines Klaviers.
Entweder spielt es in leisen oder auch in lauten Tönen.
Mal in Weiß, mal in Schwarz und mal irgendwo dazwischen.
Janette John

Stell **DIR** vor, ein geliebter Mensch ist krank
und nur **EIN** Spenderorgan rettet jetzt noch sein Leben!
Doch **DIE** Warteliste ist zu lang.
Was würdest **DU** tun?

Heidelberg 2001. Im Universitätsklinikum Heidelberg stirbt
die Mutter zweier Kinder aufgrund eines angeborenen Herz-
fehlers. Das zu erwartende Spenderherz blieb aus.

Konstanz heute. Mitten am helllichten Tag fällt eine junge
Studentin vom Konstanzer Münster. Alles deutet auf Selbstmord, wenn es nicht eine Reihe ähnlicher Fälle in den letzten
Jahren deutschlandweit gegeben hätte. Die Frauen waren jung,
rothaarig, feengleich und schön. Warum traf es gerade sie?

Deutschland heute. Zum Teil arme und mittellose Menschen sterben eines natürlichen Todes. Merkwürdig sind nur
das Alter sowie die Todesursache. Waren sie womöglich Ersatz-
teillager für bessergestellte Todkranke?

Die junge Polizistin Nadine Andres und ihr Team geraten
in die mafiösen Strukturen einer in Europa agierenden Verei-
nigung von Organhändlern. Mit solch einem Ausmaß an kri-
mineller Energie hatten selbst sie nicht gerechnet. Besteht etwa
eine Verbindung zwischen diesen scheinbar unterschiedlichen
Ereignissen? Und wenn ja, worin?

Sein anderes Ich (Kripo Bodensee 3)

Sein anderes Ich ist der dritte Bodenseekrimi von Janette John. Lassen Sie sich mit Spannung und Humor an den Bodensee entführen. Viel Spaß beim Lesen wünscht Ihnen Janette John!

Man trifft sich im Leben immer zweimal.
Vielleicht am Anfang.
Vielleicht aber auch am Ende.
Janette John

Was denkst **DU**?
Wie würde **DEIN** Leben wohl verlaufen,
ohne das Wissen um **DEINE** Eltern?

Freiburg im Breisgau 1988. Anlässlich ihrer bevorstehenden Sommerferien feiert eine Gruppe von Teenagern ausgelassen eine Party, während hinter verschlossenen Türen ein fünfzehnjähriges Mädchen brutal vergewaltigt wird. Sie wird schwanger, verschwindet spurlos und taucht ein Jahr später wieder auf.

Konstanz heute. Eine Hitzewelle ergießt sich über die Stadt. Freibäder platzen aus allen Nähten. Eisdielen haben Hochkonjunktur. Doch der Sommer ist trügerisch. In einem abgelegenen Waldstück wird der nackte Körper einer jungen Prostituierten gefunden. Ihr Gesicht ist entstellt und von Maden zerfressen.

In den Wochen danach werden in der Nähe des Fundorts zwei weitere Leichen gefunden, wieder sind sie nackt.

Das Konstanzer Kripoteam um Daniel Selzer macht sich an die Aufklärung der Morde, die zwar erschüttern, zunächst aber keine Erwähnung in den Medien finden. Bleibt die Frage, wieso hat sich der Täter so grausam an den Frauen vergangen? Und was hat es mit den Zigarettenrückständen sowie Hundehaaren an den Toten auf sich?

Kaum 24 Stunden (Kripo Bodensee 4)

Kaum 24 Stunden ist der vierte Bodensee(kurz)krimi von Janette John. Lassen Sie sich mit Spannung und Humor an den Bodensee entführen. Viel Spaß beim Lesen wünscht Ihnen Janette John!

> Drum quäle nie einen anderen zum Scherz,
> denn er fühlt wie du den Schmerz.
> *Janette John*

Stell **DIR** vor, man demütigt Dich,
KEINER hilft Dir und
ALLE schauen zu!
Würde es **DICH** verändern?

Kurz vor Weihnachten wird im Konstanzer Stadtgarten die Leiche einer jungen Frau gefunden. In ihrem weißen Nachthemd, den weit von sich gestreckten Armen und Beinen gleicht sie einem Schneeengel. Zudem ist sie voller Blut. Die Darstellung des Engels wirft Fragen auf. Warum wurde sie gerade hier abgelegt und vor allem, wer hat sie so bestialisch sterben lassen?

Während die junge Polizistin Nadine Andres und ihre Kollegen die Ruhe kurz vor Weihnachten genießen und sich gedanklich schon in den Ferien befinden, kommt ihnen der Fall, kaum 24 Stunden vor Heiligabend, gänzlich ungelegen. Mit vollem Einsatz und unter Zeitdruck begeben sie sich an die Aufklärung des Mordes, der sich zunächst als klassische Beziehungstat herausstellt. Allerdings machen die Kripobeamten einen entscheidenden Fehler, erkennen nicht die wahren Hintergründe dieser bedauerlichen Geschichte aus Demütigung und Hass, die Jahre zuvor ihren Anfang nahm.

Zeit voller Zorn (Kripo Bodensee 5)

Zeit voller Zorn ist der fünfte Bodenseekrimi von Janette John. Lassen Sie sich mit Spannung und Humor an den Bodensee entführen. Viel Spaß beim Lesen wünscht Ihnen Janette John!

Es gibt zwei Möglichkeiten, wie das Leid einen prägen kann. Entweder es festigt den Charakter oder es zerstört das Wesen.
Janette John

Angenommen der Kummer zerfrisst **DICH**,
wie würdest **DU** damit umgehen?
Ihn zulassen oder sich **IHM** zur Wehr setzen?

Kurz vor Weihnachten wird im Konstanzer Stadtgarten die Leiche einer jungen Frau gefunden. In ihrem weißen Nachthemd, den weit von sich gestreckten Armen und Beinen gleicht sie einem Schneeengel. Zudem ist sie voller Blut. Die Darstellung des Engels wirft Fragen auf. Warum wurde sie hier abgelegt und vor allem, wer hat sie derart bestialisch sterben lassen? Schnell scheint der Fall gelöst. Nur handelt es sich bei dem mutmaßlichen Täter auch um den richtigen?

Etwa zwei Wochen danach wird im Beichtstuhl einer Kirche der Leichnam einer Rentnerin gefunden. Genau wie die Tote im Stadtgarten ist auch sie nur mit weißer Nachtwäsche bekleidet. Wenig später schlägt der Täter ein drittes Mal zu. Erneut trifft es eine Frau und wieder trägt sie dasselbe Gewand.

Welches Schicksal verbindet die drei Opfer und warum findet man sie derart angezogen vor? Hat man es möglicherweise mit einem Ritualmord mit religiös angehauchtem Hintergrund zu tun?

Die Konstanzer Kripobeamten um Daniel Selzer jagen ein Phantom. Wer ist es, der die Frauen auf diese Weise ermordet und aus welchem Grund?